时代奇趣者

袁 凌
顾晓阳
张郎郎 等 著

图书在版编目（CIP）数据

时代奇趣者 / 袁凌，顾晓阳，张郎郎等著. -- 长沙：岳麓书社，2024.12. -- ISBN 978-7-5538-2207-5

I.I251

中国国家版本馆 CIP 数据核字第 2024QG6681 号

SHIDAI QIQU ZHE

时代奇趣者

著　　者：袁　凌　顾晓阳　张郎郎　等
监　　制：秦　青
策划编辑：曹　煜
责任编辑：刘书乔
责任校对：舒　舍
封面设计：蒋　艳

岳麓书社出版

地址：湖南省长沙市爱民路 47 号
邮编：410006

版次：2024 年 12 月第 1 版
印次：2024 年 12 月第 1 次印刷
开本：855mm×1180mm　1/32
印张：10.75
字数：194 千字
书号：ISBN 978-7-5538-2207-5
定价：68.00 元
承印：三河市天润建兴印务有限公司

如有质量问题，请致电质量监督电话：010-59096394
团购电话：010-59320018

序

《时代奇趣者》是《财新周刊》副刊非虚构写作精选之一。

按照每周一篇的频率，副刊自创刊以来共发表了数百篇此类文章，因为篇幅所限，本书只选出一小部分篇目结集出版。非常遗憾许多优秀的篇目暂时没能入选。

作家萧乾曾经说："以刊登创作为主的文学副刊，是中国在世界新闻史上一个独有的特色。"也有人认为，副刊这种样式的出现，是中国媒体风格的标志。历史上，李大钊、陈独秀、胡适等人都把副刊作为言论场。登峰造极者当属鲁迅，他既是副刊主编，也是副刊作者，他的大部分杂文，还有小说《阿Q正传》等，都首发于《申报》副刊《自由谈》。董桥、汪曾祺、王蒙等作家也是各类副刊的撰稿人。

财新传媒是以财经新闻分析和评论为主业的专业性媒体，在财新纸媒和新媒体优质而庞大的阵容中，副刊是兼具文学性、知识性、趣味性的存在，十余年来坚持精准而独树一帜的风格，吸引了众多优秀的作者。

《城门开》（北岛），《关键词》（梁文道），《大道和小道》《亦摇亦点头》（刀尔登），《价值的理由》（陈嘉映），《中国有多特殊》（刘擎），《正义的可能》（周濂），《与故土一拍两散》（王昭阳），《爱生活如爱啤酒》（王竞），《成长是孩子自己的旅程》（王芫）……口碑与销量俱佳的"财新·思享家"丛书，都是由《财新周刊》副刊作者的专栏结集而成。

副刊作者还包括：钱理群、徐泓、罗新、王笛、胡泳、雷颐、王一方、唐克扬、陆晓娅、赵越胜、莽萍、刘海龙、张冠生、刘苏里等学者，袁凌、韩浩月、张郎郎、李大兴、顾晓阳、张宗子、杨葵、许知远、霜子等作家，于永超、蒋金晗、刘宗坤等律师，北美的谭加东、王芫、俞宁、于晓丹，英伦的王梆……近年来自媒体蓬勃发展，许多原本并非以学术与写作为业的知识人也投身写作。身为自由撰稿人的宋朝成为稿源主力；身在德国汉堡的王竞，不管是非虚构写作还是专栏文章都令人惊艳；诗人刀尔登、央视体育记者张斌、科普作家小庄等，以其持续而丰富的主题，成为副刊写作时间最长、辨识度最高的作者。恕我不能在此提及所有撰稿人，他们都因为喜爱《财新周刊》而为副刊写作，并吸引了大量读者。

序

《时代奇趣者》中的篇章，都是极为个人化的抒写，大多以第一人称的方式记述亲朋，回忆往事，讲述自己独特而传奇的经历。它们是时代的缩影，也是时代的背景；是行走中掉落的碎片，也是生命中最宝贵的珍藏。特别值得品味的是，经历磨难与沉淀，这些奇人奇事，既有历史感也有幽默感。

此前出版的《财新周刊》副刊非虚构写作精选《站在宽广这一边》，选取了从民国到近前的精英人物，他们大多已经离世，却并未走远。他们的名字广为人知，因其事业、品格与精神，将在中国文化图景中生辉。虽然这些人物已经有了大量的文章甚至传记出版，但我们的作者发掘出了新的史料，并以独特的视角，呈现了他们不为人知的侧面，特别是人物非公共性的一面。该书与本书相映成趣，也值得一读。

主持副刊 15 年，我和现任副刊编辑李佳钰，以及前任编辑刘芳，在此感谢每一位为《财新周刊》副刊作出贡献的作者，并感恩在与你们的交流交往中获得的成长与温暖。

编者

2024 年 11 月 20 日

目录

〔回首时代〕

黑山扈酒话 / 003
阿坚

老家伙与三剑客 / 019
朱正琳

听披头士的时光 / 031
张郎郎

和崔健有关的青春往事 / 041
冯翔

七号大院的流浪者之歌 / 055
李大兴

苏北笔记 / 066
杨葵

一个东北家族的百年小史 / 081
冯翔

一个家族的移民史 / 098
冯翔

1

[温热的尘土]

我的姑婆赵四小姐 赵荔	/ 115
父亲的夕阳 封流	/ 127
奶奶的葬礼 韩浩月	/ 142
三姨 于晓丹	/ 156
泪光中的母亲 马畏安	/ 176
六叔传 韩浩月	/ 194
我从未见过的祖父 谭加东	/ 206

〔奇趣者〕

谪仙寥寥 霜子	/ 221
了不起的马小起 王竞	/ 234
我的弟弟 宋朝	/ 248
穿过布满荆棘的童年 隗延章	/ 263
罗红樱 袁凌	/ 276
牟氏兄弟 俞宁	/ 288
韩大妈 俞宁	/ 300
胡续冬：倘使没有奇趣，他便创造奇趣 韩博	/ 312
美国被盗记 顾晓阳	/ 325

回首时代

黑山扈酒话

阿坚

（诗人、作家）

> 聊的话题都是海德格尔、马尔库塞、维特根斯坦啥的，那酒喝得就有些抽象，满口思辨醉成几个教条或零星的词。

一

黑山扈在京西北，背靠望儿山（现在官方称百望山），紧临京密引水渠，春秋可上山踏青或赏红，夏天可下河游泳。我的工友兼业余导师陈嘉曜的弟弟陈嘉映在黑山扈有一间半平房，不太小。20世纪70年代末到80年代末，那里是我最常去的地方。

恢复高考的第一年，我考上师范学院中文系，陈嘉曜考上了人大的哲学系，而他的两个兄弟分别考上了北京大学英语系德语专业及北京师范学院的物理系。因为嘉曜，我开始与陈氏三兄弟交往，并通过他们认识了不少好汉和才子。那时我已见异思迁地由第一崇拜哥哥而改成第一崇拜弟弟了。

黑山扈主人的哲学专业咱不懂，可他的中国古典文学、外国文学读得比我多和广，比如他对《红楼梦》有自己专门的研究，也能背诵比唐诗宋词拗口得多的荷马史诗。关键是他待人平和亲切，表达深入浅出。我的不少迷惑都是他帮我解的，比如屈原之死带不带纯个人的原因，曹操是否功大于过，竹林七贤的致命弱点是不是畏生过于畏死，刘半农作序鲁迅推崇的《何典》价值几何，古希腊悲剧与喜剧的流传，伏尔泰为何只凭《天真汉》《老实人》传世而其哲学却被人遗忘，以及托尔斯泰虚不虚伪等。他写过两部长篇小说，却从不拿出示人，推说不好找，后又说找不到了。

黑山扈主人洞察人生，当然深晓"穷则独善其身，达则兼济天下"。他对我讲过：人生要是有运气干上一件大事更好，但干不成也不能枉活了一场——艺术、爱情、友谊、美酒、快乐也在等着我们。

黑山扈主人颇好诗酒，为人不吝。他以译著换钱买酒，邀新友老客，酒质不算上好，以量来补，加之他谈吐灵光，小助酒香，让人能把一两块的酒喝出五粮液的价来。来人有酒的带酒，有人的带人，实在不行，有思想的带思想也将就。渐渐地这里就成了朋友们谈哲论艺讽时议政的场所，盖因为主人的魅力。后来人马越来越多，被外人称为黑山扈帮（但绝不能简称为"黑帮"）。

二

黑山扈的这帮朋友们，大多饱学忧国又爱吃喝玩乐，可我只占后者。一度圈里进来一个纯忧国忧民的周姓哥们，中等身材，像个大学生。黑山扈主人说，在颐和园后山的废墟玩时，听见有人大段地背诵黑格尔的《小逻辑》，就过去结识了。没想到这哥们像找到组织似的。他听说1976年"天安门事件"时我带头冲进小楼与官方谈判，平反之后被称为"四五英雄"，所以他第一认黑山扈主人，第二认我。

但我爱大学生活甚于爱"四五英雄"，谁因这事儿鼓励我，我也只能说：精力有限，能做好吃喝玩乐就不错了。不过后来黑山扈主人告诉我，原来以为他通晓德国古典哲学，实际是只会背几段。

来黑山扈的男士里面，我自觉是理论水准文化素养最低的，自愿来当学徒，甘心包揽下所有非文化的活计：帮着搭建小厨房，用水泥把那墙壁抹得起伏婉转；用铁丝、钉子把破椅凳从晃晃悠悠修得变成吱吱扭扭；帮助他们以及亲戚修自行车、搞紧俏商品、跑腿送信儿；陪护住院病人；而聚餐时的厨房之事，更是义不容辞。

因为近水楼台，我耳闻目睹了很多有意思的东西。别看来黑山扈的人都有自己响当当的专业，也都有各种业余才艺，但他们共同关心的就是国内外政治大事，以天下为己任，他们是真正地希望中国走上民主富强之路。每一次聚会差不多都有主题。有一次的主题是：如果我来当总理，将有哪些施政纲领。那当然不是高呼口号的革命式演讲，也不是文学化的理想表达，他们对中国的工业、农业、科技都很了解，提出了很多专门研究后的方案，好像个个都要当总理了。彼此的演讲也引发质疑和辩论——内容大多记不清了——只是让我觉得他们的爱国是具体的、有责任感的。

因黑山扈主人那时是北大外哲所的，所以也常有专题的哲学讨论。什么"在"呀、"澄明"呀之类，总之，我一句也听不懂。常来的有研究尼采的周国平，研究马克斯·韦伯的苏君，当年北大的学生会主席李君也来过几次，谁也没想到，三十年后他成了国家领导人。真是群贤毕至，人才荟萃。

北大哲学系的胡君是很文静的四川人,不像黑山扈主人又会下围棋、打拳击,又会对女性温情软语。但他是黑山扈主人的主要谈话对手,无论是学术还是中国的政治经济。他给大家讲过遇罗克的《出身论》,说它是他们这一代人最早的一篇论人权的重要文章,无论思想还是论证都很到位。那是70年代末,如果不是从黑山扈听到,我根本不可能知道这些事。

浙江才子、时在北大外哲所读研究生的甘阳也常来黑山扈。他谈吐气势很大,表达逻辑清晰。后话是甘阳联络当年的文化精英成立一个班子协助三联出版了《文化:中国与世界》一套学术文库、一套新知文库凡近百种,这两套译丛与稍前出版的《走向未来》丛书,是那几年的"时髦"读物,据说没几个人能看懂的《存在与时间》就卖出了好几万本。

那时,还有些外地学子专门拎着论文和土特产来拜会黑山扈这帮高人,给黑山扈主人累得够呛,因为他得费时间看那些文章,而大部分不忍卒读。他跟我抱怨过,有人先天不适合研究哲学却做了好多年,可怎么给人家泼冷水呢;又说有人狂妄自大以井口之天度天下,几乎变态,这种"伟大"的人也只好怠慢了。

1978年北大已有外国留学生，有两位也常来黑山扈。那时警察已基本不管公民私下和外国人来往。有一次黑山扈这帮人去京西的野山玩，一个女老外和一个男老外也跟着来了。我们十多人从沿河城下的火车，走芦子水过一山间寺庙，又爬过长城到的水头村（现在是旅行越野有名的路线）。那村从没见过外国人，全村人都来看热闹。翌日我还用粮票租了老乡好几头驴供体力差的骑。大家沿着广坨山上长城向大营盘、镇罗营方向边走边玩，把驴们累得够呛。男老外的手磕了大血口子，问我怎么办，我拿二锅头浇在他伤口上，他大叫，我心说谁让你挨着女老外睡觉的。

三

喝酒自然是来黑山扈的题中应有之义。一进家门，就能看见墙上一幅字：客人黑山扈，常携新醉离。聊的话题都是海德格尔、马尔库塞、维特根斯坦啥的，那酒喝得就有些抽象：喝了不少了，还正襟危坐，只是满口思辨醉成几个教条或零星的词了，杠抬来抬去，话就少了，比咽酒的声还少。我不懂哲学，只是给他们添菜上酒，劝他们歇会儿，这种哲学酒，喝得多累呀。于是下了一层台阶，但离真正酒后话题还很远，不过是聊聊白鹿洞、稷下学宫、雅典学院啥的。时常有刚才喝多又辩输者出门一会儿，脸色苍白地回来，嘴角还没擦净呢。

一次大家带酒登房后的望儿山，由于有几个姑娘，男人们就争先左拉右搡，每个女孩的手都有人携着，女手少，男手多，弄得空手上山的比搡人上山的还步履沉重。山顶有废墟、光石，正好摆酒。为了不让佳人浪费，特意让她们岔开了坐，隔两男坐一女。传说望儿山是佘太君在此俯望七郎而得名的。在山顶，西望北望皆群山，东南望见一群雾气蒙蒙的楼就是京城了。酒后该弄些节目了，谁也不好意思单独叫上个姑娘去钻树林，便集体活动。一大堆热闹中，最臭的一个是某君临风背了一段黑格尔的历史哲学；吟得最好的一首诗是另一君站在墟顶，面朝东南方京城，满脸无限做作状，诵道：站在望儿山顶，啊，我们望着北京。有人笑说："这不等于说北京是我们的儿子吗？"

黑山扈主人插队时练过拳击，来的客人中也有正学拳击的，若干回合酒后，都各自比画两下，但没拳套，便有狂者说："别对练了，万一把你打坏了怎么办？"更狂者说："没事，你就出拳朝我脑门打吧，看看我的脑门和你的手哪个硬。"练过的人都知道，拳击手套的一半作用在于保护自己的手骨。终有一日，有朋友左手拎酒，右手拎拳套来了。本想酒前练，又怕彼此太熟下不去手，等喝得瞳孔比刚来时大了一圈时，就有人给他们戴上拳套了。那拳出得比云飘确实快一点，一出了空拳身体就收不住倒在对方身上，看得出双方都想把松散的目光收得凶狠些，结果眉是皱出狠劲了，但眼光还是跟老绵羊似的，每人脸上都挨了几下，那被击中的白脸很快又被酒红铺满了。一个姑娘看不下去了，说："你们俩打太极拳却戴着拳套干啥呀？"

在黑山扈也不是总喝劣酒。偶尔也有人带黑方，威士忌装在方瓶里，黑色的商标，样子就不像花花绿绿的俗货。酒色杏黄透明，有点像特晴朗的那种黄昏色，酒液较一般酒黏度高，在杯里晃不出响来。那种酒是限量的，每人能分到大约一两。黑山扈主人会讲外语的朋友最推崇此酒，仿佛这酒跟英国乃至欧洲的文明都有关系似的。像我这种喝惯二锅头的便肃然起敬了，虽没喝出太好，但努力往好了体味，又怕盛惯破酒的胃糟践了这洋酒，便倒给别人一些，单去喝点白酒。也许这酒真好，反正他们小口细咽，半天咽下去的表情跟刚与谁接了一个香吻似的。关键是，那口酒准能顶出一句妙语，连挺浪的意思都能说得高雅如月。我喝的是下等酒，话也就偏糙些，但经他们一接，就把意思给包圆了——就跟给一个下流胚穿上西装似的。

四

西山是太行余脉，黑山扈算西山支脉，稍晴，站在黑山扈的望儿山顶，南面一片镜子似的是昆明湖，西望，群山逶迤不尽，那处树木最葱茏的就是香山了。一次，我跟两个姑娘说，沿着这山脊可以走到香山，一路没有人迹，没准还有原始森林。她俩嚷嚷着要去。我说，那可跟探险似的，必须带够酒肉。三天后在黑山扈集合时，她俩除了带了一网兜罐头、罐啤之外，还带了一男的，跟保镖似的。先翻山到了一个山谷，有一座残断的拱桥，桥边有古柏。当时是深秋，阳光不冷不热，天蓝如梦，一坐下特想多待会。我提议吃午饭。她俩说刚十点多。我说："野餐嘛，无所谓时间。"我打开一罐啤酒和一个肉罐头，劝她们："喝完酒爬山轻省。"我喝了两罐，罐啤就是比瓶装啤酒好。身下的草很软，又有残石挡风，阳光使酒后的脸想闭上眼睛。她俩非催我赶路。沿山林走，小路上全是陈年落叶，一踩一弹，时有野鸽惊起。面前出现铁网，我提议钻过去。十几分钟后就有端枪大兵喊我们站住。我过去解释：是为讲地理课备课特来走访。磨了半天，当兵的急了，说要再不原路返回，就把我们带走。我带着沮丧的她们返回树林，说："这林子就挺好玩，咱们喝酒吧，省得背回去怪沉的。"

她俩问:"你成心骗我们的酒?"我悄悄告诉她俩:"要是我一人带你们俩姑娘准能过去,那当兵的看有两个男的当然不放心。"她们说:"不带他我俩还不放心呢。"

有一次来的姑娘多,正是夏日。屋里喝了一通啤酒,还是热,心里也热,姑娘们的身体在薄装里特健康、特丰满,电扇把那些身体吹得像涂了层彩色的皮肤似的。我提议去门口运河游泳,她们说没带游泳衣。我说:"大晚上的没人看,看也看不清啥;要不我们把游泳裤借你们穿,还有背心。"到了水边,她们迟迟不下水,我们几个就把水花弄出特凉爽的响声。她们下来了,只留一个在岸上抱着衣服随我走。月色如银,水里一片玉臂。男的在四周保护,顺水而下。听见她们小声说老往下滑,我们笑着说:"游慢些,让水阻力小些就不会滑了;要不就任它滑下,用手攥着,上岸前再套上嘛。"她们在水里的笑声都很清灵。游到青龙桥,专寻了暗处上岸,月光虽不及日光,但照清她们贴紧肌肤的小衣小裤还将就。换下湿的,她们只好空芯儿套上裙子,往回走。一阵大风吹来,掀起她们的裙子,我们听见美丽的尖叫。

黑山扈在1980年左右,渐渐小有名气了,隔三岔五地就有姑娘要来见见它的主人和那帮"门客"。造访的女大学生多是才大于貌,可黑山扈的老客、时在北大外哲所读黑格尔的朱正琳偏不怕姑娘有才。按说他的长相不算上乘，姑娘们却都爱围着他。他常常一讲就一夜，讲十年动乱时因偷省图书馆的书并成立读书小组而被打成反革命；讲在狱中以绝食、断腿等手段坚持人格；讲因进监狱的事在录取上引起轩然大波……那时朱君在我眼里才是英雄，是真正的硬骨头，所以当他问到我有关"四五"前后我的行为时我很惭愧。

当然姑娘更爱单独请教他一些问题。我们常酒后不怀好意也不无美意地在后半夜看看西窗的屋内：屋里烟蒙，朱君坐在沙发上，茶几上几个空酒瓶，姑娘仰头端坐着，像聆听教主在布道。隔窗我们听不见啥，只见朱君那张嘴开合纵横，姿态万变，如一个精缩的舞台——全是大戏。第二天一早，我问朱君："谈到天亮？又浪费了人家一夜青春吧？"朱君道："你不是就想在人家那浪费一下青春吗？"

黑山扈北面的林子出苹果，那儿的苹果特甜，不知为什么。

一次在黑山扈喝了通宵酒，满屋烟云，连酒精带尼古丁弄得人又困又睡不着，一个脸被熏黄的姑娘想等第一班汽车，怎么说殷勤话她也没劲儿感动。我说："跟我出去透透气。"她一出门，吸了几口气说："那屋子里简直没有空气。"我说："我带你去一个空气更新鲜的地方。"

沿着山麓小道,我要搀她她还不让。夏末的清晨,山野很静,空气是淡蓝色的,东方正是霞前的灰白。她指着前面问:"那一块块发白光的是什么?"我一看,晨曦中的墓碑惨白惨白的,在林中一闪一闪的,我说:"到了就知道了。"渐渐那每个白碑后面的坟丘显眼了,她突然拽住我的胳膊喊:"这是坟地。"我说:"别嚷嚷,别惊动了他们;告你吧,这儿的空气最新鲜了,特养人;我带了罐酒,咱们坐这喝吧。"她偎着我使劲摇头。我说:"坟地是最干净的地方,西方的坟地都在教堂边上。"这时东方红了,霞光映在墓碑上,红润润的。我也觉出她半边臂膀挺软。我问:"将来你死了想有块碑吗?"她茫然地微笑看我。我把那罐啤酒打开,喝一口,给她喝一口。我说:"真的,你在有生之年,要尽量多请我喝酒。"她说:"行。"我问:"后天晚上行吗?"她问:"来黑山扈吗?"我说:"不,去我那儿吧。"走出坟地,我说:"你变得更漂亮了。"她说:"骗人。"我说:"你不懂,因为坟地里的空气和环境最洗礼人了。"

常泡黑山扈的除了我这不学无术的酒赖子,还有谦谦尔尔的学子。有号称最后的名士的赵越胜,眼镜片上好几个圈,全是叫古希腊罗马什么的书给闹的。我若讲了段酒后男女胡闹的故事,他准得跟一个狄俄尼索斯的洋事来雅正一下，仿佛有高贵精神笼罩的俗事才值钱。在座的姑娘也往往褒他贬我。有一次酒后，我对赵君说："你讲的，她们爱听；我讲的，姑娘们爱做。"他问："你是不是又想叫上一个去河边'散步'？"我说："哪能那么快就从'酒神精神'落到'酒神行动'呢？不着急！"他说："你小子就钻我们的空子吧！"我说："分工不同嘛，我照顾的都是你们照顾不到的地方。"的确，赵君酒后谈吐更潇洒，兴头上还唱一曲意大利的咏叹调，总是在散席时把姑娘们的情致逗得高高的，告别后，她或她若有所失，于是就不会拒绝次一点的人送她走，至于怎么送、送什么，就看你会不会借着她兴致的惯性了。所以赵君总在我要送的姑娘耳旁小声说"要当心"。

五

黑山扈聚会时，只要有徐君在场，不管酒喝到什么程度，他准得把话题引到严肃的方面去。他是纯学问人，除了罗素和维特根斯坦哲学般的语言，他描述日常的能力是"我儿子的小脸像苹果一样红润"的水平。弄得我们一辩输了就问："你儿子小脸像什么了？"

那次喝酒，老资格的朱君问徐君："之所以还有英雄是因为统治者的刑讯还不够科学,这话是不是罗素说的?"徐君点头,说:"人的意志当然抵不住刑讯科学。"我问:"那怎么办?"他半天没答,小喝一口酒,才说:"只要尽量坚持,要坚持到坚持不住。"我问:"那结果不是一样的吗?"他说:"这就该体现出对精神的追求了,坚持一分钟就是一分钟精神的胜利。"朱君接道:"信念和精神是虚的,但没有它,人,不知其可;如果该坚持的没尽量坚持,造成伤害结果有一半是对自己的,你就永远'残'了。"一席话说得大家酒都醒了。我赶紧说:"美人计也让人受不了。"朱君说:"别做梦了,美人计都是在大刑之后才使的,像你这样的,能坚持到美人计阶段吗?"我说:"那得看那人儿有多美了。若是绝美的话,一定会增加我忍受大刑的能力,我一定会像徐君说的尽量坚持。"徐君笑了道:"这倒是合你的生活逻辑。"

黑山扈也就一间半平房,好酒赖酒都明摆着,好酒往往是空瓶,万一二锅头也喝光了又没钱,就叫上收酒瓶的,立马能进手好几块。主人好客是次要的,关键是男男女女都"好"他,不嫌倒车之烦,赶一二十公里来。来的人总是拎酒来的,一般女客拎来的酒,都比男客拎来的贵,比如干白葡萄酒就是裙钗的惠赠,才使黑山扈男客们学会赏爱。"干白"是比"白干"要儒雅些。

黑山扈主人每周去一两次北大，剩下的时间就在家了，说是著译，每次我去时，多半见他在和来客喝酒或下围棋，也不知那本40多万字的《存在与时间》是怎么译出来的。当时存在主义时兴，总有可爱的大学生来请教，他就直瞟我，我若看她带来的酒一般或她长得一般，就胡乱解围说："存在嘛就是活着，时间嘛就是过着，存在与时间嘛，就是在活着和过着之间寻找诗意，比如你我之间的这种酒——来了，干的时候就是'存在与时间'……"

六

最后一次黑山扈聚会是在一个秋天。山上的枫叶都红了，那山腰山头合起来，眯眼一看，跟匹红马似的。不一会儿，我们就都在那山腰上了，这儿的枫林没有游人，拣一处林中平坦之地，摆上酒。不用铺塑料布，用力摇几棵树，落下的枫叶自然就铺成红毯。头顶也是红蒙蒙的，露出的零星蓝天，跟紫色的星星似的。不管脸色多不好的人，一进这枫林中都气色绝佳，酒还没喝多，就全是红晕晕的脸了。

黑山扈的主人马上就要出国了，大家不断跟他干杯。姑娘干着干着，话就少了，若不是林中红色的空气，她们的红眼圈就显了,还是眼尖的人看出一点湿润。男人们故意说着轻佻的话以减减沉重的别意。上次背诵黑格尔那人,忽拿出一手绢,打开,是土,对黑山崀的主人说:"带上祖国的泥土吧。"所有人先一愣,随即就转伤感为笑了。当他欲接不接时,有人解围道:"你们看,他土得直掉渣,本身就是一块土,就不必再带土了吧?"有人又插话道:"这几个好姑娘你也带不走了,干脆你把她们的感情都带走吧,剩下的就留给我们了。"

老家伙与三剑客

朱正琳

（学者、媒体人）

之所以刻骨铭心，不只是那个年代令人感怀的思想交锋和所谓两代人的忘年之交，更因为"三剑客"都已经离世了，只剩了我这个"老家伙"。

一

这样的相遇在20世纪80年代初的北大或许是寻常事。相遇的双方，一方是赵仕仁、骆一禾、何拓宇——被称为中文系79级"三剑客"；另一方就是我，一个"背着空口袋走过沼泽地"（一禾语）的"老家伙"（仕仁语）。他们三位，当年都是二十上下的年纪，而我其时已三十有四。

对我来说，之所以刻骨铭心，不只是那个年代令人感怀的思想交锋和所谓两代人的忘年之交，更因为"三剑客"都已经离世了，只剩了我这个"老家伙"。

第一次见面只有仕仁和我两个人。仕仁领命操办一次展览，而我则被引荐做顾问。说事务只用了干净利索的几句话，就算是意向已然达成。正欲抽身告辞，仕仁却劈头盖脸地和我谈论起中国历史今后的走向。

在当年的北大，有人张口就和你谈大问题，本也不足为怪。你要在校园里散散步，耳里飘过来的字眼就很少有形而下的。不过，我当时还是有几分惊奇。这样的话题，我的同龄人倒是关切已久，而60年代初才出生的仕仁，这问题是从哪里来的？他充满激情地说着，没有注意到我的惊奇。看得出他有才华，但其实有些讷于言辞。我望着他那张憧憬多于探索的脸，心里忽然有点明白了，他的问题包裹着一个核心——我们的历史使命何在？

北大有一种似乎用手都能摸得着的传统，你可以称之为"以天下为己任"，我则更喜欢将之表述为"天下兴亡，匹夫有责，北大的匹夫尤其有责"。眼前的仕仁，自然也在此传统之中。我自以为理解了仕仁的激情，于是开始附和着，满心以为他说的"我们"也捎带着我。殊不知他话锋一转，突然来了一句："在我们看来，你们这代人已属过去了的一代，只能起到铺路石的作用了。"我心里一惊，再看他却是满脸的诚恳。我知道，北大的学生都狂，但仕仁在说这话时不像是狂。我敢说，他半点也没想过这话有可能会伤到我。

我们这代人在20世纪70年代初期提出"中国向何处去"的问题时，调门虽高，很有点"指点江山"的气概，但骨子里表达的其实是怀疑与困惑。时隔十年，年轻人接过这一问，则更多的是在表达某种振奋之情。破土而出的80年代，确实在中国燃起了某种希望。不过我也看得出，他对"我们这代人"的探索还是有相当了解的，否则也就不会有"铺路石"一说。

也许我当年还不够老，铺路石一语竟刺激了我，让我终于忍不住尝试着把我十余年左冲右突的思考展现出来。我后来把这种历程命名为"理论突围"。虽然我的理论全是借来的大路货，至少我们这代人中爱想点事的人都不会太陌生。不过有一点，我并没有学究一般地照本宣科，而是抖擞精神，扣紧了我们正在谈论的问题。

二

如果没有记错，我当时谈了三种理论视角。

第一种是当时正时兴的所谓正本清源，摆脱苏联式历史观，回到马克思的历史叙事中去探讨中国当前到底处于什么样的历史阶段，从而展望其走向。我记得我特别提到马克思所说的"亚细亚形态"，认为那不在苏联式社会发展史的模式中。

第二种视角是我从施本格勒那里借来的。在施本格勒眼中，世界历史舞台上的主角是文化。从思想史上说，他所说的"文化"，与后来我们在20世纪80年代中后期兴起的"文化热"颇有渊源，尽管我们的文化讨论中似乎很少有人提及他。他的"文化"是一个个有生命的个体，各有各的生命周期——诞生、成长、衰老与死亡，各有各的文化宿命。就其生命与宿命而言，各个文化之间不存在传承关系（否认历史阶段论），也不存在实质性的相互影响。如果相信他，结论就很悲观：唯一还活着的西方文化也已走向没落，中国文化则早已死亡。而且，根据他的看法，已死的文化并不存在重生的机会。如果我们把他的结论先"持保留意见"，沿着他的思路去探究中国文化的宿命，却是个诱人的题目。20世纪70年代中期我在牢里时，曾就此苦思冥想。当然没有什么建设性的成果，牢里没书读，"思而不学则殆"嘛！对于我和我的同龄人来说，施本格勒的文化概念与脱胎于它的汤因比的文明概念，确曾提供了一种启发，使我们得以换了一种历史视野。

第三种视角其实是第二种视角的某种演变。20世纪70年代有一套内部读物叫《外国资产阶级谈中国近代史》，其中有些文章，是把中西文明的冲突作为解释中国近代史的主线。其文明的概念与施本格勒的文化及汤因比的文明明显有亲缘关系。不过，历史学家不像历史哲学家们走得那么远，他们的概念总是要离实际经验更近一些。他们说的文明，没那么封闭，相互之间总是既存在冲突又存在交融。从这一视角看，不排除可以得出一种比较乐观的结论，即冲突与交融的结果，有可能产生一种新的文明。这种结论的诱惑力自不必言。许多年后，我给那种诱惑定名为"第三条道路的诱惑"，并对之心生警惕，有无"第三条道路"本当存疑，但振振有词的论道可画饼充饥，成为逃避选择的一种借口。不过，当初我还没这分警醒，在仕仁面前也画了一个大大的饼。

仕仁可能没料到他一石激起千层浪，竟惹得我这个老家伙把十几年的存货翻出来搞倾销。他毕竟还年轻，一时当然拿不出什么反制的论据，只能默默地听着。但我看得出来，他听我讲话时和自己讲话时一样兴奋。正是他的那种兴奋鼓励了我，让我那多少有些空疏的宏大叙事得以滔滔不绝，我知道我遇到了最好的倾听者。好的倾听者往往也是好的谈话对手。在北大，你永远不会找不到谈话对手。这真是不亦快哉！

三

第二天一早，仕仁就到我29楼的宿舍造访。开门迎客，进来的竟是三个人，一禾和小宇也来了。没太多寒暄，就又接上了头天的话题。仕仁很清晰地发问，问题都在点子上，表明头天晚上他回去后曾认真想过。一禾、小宇两个也是好的倾听者。一禾沉静，但内在激情的充沛是很容易被觉察到的；小宇很洒脱，却又透着一种大男孩的腼腆。再加上个思想敏锐态度诚恳的仕仁，三剑客着实让我那陋室充满了活力和灵气。谈话的气氛渐渐活跃起来，我知道，我大概已通过了考察。告辞前小宇用调侃的语气告诉我说："知道我们说过什么狂话吗？仕仁是中国的脑，一禾是中国的心，我是中国的胃。"

这以后我和他们之间的来往可谓过从甚密。筹办展览的那两三个月，几乎天天晚上都聚在一起。商量公事通常只需要三言两语,剩下的时间就是侃大山,常常会到凌晨一两点,甚至通宵达旦。思想交锋的深层也有情感交流,私人间的友谊在悄悄积累。谈话变得更随意了,话题当然变得宽泛起来。有形而上一些的,直接关联着存在的意义;也有比较轻松的,琴棋书画饮食男女均有涉猎。随后由于张玞、小霖两位女生的加入,气氛自然更加轻松活跃。

一个周末的晚上,大伙儿即兴开了一场音乐会,你一首我一首,居然一直没有冷场,直唱到天光大亮。他们唱的是当时正在流行的歌曲,其中几首台湾的校园歌曲尤其打动我。从他们唱的歌,我才领会到校园歌曲的清新。同时我也才意识到,尽管我在青年时期也曾激烈反叛过,当初笼罩着我们的一种美学却是沉渣未化,依旧在阻碍和扭曲着我的审美。于是我有意避开了那种对宏大与高亢的崇尚、那种对烈火与热血的向往,尝试着唱起我在叛逆期从《外国名歌200首》中讨生活时学会的一些小歌谣……我一直认为,从那一晚以后,我们就真正成了朋友。

30年后,刘索拉在和我进行的一次笔谈中提出了一个命题——"审美立场比阶级立场更重要",并且又补充说:"(在审美立场上)反叛容易反省难。"我一下子又想起了那一晚。于是提笔回应道:"我到北大上学时已经34岁,结识了一帮20岁上下的男孩女孩,他们背地里都叫我'老家伙'。最初的交往是北大特有的那种谈话，充满了形而上的字眼，并且摆出一副高手过招的姿态，试探性很强，那模样真仿佛隔着条沟（人称'代沟'）。直到有一个晚上大家聚在一起唱歌，我忽然觉得我能懂他们了，并且觉得他们好像也懂得我了，那沟也就消失了。从此就真成了忘年交。我清楚地记得，是他们唱歌的那种态度打动了我，我也因此就喜欢上他们唱的那些歌了。用我们此刻所用概念来说，那一晚我与他们显然是懂得了彼此的 attitude（态度），彼此的'审美立场'，而且发现它们其实是相通的。"

从那以后我得出一个结论：人与人之间的隔膜，主要不是产生于思想观点的不同，而是审美趣味的歧异。反过来说也一样，人与人之间的融洽主要不在于思想观点的相同，而在于审美趣味的相通。这个结论一再得到经验的证实。一般来说，思想观点不同的人可能成为敌人，但不妨碍他们作为个人能彼此欣赏，在一起相处时甚至会觉得愉快，但审美趣味不同的人就很难凑在一起而不互相讨厌。

四

回过头还是再话说当年。我那几位忘年交正值青春年少，又都热爱文学，"人生"当然也是常被他们关注的一大话题。我比他们长十余岁，又坐过几年牢，在学生中称得上是饱经沧桑，谈论人生我自然有点优势。记得我给他们讲过一些狱中经历，故事零零碎碎，体验点点滴滴，都是谈话中即兴说起。我只记得他们的眼睛像星星一般照亮了我，让我的故事因此变得更加纯净。我是说，我在讲述时无形中减少了"痛说革命家史"的夸耀，增加了"走在人生中途"（但丁语）的摸索。

我的摸索漫无边际，但也可简括为一个问题："'无彩人生'有没有意义？"我见过一些几乎一辈子都在坐牢的人，他们引起我的追问：这样的生活还有意义吗？我这一问，当然也是对自己提的，因为他们的命运就预示了我的命运。多年以后我写了《里面的故事》一书，我自己的解释是："我写下的，只是一种个体经验，我自己和一些其他人的人生境遇。我们这些个体连同我们所有的遭遇都不会进入历史，或者用我家乡的话来说，放在历史的长河中连一个泡泡也不会起，但这不意味着我们的存在、经历和感情就不是真的。我想表达的，就是那些被历史忽略不计的个体生命的价值与意义。"想当年在北大听我讲这些故事的，都堪称天之骄子，难得他们竟无障碍地领会了我的所感所思，我不能不把他们引为知音。

关于我们最初见面时讨论的大问题，三剑客对我宣告："我们讨论过了，决定用五年时间批判老朱。"我则赶紧缴械投降："不用五年，我给你们交个底。"我说了几套对我影响比较大的书，也简单说了自己做"理论突围"的思路，以及在突围路上小心提防的种种陷阱。尤其重点谈到"历史"和"文化"这两个观念都有待检讨，而我自己的学力不够，只能说是正在努力之中。

"五年批判计划"在他们不是一句戏言。不久我就从一禾的言谈中察觉，他在读《西方的没落》。他读的是台湾版的译本，我还特地借来乘兴重读了一遍。记得我还跟他谈起过重读以后的感受，大意是这样：我原先读的时候，觉得施本格勒富有洞察力而少学究气，读起来灵动而有音乐感，这一回读，却发现那种灵动的叙事中包裹着一个有如钢筋捆绑成的概念框架，其实也很僵硬，因过于严实和精致，反而让我几乎出自本能地觉得可疑。后来我读一禾的长诗《世界的血》，发现他所尝试写的"真正史诗"里有一种"大文化"的辽阔视野，显然取自施本格勒，而他笔下来到城市的"农家女"，也让我想起施本格勒的论断："所有的文明都诞生于城市，所有的文明都会衰落，而农村永在。"一禾那"辽阔的歌唱"（诗人陈东东评语）让我意识到，三剑客对我的批判业已完成。

只可叹天妒英才。事实上是还未满五年，仕仁在1984年便早早去世，三剑客折翼。他是应我之邀同去怀柔游泳时溺亡的。我从高处疾跑而下扑进水里时，他那扑腾挣扎着的身体已迅速沉入水底。据打捞尸体的潜水员后来说，那水底有11米深。古语有云：伯仁非我所杀，伯仁由我而死。我总觉得，仕仁的死是我的错。

没想到这一错竟好似引发了一种连锁反应，变成了一错再错！

仕仁死后不到五年，一禾又走了。他死于1989年5月，大庭广众之下突然晕厥，送到医院被诊断为先天性脑血管畸形导致颅内大面积出血。我赶到天坛医院去看他，他正处于昏迷之中，没能说上话，我只能远远地看着那些环绕着他的瓶子和管子。

剩下个小宇孤身一人流落天涯，说是"下海"了。偶尔回京与我相见时，总笑称自己是三剑客中硕果仅存者，有一次还感叹说："还记得我第一次见你时说的那句狂话吗？现在你看，中国只剩下我这个胃了！"话音未落，2007年他也决绝离去。据说是从高楼上毅然跳下，原因竟没人说得清楚；又或者是，说得清楚的人也不愿细说了。我只能想，三剑客之间大概是依循古例订立了一种盟约的，而他这是践约去了。

一禾去世时我题写小诗一首："终是诗人爱占先，广庭笃定好长眠。我惟坐等头飞白，未敢吞声哭少年。"到如今三十年过去，头是早已经白了，老家伙还在坐等什么呢？

听披头士的时光

张郎郎

（美术设计家、作家）

> 我情不自禁地哼唱了起来。朋友几个听后面面相觑，诧异地问："你唱的是披头士吗？"录音带拿出来一放才知道，我们把歌曲录反了，听的是逆行披头士。

中国摇滚史的开端之作，肯定是崔健的《一无所有》。我第一次听到年轻人合唱这首歌，是在20世纪80年代的一个夏天。

那会儿，后来写出《疯狂的君子兰》《北京人》等畅销书的女作家张辛欣在北京人民艺术剧院工作，为人艺培训班的学生毕业演出当导演，排演的是一出苏联的话剧。可能张辛欣觉得这些年轻人太不了解俄罗斯文化,就请我来做个文化普及讲座。

那会儿我低估了这些年轻人,虽然十年期间他们没机会接受正规教育,其实他们各有各的路子,借书、买书、抢书,甚至偷书,千方百计偷偷充实了自己。

我那会儿也太掉以轻心了,一高兴就容易天马行空。课后,张辛欣告诉我:"讲得还算生动,反应还可以。不过,有些故事细节就值得商榷了。比如,邓肯的确是在叶赛宁自杀后才意外出车祸去世的,可是你讲的故事时间不大对,两个时间节点并没那么近。"听到此话,我顿时背脊发凉,以后,给这伙人讲课真得留神,可别不把豆包当干粮。

这伙年轻人彩排时,请我去看演出。全剧结束的时候,没想到那场面会让我耳目一新。他们在台上边唱边舞,唱的竟是崔健的《一无所有》。十来个青年,嘶吼着青春的无奈、愤怒与重生!我在台下屏住呼吸,老天爷,这难道是在80年代的中国北京!

当年这帮学员有丁志诚、冯远征、吴刚、岳秀清等,现在都已经是大腕了。他们热情澎湃地合唱中国第一摇滚,久久激荡于我心中。不知道如今他们还有当年这股子浩气吗?

听披头士的时光

我们开始听披头士，试图学着唱他们的歌，开始于1965年底到1966年初。有朋友问：那时我国城市里在搞社教运动，农村在搞"四清"，你们怎么还有这样的闲情逸致呢？

其实人们在描绘一个大时代的时候，都是宏观叙事，说的都是大环境、大多数人的生存状况和精神状况。20世纪60年代中期的政治形势的确愈来愈严峻，但紧张的是上面和下面两头儿，而我们恰好在中间，仿佛置身于宁静的台风中心。

一天傍晚去王府井森隆饭店吃饭，我遇到了一群外国人，无意中听见他们在说法语。那会儿在中国学法文的人不多，于是我有点儿想嘚瑟，上前用法语和他们打了个招呼。没想到，这一招呼使得披头士歌声冲进了我们的生活。

北大的法国留学生郭汉博热情地请我们过去和他们一起吃晚饭。郭汉博当时在北大读研究生，专业是藏语和藏文化。一顿饭下来，似乎就成了朋友，老郭让我有工夫去北大找他玩儿。一来我对异国文化好奇，二来是想趁机练练法文口语，转天就兴致勃勃地赶到北大。郭汉博正在宿舍用打字机做作业，房间里一部新型录音机播放着我从来没听过的歌曲。我坐在一边等他做完功课，激动地听着闻所未闻的天外之音。

老郭可能是看到了我痴迷的表情，问我喜欢不喜欢这首歌，我说，从来没听过这种歌，也不知道居然能这么唱歌。他这才告诉我这首歌叫《橡皮灵魂》，还给我讲述了歌词大意。然后我们一边喝咖啡，一边分享了披头士乐队轰动世界的故事。

他说得眉飞色舞，我听得魂飞魄散。

我从高中开始学法文，用的录音机都是平放在课桌上的。而老郭的录音机是竖着的，录音带像放电影那样竖着旋转，音色也比我的录音机好得多。当时，不知是被这个崭新漂亮的录音机催眠了，还是被披头士的歌声催眠了。仅此一次，披头士就让我着了魔。

再见到老郭是在紫竹院，我把趸摸来的两盘录音带给老郭，因为他答应给我转录。那回老郭还带来了法国姑娘玛利雅娜·巴斯蒂，她也在北大读研究生，专业是中国古典文学。她说她不太喜欢披头士，更喜欢法国那些平和别致的小调。说着，就唱了一首法国民谣。那是我第一次和一位货真价实的法国金发女郎面对面聊天、听歌。虽然我更喜欢披头士，但出于礼貌也出于对她的尊重，觉得她质朴的歌声也很动人。他们俩比我也就大两三岁，就觉得都是同龄人。

那天老郭把第一次替我转录好的录音带交给了我，我兴致勃勃赶回美院。正好外语附中的同学张润峰来看我，我们就一起去美术研究所找韩增兴。小韩虽然不写也不画，但是很喜欢和我们一起摄影、看电影、听音乐。当时，美院的大队人马都到邢台"四清"去了，校园里没几个人，我们几个就在宿舍里静静地听这些从没听过的歌曲。我事先已经忍不住绘声绘色地把刚从老郭那听来的披头士的故事讲给他们听。记得当时我是这样形容自己如何被震撼：那声音，那节奏，直接劈开了我的天灵盖。

我是学法文的，润峰是学西班牙文的，小韩是学俄文的，所以，根本谁都听不懂他们在唱什么。但是，音乐的节奏及特别的和声已经让我们如痴如醉。我们一遍又一遍地反复听，忍不住地鹦鹉学舌跟着瞎唱，不亦乐乎。

1966年晚春，我们相约去西直门外的广州酒家吃饭。那天除了我、老郭、巴斯蒂以外，还有他们带来的瑞士留学生，我带来哥们儿巫鸿。巫鸿1963年考入中央美术学院学习美术史。15年之后重返美院攻读硕士学位。1980年赴美，获哈佛大学美术史与人类学双博士学位，现在是芝加哥大学艺术史教授。在我们的圈子里，他算是在艺术、学术上硕果仅存的。

那天饭馆很挤，挤得我们不得不促膝长谈。我告诉他们：我们对披头士入迷了，请求老郭接着给我们录更多披头士的歌。他豪爽地说没问题。大概因为喝了点啤酒，我情不自禁地开始模仿披头士旋律，像模像样地哼唱了起来。他们几个听后面面相觑，诧异地问："你唱的是披头士吗？"我说："没错！肯定是这个旋律，就是你给我录的这些歌呀。"

老郭的立式录音机是便携的，就在他硕大无比的背包里。他打开录音机，放上那盘录音带，我熟悉的披头士响了起来。我一边跟着哼唱一边说："你看，你看，对了吧，就是这个。"

他们几个哭笑不得，似乎百思不得其解。幸亏那个瑞士留学生音乐功夫非同小可。他说："老郭，你把歌曲录反了。他们听的是逆行披头士。"我们几个恍然大悟，哈哈大笑。没想到，倒着唱的披头士也这么好听。老郭说："实在对不起，我拿回去全部给你重录。"当时，我都傻了眼了，至今我也不明白，怎么会把音乐给反录下来呢，更不明白倒唱披头士怎么也如此旋律优美、节奏清楚。老郭说："这说明披头士还是非常严谨的古典音乐，经典古典音乐旋律都可以反奏，一样好听。"这回真让我们长了见识。

那天巴斯蒂正好坐在我旁边，我们聊得很开心。我问她是否喜欢滑冰。她说她喜欢。我们击掌约定，冬天一起去北海公园滑冰。其实我滑得并不好，不如巫鸿的跑刀滑得那么快，也不如外语附中的刘贵花样滑得那么花哨。我只是想，穿一身红色橡皮绸的法国金发女郎巴斯蒂，肯定会给北海冰场留下一幅难忘的美景。

正说着，老郭指着迎面走过来的卡玛说，她也是你们101中学的。我和巫鸿连忙回头，瞬间都愣了。那健壮高大的女青年怎么会是卡玛呢？卡玛是美国人，一副西方人长相，说一口流利的京腔。她的父亲韩丁受埃德加·斯诺《西行漫记》的影响，20世纪40年代来到中国，被周恩来总理称为"中国人民的老朋友"。巫鸿认识卡玛是在她初一的时候，我认识卡玛是在她初二的时候。那时我已经上大一了。在我们眼里她就是一个青涩苗条的少女，才三年不见怎么完全变了模样？说来话长，再见卡玛已是在美国，她成了纪录片导演，还获得过普利策奖。

我们最后一次聚会，北京已经开始"破四旧"了。我们约好去颐和园昆明湖划船。尽管我带了便携式的电唱机，放上了一曲 Blowing in the Wind（《随风飘荡》），不是鲍勃·迪伦唱的，而是男女二重唱，音色非常柔和、悠扬。我们几个在湖中心，收起船桨任由小船飘荡。他们告诉我，得到通知了，所有留学生都得离开中国。那乐曲因此也似乎变得有些忧伤。这短暂的友情使我们惆怅，冬天的约会就此泡汤。估计至少一年之后，他们才能回来与我们重逢。

我送给老郭一套影印本的《脂砚斋重评石头记》，另一位北京朋友居然陪老郭坐火车南下，到广州乘船回法国。那年头，友谊的重量似乎比黄金还重。

谁都没想到，这一别竟有20年之久。直到1990年我去巴黎见到巴斯蒂，她已成了巴黎师范大学的副校长。我大吃一惊，这是培养让-保罗·萨特的学校。一个我年轻时代遇到的法国姑娘，居然也会变得德高望重。而郭汉博，当年的老郭，刚刚从《世界报》退休，和一位台湾著名学者合作编辑出版中国的古籍。他成了一个和蔼可亲的老人家，对我热心细心，带着我走遍巴黎中心的大街小巷，一一呈现他曾经给我讲过的典故。

当年，他们像候鸟一样飞走了，我们的披头士音乐源泉干涸了。原先那一拨最早传进来的披头士已经在我们及周边的孩子中，引起了继续追寻的热忱。

我家对门的吴尔鹿有位同学叫林中士，住在友谊宾馆。林中士的母亲是英国人，父亲是马来亚共产党领袖。友谊宾馆住着世界各地来的友好人士，他家是常驻那儿的老住户。林中士可谓奇货可居，手里收集了许多北京青少年买不到的东西，他就做些这方面的小买卖挣点儿零花钱。他也认识老郭，告诉老郭一句中文俗语，就可以换杯啤酒或者几块人民币。据说"三十如狼四十如虎"一句话，他就从老郭那儿挣了十块。

林中士手上有几张披头士的唱片，可我那会儿也没什么钱。他就带我去一对法国青年夫妻家做客，让我当面给他们画水墨画。我在他们家画了三张，一张花鸟，一张猫咪，还有一张头像，签了名作为礼物。回送给我的是一张披头士唱片，反正他们就要离开中国了。我就这样一来二去挣了几张唱片。

我入狱之后，这些唱片就落在我弟弟张寥寥手里。当时吴尔鹿手里也有几张。那会儿，仅凭这个，在北京青少年中他们俩就不得了了。后来寥寥开始自己弹唱披头士的《昨天》《黄色潜水艇》等。

我于1977年最后一天出狱回到家里。想起了当年在黄永玉叔叔家听牙买加的流行歌手白利·方达的歌，就前去拜访。我想：也许他们现在也听披头士了。

和黄叔叔一家久别重逢，他老人家很开心，给我放上一张保罗·西蒙和加芬克尔二重唱的原版唱片。他们因演唱好莱坞经典电影《毕业生》主题曲而在国际流行乐坛大红，可看到这部片子是在许多年之后。当他俩唱起 Bridge over Troubled Water（《忧愁河上的金桥》）的时候，黄叔叔、师母和儿子黑蛮都小声跟着唱了起来。看来，这些年他们已经迈过披头士了。

时代奇趣者

1978年到1980年我回到中央美院教书，美院有许多留学生。他们带来了各式各样的西方音乐，有古典，有声乐，当然也有大批的摇滚。海啸般的音乐，扑面而来，而崔健作为标杆，开辟了中国自己的摇滚。

1988年我去了美国，和我同在普林斯顿的苏炜是黑胶唱片的发烧友。在他的影响下，我也开始收集唱片。当我看到披头士六七十年代的唱片，心头一股热浪穿过，真有"千里他乡遇故知"的感觉。看到西蒙的二重唱也赶紧买，看到ABBA（阿巴乐队）也买。就像杰克·伦敦写的《热爱生命》的故事一样：一个曾经长期饥饿的人，会像松鼠一样疯狂收集各种可口的食物。

前些年我回北京，给我弟弟寥寥带的礼物，就是当年他曾经拥有过的那两张披头士唱片。他半天没说话，仿佛时光倒流。

现在我北京家里还有几张披头士的黑胶唱片，只是没条件听了。但我还会拿出来看看。"当我们想起年轻的时光，当年的歌声又在荡漾！"披头士黑胶唱片和曾度过那时代的我，看来不可分割。

和崔健有关的青春往事

冯翔

(媒体人)

一个生在北京的朝鲜族男人,帮助了一个素不相识的东北少年,改变了他的口音、命运和思维方式,那么深,那么久。

在名人荟萃的八宝山墓区,有座不起眼的墓碑。黑色大理石的材质,夫妇合葬。除了名字、生卒年份和一张合照,什么文字也没有,正如墓主人神秘的一生。

李克农,中国人民解放军副总参谋长、外交部副部长。身为开国上将,他却从未带过一个兵,打过一天仗。他只是救过总理和康生的命,参与过西安事变和朝鲜停战谈判。

李克农有个女儿叫李冰，学医，担任过主席和总理的保健医生。后来，她创建了中国肿瘤医院和中国癌症研究基金会，任会长。总理晚年做完最后一次癌症手术，睁开眼睛说的第一句话是"把李冰同志请来"。

1992年，为了扩大癌症基金会的影响、筹措资金，李冰和她的同事们想到了摇滚乐。于是，他们找到中国摇滚乐先锋崔健。

那年的12月28日、29日、30日，崔健在北京展览馆办了一场为期三天的演出，主题是——"因为我的病就是没感觉——为中国癌症基金会义演"。

这场演出被坊间称为"中国摇滚乐最精彩的一次现场"，很快就出了专辑，影响了无数人，包括我。

保守估计，这张专辑我听了一千遍以上。在那些阴暗和痛楚的青春岁月里，它给了我勇气，给了我力量，让我不再彷徨，只顾闷着头往前闯。

虽然我的今天也并不怎么样。

一

我听崔健的历史，到今天已经超过30年。很偶然，也必然。

母亲在市艺术馆上班。这里才子多，怪人多，一身才气爱说怪话的人更多。1990年左右，她的几个同事到家里做客，带来了一盘磁带，其中就有《一无所有》。那时我九岁，一只刚出壳的嫩鸡仔，很容易就被这种听起来酷酷的音乐俘虏了。

接下来，我开始拿着崔健的磁带去班里放，在同学们面前唱，主动逼迫他们听，在给女同学的贺年卡上写："我要从南走到北，我还要从白走到黑""不是我不明白，这世界变化快"……

小学二年级，那是一个男生女生们听小虎队和郭富城还有点不好意思的年龄，让他们接受崔健有多难，可想而知。我后来接受过无数的白眼、嘲笑、孤立和风言风语，成了全班同学眼中的怪人。

1994年毕业前，我给崔健写了一封信，抒发了我的敬仰之情。地址现在还记得，北京市安外东河沿某号院某号楼某号，从杂志上抄来的。他没给我回信。

同一年，崔健出了第三张专辑《红旗下的蛋》。在音乐课上，当着全班同学的面，我唱了一首《飞了》，满座皆惊。这也叫歌？在他们的记忆里，这更像是一段相声的贯口。好多年后，我与当初的一个同学相遇，他还能背诵这首歌的最后两句歌词："空气点着了，我飞不起来了。"

身为一个识字比较早的孩子，我从小就受遍了表扬，经常被叫去参加各种智力竞赛，最后变得心高气傲，棱角分明，乐于表现自己。这种特性很快让我在初中时期吃尽了苦头。

初一年级一共有七个班，每个班主任都有一套自己打人的独门秘籍。我们班的班主任是个刚结婚没多久的英文女教师，手法是从单侧快速抽学生的耳光。所有的男生都被她打过，无非是上课讲话、作业没写完一类的理由。

20世纪90年代的社会似乎对暴力不太敏感，从教师到家长都没那么明确的人身保护意识。这种殴打从来都是当众进行，一群小人儿在旁边沉默而战栗地围观。所以，成年后的我，再看到那个年代刑讯逼供一类的故事，一点都不惊讶。

暴力是改变人的有效工具，孩子们很快就学会了在恐惧下遵守规则、闭口不语，我自不能例外。但崔健始终像内心的一个接头暗号，不光给我一种暗自得意的自信，还让我一有机会就想向外界发表宣言。

二

就这样，机会来了。

语文课，教了贺敬之的《回延安》。这首共分五段的抒情长诗，被我暗暗改成RAP（说唱音乐）的节奏，在心里唱了好多遍，模板正是崔健那些铿锵有力的说唱。从《不是我不明白》到《解决》，从《飞了》到《盒子》……

对我来说，那是记忆力最好的时候，如烈火熔铜汁般篆铸在脑子里，一辈子永远不会忘记的文字和旋律，如同一个精灵族群与生俱来的咒语口诀。此时的我，只觉得自己很牛而且很炫，却不知模仿这种唱法容易让人变得讲话吐字不清。这是后话，也是我至今摆脱不了的后遗症。

这一刻，我的时间真的开始了。

这堂语文课的任务是分段朗诵，我分到第一段。站立，放下书，用崔健教给我的RAP又一次震惊了全班。

"心口呀——莫要——这么厉害地跳，灰尘呀——莫把我——眼睛挡住了……几回回梦里回延安，双手搂定宝塔山……"我不停地冒虚汗，尽管下面笑声、惊叹声、议论声四起，还是一口气坚持到了最后。

"你这哪是诗朗诵，明明是唱歌嘛！"语文老师也被惊呆了。

"没看注解里写着吗?选自《放歌集》。"我挺着脖子回答。

得感谢这位老师。她对于这种闻所未闻的事物,采取的态度类似1986年5月9日那天,女高音歌唱家王昆对崔健所说的那句话——"上吧。"

她放下教学计划,让我专门给全班重新RAP了一遍这首长诗,不是第一段,而是全文。

> 杨家岭的红旗啊高高地飘,
> 革命万里起高潮!
> 宝塔山下留脚印,
> 毛主席登上了天安门!
> 枣园的灯光照人心,
> 延河滚滚喊"前进"!
> …… ……

20余年后的今天,我对这段仍然能够张口就来,可见当时的记忆有多深。得到鼓励的我,越说越快,越说越顺,说得每一个同学都全神贯注,忘了下课铃声。当我大声喊出最后一句"身长翅膀吧脚生云,再回延安看母亲",还没来得及把落款处的日期读出,就被欢呼声淹没了。窗外,门口，挤满了来看热闹的男生女生。

三天以后，这种 RAP 成了我们班对这首长诗的官方朗读形式。

在做完眼保健操准备上第三节课之前，学生们一般都被要求集体背诵当前学的某段课文。《回延安》恰逢其时。全班同学都已经很熟练了，口齿清晰，节奏朗朗，根本无须我再教。何处连读，何处瞬间停顿，何处重重发音，整齐如一。班主任扒着门缝，眼神惶惑凶狠，却不好打断。

试想一下，一个下手狠辣的女教师，趴在教室门外向里窥探，随时有可能拎出某个她眼中的麻烦制造者出去扇一顿耳光。孩子们战栗着，把内心的恐惧转化为整齐高昂的口号，喊出来的却是一首崔健与贺敬之联手创作的红色摇滚 RAP。这是多么奇特的景象。

三

这个小小的浪花很快就被时光推过去了。我天生对暴力反感，从内心抗拒暴力贯穿的教育方式。致命的是，我不懂得把这种情绪同自己该干的事情分开。

中考，我离普通高中的录取分数线差了 16 分，收到一张职业中专汽车维修与驾驶专业的录取通知书，让我速去报名入学。光明的前途在向我招手，而我根本没有报考这所学校。

那一刻，我才感到一种冷漠而深切的痛楚。人的自尊心很容易被轻易捧得很高，而只有当它从高处坠落到水泥地上的时候，你才知道，原来它是玻璃做的。

我上了一所普通高中，自费。上一届，这所学校文科班的高考状元考了个专科。

那时正赶上我家拆迁搬新房，经济上困窘不堪，6000元学费都是向亲戚借的。我耷拉着头去报到，随身听里装着崔健那盘《为中国癌症基金会义演》的磁带。

第一次摸底考试，我在全年级600人中排第480名，座位被分到教室倒数第二排。

力量，许多人都会用这个词形容崔健的音乐。听他的歌，很容易让人浑身肌肉膨胀，信心勃发，梗着脖子跟现实较劲。确切地说，高中这三年，是崔健对我影响最深的时候。他给了我这三年最渴望的力量。但我更在意的，并不是他的力量。从他的音乐里，我听出了高超的情商。

他的成功，绝不是随便得来的。作为中国摇滚乐第一人，他被看作中国文化的一个代表人物。无数外国记者不怀好意地来采访他，问的问题一个比一个敏感。比如：你怎么看待艺术与政治的关系？他想了想，说了一句让人不免拍案的话："艺术有政治的责任，但是没有政治的目的。"

在音乐这条道路上，他一开始就保持冷静的头脑。没有做一个当时最时髦的吉他手，也没有做一个最稀缺的鼓手，而是坚持写自己的歌，唱自己的歌。他的那些歌词、旋律、编曲，无一不透着精心考虑的方向和艰苦卓绝的努力。

懵懂如我，逐渐从他的音乐中想通了一个道理：在逆境中，要心态冷静，直面自己，认清目标；然后，摒弃束缚，不管不顾，朝着认准的方向猛冲。正如他唱的："谁说生活真难，那谁就真够笨的，其实动点脑子绕点弯子不把事情都就办了。"

高中三年，我悟出了几个笨拙而有效的招式。

当时，每月考一次试。老师说，谁的成绩上升15名，就可以把座位调到前排。我没这个实力。怎么办呢？很简单，我第一次故意考砸，从40多名掉到50多名。反正座位已经在倒数第二排，没法再往后了。下个月我努力考好一些，就从50多名考到了30多名，顺利调到前排。

我发现自己基础太差，专注力不集中，补物理、化学一类的短板非常费力。但我从小喜欢看书，尤其是乱七八糟的历史书。那好，我干脆不补了，以后报文科。尽管当时男生报文科是要被嘲笑的。文理科高二才分，高一还要学一年物理、化学。在我看来，既然决定报文科，再上这两门课就是浪费时间。从此，这两门课，我再也没有听过讲，都在做文科的题。这两门考试的时候，选择题一律选C，填空题一律写1。大题在空白处明晃晃地写："我不会""没学过""你教我"……有一位判卷老师估计实在气得忍不住了，给我加了三个字的批语"缺心眼"。

高考前夕，整个高三有一种诡异的氛围。我们学校挨着全市最大的公园，跳过一道墙就是。很多同学认为书快读到头了，就天天逃课去公园逛。我心想，这可是高考前的冲刺阶段啊。于是，经常是我一个人埋在教室的题海当中，一直坚持到高考的那一天。

夜深人静时，我一个人用耳机反反复复地听那盘《为中国癌症基金会义演》的磁带，听崔健高喊一个个乐手的名字，用一把吉他鼓动万千歌迷有秩序地形成双声部大合唱，体会那股浑身肌肉绷紧充满力量的感觉，排解掉心中的恐惧与下坠感。他的音乐仿佛给内心那不见底的深渊装上了坚实的水泥地面，让你稳稳地着地。有了地面，反抗就有了后盾，似乎正在向你心中的那股怨怒瞄准，准备开火。

四

高考成绩下来了。我这个自费生考了全校文科第一名，也是唯一一个"211"的本科，其中历史成绩全市第一。

某种意义上，这次小小的绝地反击，成为我人生真正的起点。从那之后，无论我遭遇多惨的失败挫折，都再也没有自我怀疑过。而崔健给我的武器——音乐，我端起来就再也放不下了。

好多年以后，我去了北京，当上了记者。当年年底就是崔健的演唱会，地点在北京展览馆。我和几个同样买不到票的人，找到一扇扩音效果比较好的侧门，轮流弯着身子，贴着耳朵，听完了整场，散场后又坚持了十分钟。那天，刚下完一场大雪，北风怒号，地面冻得坚硬无比，即便是我这个东北人，也冷得缩脖端腔。

梁天从场内出来时，用他特有的小眼睛，朝我这边瞟了一眼。那一刻，我意识到，崔健已经不再是一个接头暗号，而是一套通用电码。

我的朋友苏阳后来对我说，如果不是崔健，很多人的世界观还会停留在一个比较傻的程度。后来，我慢慢知道，那个年代有多少人因为崔健改变了命运，或是被他激发出力量。

在陕西财经学院读会计专业的女学生——闫妮，听了崔健1988年的一场演唱会后，就转战到解放军艺术学院，改行搞了艺术。后来，她演了《武林外传》。

北京的小护士吴士宏最爱《假行僧》，后来，她成了微软中国的总经理。她说，自己这辈子只眼巴巴地等过两个人的出现：一个是崔健，一个是比尔·盖茨。

喜欢这首歌的人还有王健林。他在公司年会上唱这首歌的录像，在网上的播放量不知有多少了。他还喜欢唱《一无所有》，被人做成表情包，一拱手，"家境贫寒，告辞"。

跟他们相比，我命运改变的幅度真是太小了。

五

一晃听崔健已经30个年头，我也成了一个油腻的中年胖子。

2021年4月下旬，我从北京飞到上海，去看了崔健久违的演唱会。旁边有个萍水相逢的姑娘，后来才知道她是上海有名的音乐剧艺术家。我们互相加了微信，她把刚拍的一段视频传给了我。

那是我跟着崔健嘶吼的瞬间。眼神坚定到发直，嘴张得很大，表情却紧绷着，吼得那么大声，那么暴力，像是要压过台上的崔健。一只手按在胸前，另一只手举着手机拍照，头上戴着一顶崔健标志性的白色红五星棒球帽——那是崔健送我的。

到北京这些年，我写了许多摇滚人，算是把自己儿时的情结过了一遍。崔健自然是重中之重。我采访了跟他打过交道的几十个人，写了三万字，发在《南方周末》上。我还收集了他各种各样版本的歌，累计300余首。虽然我面对面跟崔健说话的次数寥寥无几。

我觉得自己不适合和他面对面，我怕我会掉眼泪。

音乐是人类储存时空的仓库。某些音乐响起的时候，时光就会瞬间倒流到某年某月某日的某地。对我来说，崔健就是那个掌管仓库钥匙的人。他那张线条分明的面孔，会在一瞬间打开时空隧道，让年少时一切粉红色的泡沫和伤痕扑面而来，挤得人无法呼吸，只需跟着他唱就可以了。

正如我写过的一段话："崔健影响的那个世界，那些曾经热泪盈眶的年轻人，也已经不再年轻了。只有在崔健越来越少的演唱会上，他们才能时而忘情地呐喊，时而沉默地流泪，挥舞着手里的红布，缅怀自己刻骨铭心的青春，也缅怀那个能靠奋斗改变个人命运的时代。尽管，那已经再也回不来了。"

这也是我这些年来在他演唱会上的正常反应。每一次，我都会在心中咀嚼这段缘分：在一个最好又最坏的年代，一个生在北京的朝鲜族男人，帮助了一个素不相识的东北少年，改变了他的口音、命运和思维方式，那么深，那么久。现在，我吐字不清又语速偏快的口齿还是很难被人轻易听懂，我在内心积蓄力量的方式仍然是《盒子》的前奏，我的人生还在不断经历一轮又一轮的绝地反击。

虽然从来没有人能联想到，我身上的这一切，跟那个名叫崔健的人有什么样的关系。

我也懒得解释。

七号大院的流浪者之歌

李大兴

（作家）

> 一个闷热的下午，我一进大院门，就看见路中间醒目而孤单地躺着一个被摔成两半的小提琴盒和一把已经被踩烂的小提琴。

一

我和亦真第一次见面，是在一次网友聚会上。她是个安静柔和的"80后"女孩，个子不高，穿着朴素，在一群人里并不起眼，但五官精致，让人觉得舒服，抬起眼睛看人的时候还有一丝好像受了惊吓的表情。我觉得她的样子看起来有些熟悉，也许是在论坛上来往了相当一段时间的缘故吧？

她在网上很活跃，是个有自己的想法也很会表达的文艺女青年，对诗词、音乐、电影都很熟悉，据说还能拉一手很好的小提琴。大抵在虚拟世界能够滔滔不绝畅所欲言的人，在现实中多是内向沉默的，聚会时她是说话最少的一个。

我走过去夸奖她小令写得很好，她的脸唰地红了。我问她大学是不是中文系出身，她说："李老师，不好意思，我学的是经济，现在没有人去读中文系了。"她告诉我她在芝加哥读过两年书，拿了一个工商管理硕士（MBA）就"海龟"了，现在波士顿咨询公司做事。我说，那可是非常著名的公司，应该不容易进去。她说："唉，我们这一代人就是这样实际，不像你们80年代那拨人忒理想主义。"我说："其实不是那么回事，每个时代的绝大多数人都自愿或者不得已地活得很实际。"

午夜散场时，亦真忽然告诉我，她的父亲也是七号大院的。

七号大院是1949年以后北京城里围建的诸多大院之一，里面既有前清时的府邸，也有民国时的官厅，20世纪五六十年代又增添了一些仿苏式不土不洋的楼房。大院里的住户也是三教九流，有前清遗老、留用职员、知识分子、革命干部、勤杂人员，等等。我问她的父亲是哪一位，她说了一个我从没有听到过的名字。我又问她父亲是哪年生人，知道比我大几岁后，就觉得释然了：大院里有那么多孩子，不同年龄段的彼此不认识很正常。

一个星期后我回到芝加哥，下班后继续淘黑胶、听音乐、洗唱片，听着迈克尔·拉宾演奏的《流浪者之歌》，我眼前忽然一亮，想明白亦真像谁了。放下手中的黑胶，我给她发了个短信："令尊是不是随母姓？"

二

老人们常说七号大院风水不好，院子里常死人，而且经常是自杀。一进门的那栋哥特式大楼，虽然巍峨，却古旧阴森。小时候听大孩子讲福尔摩斯故事《巴斯克维尔的猎犬》，就是在这栋楼的回廊里。某一个晚上，一盏灯都没有，一群小孩子听他讲得毛骨悚然的时候，忽然一道灼眼的亮光，照着伸出来的舌头白晃晃，小孩子们大叫着四散而逃。我腿脚不灵光，跑起来最慢，下台阶时还摔了一跤。这一摔倒明白了：不就是讲故事的大孩子在吓唬人吗？

在回廊的尽头，据说20世纪50年代初有人在那里上吊。近20年过去，夜里从那儿走过，还会有一个穿着白衣的女鬼出现。虽然居委会主任大妈在开会时专门辟过谣，说那都是瞎掰，是迷信，可是晚上如果捉迷藏走到附近，还是忍不住有点哆嗦。不可思议的是，这栋楼尽管早就成了筒子楼，住着杂七杂八人等，靠尽头的四五间屋子却一直没有人住，好像是资料室、储藏室一类地方。

大约是在1969年初，天气还很冷的时候，最顶头的一间屋子忽然亮了灯，不久就听说是一对姐弟住了进去。母亲告诉我：莹莹和小弟是一对失去了父母的姐弟。他们的父亲张教授是从美国回来的，被打成了"特务"，两年前和妻子一起自杀了。

我第一次遇见这对姐弟是在大院门口，顿时眼睛一亮。姐姐穿一件很旧、已经洗得发黄的军上衣，扎了一条腰带，戴了顶帽子，头微微扬起，乍看像个女民兵。弟弟跟在后面，比姐姐矮，出奇瘦小的身材和脑袋不大成比例。让我印象深刻的是，他的眉眼如此秀气，面白唇红，还有一头微黄的卷毛，如果不是已经知道他是男孩子，真会觉得遇见了一个漂亮姑娘。姐姐发现我在盯着他们看，就瞟了我一眼，随即转开，那眼神有点厉害、有点满不在乎。倒是她弟弟好奇地盯着我看了一会儿。

他们很自觉地不和别人主动说话来往，反而引起大家的好奇心。据说大院里几个有名的"坏孩子"有一天把莹莹截下来，要和她交个朋友。莹莹的反应是一抬手，谁都没看清楚是怎么回事，就把领头的刚虎撂倒在地上。具体情节自然是越传越邪乎，但结果是显而易见的：虎背熊腰的刚虎如今带着他的几个小弟兄跟在莹莹后面，清一水儿地骑着闪亮的永久牌或飞鸽牌自行车，在大院里穿梭而过。

七号大院里有几百个孩子，一阵子流行这一阵子流行那。那年流行的是小提琴，几乎走过每个单元门，都能听见某层楼里传出呕哑嘲哳的琴声。那是一个每天早晨六点钟广播站高音喇叭就震耳欲聋的时代，所以没有什么其他声音会让人觉得难听。除此以外，对于孩子来说，那倒也是一个自由自在的时代，尤其像我这样从小辍学在家的。大人自顾不暇，我经常连个招呼都不打，就溜出去一天，天黑后才回家。记得有一个黄昏，可能是仅仅出于无聊，我在院子里转悠，走到回廊尽头，听见了非常好听的小提琴声。我那时也不知道那是什么，但就是站在那儿走不动路了。

那时北京的春天虽然偶有风沙，大多数时候还是晴空万里，空气清新。一下子就到了穿单衣的日子，我的好朋友告诉我，院里的孩子们约好在后花园比小提琴。我记不清他用的是不是"茬琴"两个字，但是要较量一下的意思是很明确的。我的朋友也是学得很卖力的一个，还专门让他爸爸找了一个据说在中央乐团拉小提琴的老师。

那天晚上，后花园里来了上百个孩子，在我的记忆里是空前绝后的。大院里的领袖人物，是一个已经在工厂里当工人的老初中生。他站在后花园久已荒芜的花坛上，两手揣在口袋里，嘴里叼一根烟，很有风度地甩一下头发，然后讲了几句话，大意是说大家是通过小提琴会会朋友，交流交流，不是比高低，友谊更重要，等等。

新月升起的时候，一阵接一阵的琴声飘在后花园中，真是一个难忘而美好的夜晚。尤其难忘的是，小弟背着小提琴，低着头有些畏畏缩缩地走上花坛，可是他一拉琴，就像变了一个人一样，舒展自在，浑然忘情。他演奏的乐曲其实我在窗外听过好几遍，但不曾这样真切动人，回肠荡气。曲毕，停顿了几秒，花园里的孩子们都情不自禁地鼓掌，而弟弟又回到了原来拘谨局促的模样。

三

亦真有时会问我七号大院的事情。我问她为什么不问她爸爸，她说问过，但是他说都不记得了，什么都不说。

我问："你大姨怎么样了？"她说："在美国呀，有30年了吧。不过我只见过她两次，都是我在美国念书的时候。

她从来没有回来过。""你大姨住在什么地方啊?""她在威斯康星州一个小镇上。她过得怎么样,在做什么,其实我也不是很清楚,只知道她嫁了一个老美,成了一个非常虔诚的教徒,好像在做社会工作者。她跟爸爸来往也不多。"

威斯康星州离我不远,我就向亦真要了她大姨的地址,想着什么时候路过时去看看她现在的样子。

第二年夏天,我真的路过密德尔顿,一个离湖不远的小镇。我一时兴起,就找出地址,开车到她家门口。那是一栋小小的两层别墅,园子剪得整整齐齐,在中西部郊区再常见不过的样子。小区树木葱郁茂密,安静无人,是那种适宜居家、适宜老去的气息。我在街上停了一会,看不出她家里是否有人,贸然敲门的想法却渐渐淡下来,最终我驱车离去,把湖水留在身后。

又过了两年,微博兴起,论坛云散。和亦真久无联系,忽然有一天收到她的短信:"我和爸爸下星期去芝加哥,不知道有没有机会见到您?"一来二去,我们最后约在城里一起吃个饭,然后开车带他们兜兜风。又一次见到亦真,我得知她新婚不久,先生是咨询公司的同事,自然免不了祝贺。看上去她变化颇大,多了几分少妇的成熟与职业女性的干练。她的父亲王子梵,秃顶,一身黑衣裁剪贴身,品牌高尚,沉默寡言,目光坚定。除了身材瘦小以外,看不出一点小弟的影子。

说起小时候是一个大院的,他微微一笑,眼神变得柔和,但是很诚恳地告诉我那一段时间的事不知道为什么现在想不起来了。"我们做生意的人,和您这样的文人不同,过去的事就不想了,只考虑现在和以后的情况。"我问他姐姐为什么一直没有回去过,他看了看我说:"我姐姐性格很固执,她不肯相信国内这30年有天翻地覆的变化,她的印象一直停留在上世纪80年代,再也不肯往前走了。"

"她后来去哪儿了?"

"她没去插队,去的是黑龙江建设兵团,在那儿待了八年才回来,身体不行了,就在街道上又待了几年,后来就出国了。"

我们一面兜风,一面有一搭无一搭地聊着。

"亦真在文学方面很有才华,听说她小提琴拉得也非常好。"

王子梵很开心地笑了:"是啊,她小提琴天赋很不错,她的老师很希望她考这个专业呢。"

那天的芝加哥市内观光,结束在夏夜的海军码头。坐在湖边长椅上,温暖的风习习吹来,深深的湖水闪动微光。回望城市,满岸楼影灯火。

四

可能是1977年吧，调频台里终于开始播放古典音乐。有一天我忽然听到了小弟拉的那首曲子，浑身震颤了一下。我第一次知道了萨拉萨蒂的名字，知道了在遥远的美国，有一位伟大的小提琴家名叫海菲兹。听到《流浪者之歌》的时候，我就会想起小弟，想他不知道流浪到哪里去了。

后来我自己走了不少地方，听了太多的古典音乐，从室内乐到交响乐，越来越无标题，反而很少再听《流浪者之歌》这样的作品，直到开始收集黑胶，有一天偶然遇见迈克尔·拉宾的10寸盘单声道唱片。这位在36岁就不明不白夭折的天才，琴声里有一种令人着魔的气质。听着听着，自己仿佛也染上了吉普赛的心情。离开北京30年，回去找不到一点故乡的感觉。七号大院已不复存在，一幢幢高楼沿街而起，挡住了大部分阳光，大部分的记忆也在物换星移之间消失在阴影里。

那年茬完琴后不久，莹莹、刚虎等一干人被抓起来，据说送进了少年劳教所。因为什么或者究竟发生过什么众说纷纭，随着时间流逝不了了之。小弟似乎在大院里更加孤立了。他从来不出来和别人玩，偶尔可以看见他背着小提琴盒子子独行。我有时候会在晚上到他们住的房间外面，望着里面透出的昏黄灯光,听他拉那首曲子。不知不觉中,我在回廊尽头不再觉得害怕了。有一次我鼓起勇气对小弟说:"我很喜欢听你拉琴。"他对我笑了笑,什么都没说。打那以后,我们在路上碰见,彼此都会朝对方笑笑。

"九大"胜利闭幕,大批知识青年开始离开北京去农村插队,或者去边疆生产建设兵团,"广阔天地,大有作为"。我也曾经去火车站送哥哥,"这是四点零八分的北京,一片手的海洋翻动"。有标语口号,有豪言壮志,还有忍住的泪水、忍不住的抽泣。莹莹终于被释放,一出来就走了,她没有父母,只有一帮小兄弟给她送行,我能够想象她是仰着头离开的。刚虎不久也走了,去了一个相反的方向,据说在火车站哭得稀里哗啦。后来我再到小弟的窗下,觉得他的琴声好像分外忧伤。

夏天,院里院外打过几次群架以后,仿佛换了一个朝代。新当上孩子头的几个,据说拳头、板砖、链子锁都更硬。一个闷热的下午,我一进大院门,就看见路中间醒目而孤单地躺着一个被摔成两半的小提琴盒和一把已经被踩烂的小提琴。从此以后,回廊尽头的那间屋灯光再不曾亮起。

听说小弟是被赶走的,也有人说他是自己走的,谁也不知道他去了哪里。时光过得很快,大院里人又很多,不多久小弟的名字就很少被人提起了。又过了一年，我自己也离开了七号大院。

芝加哥湖边的王子梵并没有承认他的小名是小弟，也没有告诉我他的姐姐是莹莹。七号大院那对曾经让我好奇、让我情动的姐弟俩，他们如今在哪儿？

苏北笔记

杨葵

(作家)

告别苏北,迄今已近40年,如今回忆苏北的童年生活,如七宝楼台,虽在心里眩得很,拆碎下来不成片段。

引 子

戊戌年春节,陪母亲去南京过年。

大年初一抵宁,当晚一大家族20多口人欢聚,欲笑还哭自不消说。初二下午,天气晴暖,全家人到燕子矶,三五成群沿江边漫步,晒太阳,唠闲话。我们轮换推着坐在轮椅上的母亲,她很高兴,眼睛一直由着笑容挤成细长线。

江面泛着金光，一艘大船突突突，自西向东稳健前行，身后不远，三艘小不点儿并排紧随，步调一致。此时此刻，此情此景，令我顿感恍惚。时光倒流 39 年，也是冬季的一天，父母带着我和哥哥，天刚蒙蒙亮即从江苏淮阴长途汽车站出发，一路开到洪泽湖边，已近晌午，停车吃饭。下午到了南京，当日夜里又从南京坐绿皮火车，由南向北跨越此刻就在眼前"一桥飞架南北"的南京长江大桥。第二天傍晚抵达北京，和此前已先抵京的姐姐会合，一家人从此定居北京。那一年我 11 岁。

1949 年，父母从不同的解放区进了北京城。十几年后，时势变化，他们一个成了"右派"，一个成了"反革命"，先后被发配到河北唐山柏各庄农场。中间又是多少故事，最终结为患难夫妻。1960 年，他们被下放到苏北。本来应该在清江市安排工作，母亲工作落实了，却没单位接收父亲，只剩涟水县文化馆有一空缺编制。涟水离清江不足 30 公里，现在看，是同城，但在当时是实实在在的两地分居。父亲怕委屈了母亲，建议她留在市里，自己去涟水，两头跑。母亲说，那么老远从北京跑来这么个奇怪地方，不就是为了两人不分开嘛，一起去。

1962 年夏天，父母的第一个孩子我姐姐生于涟水县。1964 年夏天，哥哥出生。1968 年，也是夏天，我在涟水县人民医院哭出生老病死第一腔。1979年，父母落实政策回北京，我也从此告别苏北，迄今已近40年，如今回忆苏北的童年生活，如七宝楼台，虽在心里眩得很，拆碎下来不成片段。

遇见死亡

不知何故，后来想起苏北，常是冬日景象。不管什么回忆，底色总是萧条的冬天居多，地面下过雪。江苏的雪不会太大，积不住，满地潮湿泥泞，到处脏。

不过据母亲回忆，我出生那年冬天，有过一场豪雪。就在那场雪中，有天夜里我呼吸急促，脸憋到紫，后来呼吸越来越弱，脸越来越白。父母吓坏了，抱着我冲向医院。积雪甚深，唯一交通工具自行车（苏北叫"脚踏车"）无法骑，只能跌跌撞撞跑。心急如焚，像过了半个世纪，其实不过20分钟，到诊室打开襁褓，只见一张红通通的小脸儿，正对他们乐。

我对此当然全无记忆，只能从母亲的话中，体会当时的紧迫，母亲原话是"感觉这孩子活不成了"。

我自己记忆里，也有过一次这样的感受。有年夏天，在一条小河沟旁，还不会游泳，河沟最窄处只十来米，想着憋口气必能渡过，就下水了。恍惚间觉得手已触岸，头浮出水面才发现，离岸还有一截距离，霎时惊慌失去理智，在水里扑腾得惊天动地，脚下似有一股神秘而强大的吸力，将我吸向死亡。当时脑子里就是这话：可能活不成了。后来，不远处的哥哥发现，冲过来把我轻松揪出河沟。哥哥全身透湿坐在岸边大乐：这么窄的河沟，哈哈哈。我惊魂未定，也说不清当时那股神秘力量，一言未发。

在此之前，有一场更明确、更漫长的与死亡打交道的经历。1976年夏天唐山大地震，全国各地医疗人员和药品支援灾区，偏巧我手上害疔疮，因为治疗不当，病毒感染，急需红霉素。遍寻县城找不到，医院仅有的救急存货，也不是我这样的人配用的。我亲耳听到医生跟母亲说：快想办法去吧，没有红霉素，十有八九转成白血病，性命难保。父母像疯了一样，四处奔突，找救命的红霉素。我每日在家，手肿成大馒头一样，疼，用红领巾扎成绷带，吊着胳膊，分分秒秒凝视死亡的步步逼近。

如今旧事重提，虽处盛夏，仍能感受到当年那股绝望的信息，不寒而栗。好在最终母亲在邻县一位熟人手中求得几支存货，药到病除，我才活到今天。

木屐子

苏北的冬季，雪也是常有的。雪后四处泥浆，穿普通鞋既容易脏，又易滑倒，双脚在冰湿鞋里一天下来，还会受凉，这时候就会穿木屐子——苏北方言里，名词后边总喜欢带个"子"，木屐子就是木屐，一块鞋底木板，层层芦苇草编织的鞋面，两块四五厘米高的小木板，一前一后钉在鞋底板下头，一来防滑，二来防冰湿。

境遇不好，父母难有余闲在家照顾孩子，我五岁就被送进小学。木屐子的记忆，从刚上学开始就有，大概那两年多雪。初穿木屐子很新鲜，可是难掌控，走起路碎步忙不迭，像小脚老太太。穿的次数多了，新鲜感消退，只剩不便。

上学的路大概四五里地，没有任何交通工具，只靠走。平时连走带玩，路过河塘看人钓鱼捉虾，路过街口看汽车喷浓烟驶过，从不觉得上学路长，一旦穿上木屐子，什么闲情逸致都没了，只顾赶路。如今想来，不光是木屐子的问题，也是天冷，瑟瑟缩缩，哪有心思玩呢。

形容人啰唆，常见一条歇后语：老太太的裹脚布——又臭又长。穿木屐子的时候，要用裹脚布的，一是因为稻草透风，要保暖，二是普通袜子不禁磨，多裹几层布，省袜子。那年月，什么都要省。

说到裹脚布，又想到在苏北最后一年，1979年初，正值农历腊月底，父亲接到第四次全国文代会筹备组电报，要他速至北京，有要事相商。当时父亲已与文坛失联小20年，中间经历了多少胆战心惊，一时难断此兆吉凶，惯性的惶恐中，又隐约抱了希望。夜深人静，我一觉醒来，父母房间还亮着灯，两人小声嘀咕些什么，不时唉声叹气。好歹把年熬完，大年初三，父亲起程赴京。临行前有个细节，父亲照例拿出裹脚布，熟练地一层层包裹。母亲满脸愁云说："这样到北京会让人笑话的啊，忘了给你买双好袜子。"

父母因为资历老，最早工资级别评定得高，下放苏北，各自被狠降若干级，还是比县委书记高，为此我常遭到早熟同学的嫉妒。可是从穿衣用度看，我家日子过得那叫一个窘迫。时过境迁，曾问母亲，怎么会这样，母亲不无得意地说："都用来给你们吃啦，那么穷的年代，你们姊妹三个鱼肉常伴，多贵都舍得，就是生怕家境不好，你们身体再弱，长大了难抵灾难。"

"小红花"

20世纪50年代，南京创办"小红花艺术团"，集小学文化教育、艺术教育与舞台表演于一体，上午学语文、算术，下午学舞蹈、器乐、声乐，经常排练节目，四处演出，名噪一时。小红花被誉为艺术家摇篮，为专业文艺团体及院校培养了不少苗子，据说现在当红的演员梅婷、薛白，都是小红花培养出来的。

到70年代，江苏省不少县里的小学，也都成立了小红花艺术团，我是涟水县小红花艺术团成员。县城里的小红花，东施效颦成分大，并未严格按上午学文化、下午学艺术这样划分。也经常排练节目，不时演出，但随意性大。尽管如此，能入选小红花，还是一件光荣事。

我在小红花，跳过《洗衣舞》里的班长，还跳过《火车向着韶山跑》《小炮兵》等，都是当时红极一时的舞蹈节目。也唱过独唱，还有诗朗诵。基本每个剧目，都在县城的人民剧场大舞台正式演出过。通常是先排练几个月，突然有一天，艺术团的老师会千叮咛万嘱咐：记住啊，明天，白衬衫蓝裤子白球鞋。那就是说，要正式演出了。第二天放学后不回家，学校管顿饭，然后排队去剧场。在后台，一一涂了红脸蛋儿，舞台大灯一暗再一亮，粉墨登场。

演出结束，还要回学校开总结会，绝没有人开溜，因为能领到一块蛋糕做夜宵，外加几角钱补助。那时候的一块蛋糕啊，恨不得从收到白衬衫蓝裤子白球鞋的通知开始，就黏在心里，挥之不去。

小红花的好多演出细节，现在还记得，过五关斩六将都模糊了，留下的都是走麦城。比如有天在台上，当花朵一簇簇绽放时，我跑错了花簇，当时心里懊悔不已，心想：台下看，肯定一簇花肥，一簇花瘦。

还有一次朗诵《念奴娇·鸟儿问答》，排练时，每次念到"不须放屁"，就憋不住乐，偏偏指导老师还一再强调，这句必须念得坚定、有力，就更要乐。小孩子天然就对屎尿屁敏感。正式演出，一再强忍，自己倒是忍住了，不料台下一位大爷爆笑，我被传染，也笑呲了。当然台下也就哄堂大笑，不过那笑稍纵即逝，所有观众转瞬之间又憋了回去。经历过禁忌年代的人都懂，怎么敢！

还有一年，春节去部队慰问演出，结束得晚，军营备了床铺留宿。战士们给我们洗脚，我脚底一痒，两脚乱扑腾，洗脚水溅了战士一脸。

小红花只是小学生的艺术团，但是从剧目变化，也能看出时代的变迁。低年级时，是《洗衣舞》这类经典剧目，到1977年、1978年，开始有《一百分和零分》这样的新创作出现。全社会抓纲治国，要实现四个现代化，小学生的任务就是好好学习，所以，名正言顺地开始鞭挞零分了。

计算器

1978年初，社会形势好转，父亲从涟水县红旗中学调入位于清江市的淮阴师范专科学校教书，母亲也同步调入学校后勤部门。我呢，从涟水县实验小学，转学到清江市向阳小学。

市里的人瞧不起县城来的，统称之为"乡下人"。转学那天，向阳小学一位老师就说了，乡下来的，要先考试。卷子拿来，一张语文、一张算术，两堂课时间完成。我只用了20分钟，两张卷子同时交了，都是满分。那位老师大加赞叹，不过说出的话还是：哎哟，乡下来的成绩这么好，想不到，想不到。

因为成绩好，我被评为市三好学生，在市里的大礼堂领奖。颁奖仪式的流程之一，是请了个科学家作报告。他拿出一个一半课本大小的物件，举在手中说："这叫计算器，可以自动运算加减乘除。"说完从台下找了两个学生上台，一个笔算，一个用计算器。所有人亲眼见证神奇时刻，那小玩意儿居然比笔算快那么多，全场暴发雷鸣般的掌声。

我在那一刻，惊异得傻张着嘴，不敢相信看到的这一幕。

后来，科学家又拿出一个电水壶，演示靠电力可以烧开水，再靠压力即可将水从壶中压到杯子里，又是雷鸣般的掌声。现在的孩子看了要笑死，但我当时坐在会场，内心汹涌澎湃，惊叹科学之伟大，顿生学科学爱科学之心，顿生四个现代化不靠我们能靠谁的豪迈。

那次全市三好学生的奖品，是一个蓝色塑料皮笔记本，封面右上角，有开会那礼堂的线描图，图上压着"淮阴"二字，都做了烫金处理。我后来拿它当摘抄本，抄了一些唐诗宋词，还有一些白话诗，记得其中一首写的是什么"面对大海，长发迎空飞舞"云云，足见浪漫情怀。

如同拿到本子时还立志爱科学，用了本子却是抄文艺的诗；立志要抄满一本美言佳句的，结果只抄了十来页，就不了了之，束之高阁。不知何时，母亲找出这本子，撕掉写了字的那十几页，做了她的电话通讯录，一直用至今日。

看电影

贫困年代的县城，看电影也是奢侈事。电影票一角钱，够单人一天伙食费了，所以我在苏北看电影的机会并不多，关键是能入父母法眼的电影也没几部。

如今回想，在苏北看过的电影，有《闪闪的红星》《小兵张嘎》《三进山城》《51号兵站》《金姬和银姬的命运》《冰山上的来客》《瓦尔特保卫萨拉热窝》《桥》《刘三姐》等。在苏北看的最后一场电影，是在清江市新落成的一个电影院看的，墨西哥译制片《冷酷的心》。

印象最深的和电影有关的故事有两则。一是关于《红楼梦》。不是后来那部一块大石头占据整个片头、如泣如诉五分钟《枉凝眉》的电视剧，是王文娟、徐玉兰她们演的那部戏曲艺术片。

七八岁时的一天深夜，我被父母从睡梦中摇醒，稀里糊涂扯到电影院，第一次听到贾宝玉、林黛玉两个人名。父母怕我贪睡而辜负他们的美意，不停对我施展各种绝招，给点零食、揪揪耳朵、胡噜胡噜脑袋。我也本着孝心，使劲儿睁开老要耷拉的眼皮儿。可是，黛玉一进贾府，宝玉唱起传世名段"天上掉下个林妹妹"的时候，父母被剧情彻底俘虏，再也没闲心管我，我自此拉开架势，不管不顾痛睡。

万没想到，第二天傍晚放了学，刚晃进家门，惊闻噩耗，母亲要让我受二茬罪，又要陪她奔赴电影院，还是《红楼梦》。

母亲是个越剧迷，年轻时在中南海红墙里工作，自然雅致得很。风云突变，被下放苏北穷乡僻壤，那颗越剧之心憋坏了，好不容易逮着这么个机会，哪容错过。对她来说，《红楼梦》代表旧梦重温、往日情怀，里边有许多内涵；可是对我，不啻是一场噩梦，前一夜的梦中，一直有人咿咿呀呀如同鬼魅，不是不吓人的。

没想到这一夜看进去了，父母培养我文艺情操的愿望，终于被我自觉自愿地接受，我瞪大双眼，看得声泪俱下。并非我早熟，实在是全场人哭成一片，不知不觉就跟着哭了。看完走出影院，我对母亲说："明天再来看一遍吧。"

别以为我们这叫迷恋，比我们更痴迷的人多了。人民剧场连续一周马不停蹄，二十四小时无休无止地响彻宝黛悲哭。成千上万的人进进出出，更有人在那一周，把电影院当成了家。时值盛夏三伏天，据说后来电影院里馊味扑鼻，人们一般会带好多条手绢入场，因被剧情感染，抹湿若干条之外，还需一条专门用来捂鼻子，隔离呛人的馊味。一周放映时间尚未结束，听说有一名观众在电影放映过程中休克，送至医院抢救无效，告别人世。验尸报告称，死因有二：缺氧导致窒息，悲痛过度。

第二则故事和《决裂》有关。

家境越来越窘迫，衣服上的补丁越来越多，父亲自制的煤球烧出的火苗越来越黄，父母可能再没有一分闲钱可供花在看电影上头，电影院离我的生活日渐遥远。

穷人的孩子早当家。我用暑假空闲，在建筑工地做小工补贴家用。一堆奇形怪状的碎砖石，砸成鹅卵石大小，一立方米几块钱。第一次拿到自己挣的钱，兴奋中突发奇想，要给父母一个惊喜。偷偷跑到电影院，买了几张电影票，回家左右扭捏，故作神秘使尽花招要让父母高兴。

万没想到，父亲问明白来龙去脉，表情无比复杂地摸着我的头说："今天爸妈都有事要做，你也别去了，那电影不好看。"我当时委屈得不想活了。

若干年后，一个偶然的机会，看到那天要放的电影《决裂》，终于明白了父亲为什么情愿伤我伤到那样，也不愿让我迈进电影院。那部著名的"三突出"电影是在鼓励学生们交白卷，彻底摧毁师道尊严。而父亲正是一名中学老师，不时被学生批斗。

运　河

1978年春末，我转校到向阳小学，正读四年级。这学校其实算是淮阴师专的附属小学，就在淮师大院的门口，我从家到教室，走路五分钟。1979年9月，小升初，考入江苏省重点中学淮阴中学，上学的路远了很多倍。中途必经西门桥，桥下便是著名的京杭大运河。

这条运河历史悠久，当时长江航运、运河航运不像现在这么没落，还是全国交通、货运的重要组成部分。每次路过大运河，河面满满的，一派繁荣。机船行进的突突声、汽笛声，此起彼伏。航道中间，货运船居多，船上是石子、粮食等各种货物。航道两边，不少泊船，船上生火做饭，洗衣晾晒，有时还能见到甲板上，一个大爷端着紫砂壶，气定神闲地喝茶远眺。他们吃住都在船上，是真正的运河人家。

淮阴自古即是南北交界之地，南来北往的人选择在这地界，就在这条缓缓流动的大运河旁，舍舟登岸或者弃马登舟。古往今来，多少文人墨客、商贾游人，在此河边演绎过多少悲欢离合。这些小情小调，不过是今天再来回想平添出的想象，当时每日路过，也听，也看，也盘桓，心里想的只有一件事：要去北京啦。

前文说到父亲1979年初即至北京，父亲走后几日，母亲明显神不守舍，有点恍惚。终于有一天，我正在淮阴师专操场上疯玩野跑，母亲远远骑着车过来，叫我回家。到家后，母亲拿出父亲来信，好几页纸，从头到尾念给几个孩子听。还记得第一段一连几个"恢复"，恢复党籍，恢复名誉，恢复……

母亲念得铿锵有力，眼眶中泪光晶莹。我虽被母亲声音流露出的兴奋感染，也觉高兴，毕竟不明就里。如今想来，父母心中憋了20年的块垒，在那一刻被洪流荡平，无论写信的，还是念信的，还能保持那样的克制，已大不易。

父亲一到北京就再不让走了，参与起草第四次全国文代会的大会文件，参与大会种种筹备事宜。中间回过一趟苏北，说起全家可能要搬到北京生活。从那一刻起，北京北京北京，心里似有好多双翅膀，随时振翅欲飞。

那段时间，母亲每有闲暇，都被我缠着问各种问题：天安门城楼能上去吗？大会堂有几个操场大？北京冬天是不是特别冷？妈妈被问得一点不烦，反而满脸笑容解答，唯恐不细，经常答得比问得多：天安门城楼能上去，你爸爸就上去过；北京冬天比苏北冷，但是屋里有暖气，可暖和了；而且，冬天还有雪糕吃，奶油的，一口咬下去，美味啊！

就这样，我每天跨越大运河上学、下学，在运河边东玩西耍，眼里看到的一切，都美好得像童话。有一天，夕阳西下，我站在西门桥上，看着脚下桥洞不时冒出大小不一的船只，突然想到，"京杭大运河"，一直向北不就是北京吗？不如随便跳上一艘向北的船，乘船去北京吧。

一个东北家族的百年小史

冯翔

（媒体人）

> 一代代先人都走了自己的路，既为了追求个人志趣，也为了自食其力。有些时候，这两者互为保证。我相信，我从他们身上至少继承了这一点。

"汉卿，你说，咱们还会有那么一天吗？"快30年了，这句话我还记得。这是《辽宁老年报》当年的连载小说《张学良与赵四小姐》最后一章，最后一句话。

我姥爷晚年把这部小说的每一期连载都剪下来，工整地贴在一个笔记本里。姥爷的大学毕业证上，盖着"东北交通大学校长张学良"的印章。他对这位校长是有感情的。在东北经济断崖式下跌的如今，一般人很少听说过这所大学的名字，更不知道，东北曾经有过那么一个洋气和文艺的青春期。

少帅今天还站在辽宁省锦州市铁路高级中学的校园里，右手托帽，左手背后。他青铜铸造的身体后面，是一排整齐的欧式建筑。罗马式的拱门，高大明亮的落地窗，外形线条简洁流利，就是放在现在也不跌份儿，何况它已经有将近一百年的历史。那是少帅当年的办公室，也是东北交通大学最后的一点残余痕迹。

这排房子的设计师，一位叫梁思成，一位叫林徽因。

是的，你没看错。少帅励精图治大兴土木，连搞几所大学要培养人才，东北交通大学是其中最早的一所。梁、林夫妇是他花重金请到东北的。梁先生月薪800大洋；林先生打五折，400大洋。

2001年少帅去世的时候，我正在沈阳读大一，还和一个同学傻乎乎地跑到当地设的灵堂去给他鞠躬。当时太年轻，不知道许多历史真相。

比如，他跟我们一样，听过周杰伦的歌。

一个东北家族的百年小史

一

大学毕业后,我做了一名记者。每天东跑西颠,采访过不少人。其中一位,是写《高玉宝》的军旅作家高玉宝老先生。因为他这本书,全中国姓周的孩子都多了一个外号。采访完他,我的感受是,老先生嘴里说的恶霸地主周扒皮,做事风格跟我太姥爷差不多。

我的太姥爷名叫王志仁,是个在家说一不二的大家长,白嘉轩型的人物。用我母亲的话说,"我爷爷眉毛一竖,全家大小,谁都不敢吱声"。他在世时,定下一套规矩:全家不允许有人吃白饭,男的下地,女眷做家务。头一周,大儿媳妇做饭,二儿媳妇做衣服,三儿媳妇纳鞋底……下一周依次轮换。高老先生对我说,当年"周扒皮"也定了一套类似的规矩。大概那个时代东北的地主都差不多吧。

既然是地主,当然要雇长工做活。但我太姥爷给长工们吃烙饼,自己家人只要不下地的,一律喝稀饭。一个咸鸭蛋,全家人能吃好几顿,拿筷子刮到只剩下一层壳了还舍不得扔。靠这样,家里逐渐攒下了百十亩地,才有资本供我姥爷读大学。

我没有见过这位太姥爷,只是听他的第三个孙子,也就是我三舅讲过一个故事,也许可以说明"地主"这个词的另一面。

他上中学的时候，家里的玉米长得很好，他想吃，爷爷——也就是我太姥爷不让，说等秋收，一穗玉米就是二两粮，吃了太可惜。不料，半夜来了个人偷玉米——想来也是饿急了——正好被家里人发现，我三舅上去就要打。太姥爷却不让打，而且还让那个人把玉米拿走了。

太姥爷留下的家训——"人的一生要躲开'罪'字，不犯法，遵守法律，诚实劳动；躲开'穷'字，不走邪路，勤俭过日子。"听起来活像是新教里的加尔文派，或者"五月花号"上那批清教徒。如此信奉法律，是因为他毕业于奉天法政学堂——当时沈阳首屈一指的国立大学。

王家祖籍山东德州，清末闯关东来到辽宁铁岭扎根落户。王志仁是家中长子，读书支撑门户的使命落在他身上。袁世凯病死那年，也就是1916年，31岁的他不甘于一个乡村教师的身份，硬是考上了大学。毕业后，他在辽宁、吉林多地做过法官。伪满洲国时期，他当过一个县的内务局局长，相当于今天的工商局局长外加教育局局长。后来，因为跟日本人处不好关系，他辞官回乡。

奉天法政学堂是清末由盛京将军赵尔巽在沈阳办的，用意是培养东北当地的法政人才。最著名的毕业生，大概是曾任黑龙江省省长的常荫槐。这个人足智多谋，手腕老到，是张作霖的左膀右臂。张学良上台后，嫌他碍事，设计将他和另外一位老臣杨宇霆一并枪杀，史称"杨常而去"。后人论及，往往惋惜道：如果杨、常尚在，日本人发动"九一八"就会多很多忌惮。可惜历史无法假设。

少帅如此不智之举，我却很能理解。这些年，每当我回东北过年，跳下火车车厢，呼出一口白气的时候，总有一种不管不顾的躁动和兴奋感，想找个人打一架，似乎血脉中那股蠢蠢欲动的非理性因素又回来了。

常荫槐不只是我太姥爷的校友。1927年，他以北洋政府交通部代理总长的头衔，在锦州主持了一所大学的创建。这就是东北交通大学。那时候，铁路是一个国家从农业化走向工业化的象征，是富国强兵的标志。从张氏父子到日、俄、国民政府，尽管目的各异，无不努力打造东北的铁路。到新中国成立时，东北铁路通车里程占到全国一半以上。

1931年，我姥爷考上这所学校，念的是最好的专业——铁路管理。

他们开学是当年的9月1日。刚入学半个多月，轰隆一声，九一八事变爆发了。

二

九一八事变三天前的一个晚上，几个参与策划的日本军官在沈阳开了最后一个会。胜算并不大，到底干不干？他们拿了一支铅笔竖在桌上，讲明如果往左边倒就干，往右边倒就不干。

结果，松开手，啪的一声，那铅笔真往右倒了下去。几个人面面相觑，一阵难堪的沉默。突然，其中一个叫今田新太郎的大尉跳起来大喊："你们不干我一个人干！"这句话，掀起了历史的惊涛骇浪，改变了多少人的命运。这伙日本人选择的突破口，正是铁路。三天后，他们炸毁了沈阳柳条湖地区南满铁路的一小段，嫁祸于中国军队，挑起了战火。

东北三省很快就沦陷了。东北交通大学的150名学生紧急撤往北京。时年20岁的大一新生王崇宝——我姥爷，就是这150名学生中的一个。

接下来的几年，东北交通大学与东北大学合并，他们在北京继续读书。我大姨、大舅就出生在北京。那时候的人结婚早，姥爷上大学前办了婚礼。

从当年的课程表上可以看到，他们除了专业课程，光外语就要学两门：英语和日语。没有点语言天分是毕不了业的。当时的姥爷无法料到，多年后，外语会给他带来怎样的命运转折。

人的命运啊，当然跟历史进程相关联。大学毕业后，姥爷去了山海关火车站，工作一年就当上专管行车的副站长。结果七七事变又爆发了，抗日战争全面爆发，平津沦陷。山海关火车站自然也被日本人占了。

徐悲鸿的学生蒋兆和先生画过一幅《流民图》，描绘了流民在抗日战争中背井离乡颠沛流离的惨状，这也成为他的代表作。其中参考东北人的成分，我想不会太多。因为东北的三四千万人，绝大多数并没有成为"流民"，而是成为了异族治下的"遗民"。我姥爷就在其中。但他一直跟日本人处不来。抗战期间，他竟然先后换了五个火车站工作，最后在抗战胜利前辞了职。

我一开始很奇怪，难道这么多火车站都找不到处得来的日本人？为什么我们家两代先人都跟日本人处不来？后来，我读了李光耀的回忆录，他只因为没有给一个日本兵鞠躬就被叫过去一脚踢飞。懂了。

姥爷这辈子真正的命运转折，是在抗战结束之后。国民政府接收了东北，对铁路实行军管。又被起用为站长的姥爷，就这样穿了好几年国民党的军装，留下了重大历史问题。更要命的是，他还用英语写过一条标语，大意是欢迎美国代表团来此视察。

在历史的大旋涡里，姥爷这样一个先后伺候过北洋军阀、伪满洲国、国民党反动派的资产阶级技术权威，被吞没简直天经地义。25岁就当上火车站副站长的他，52岁的时候还在做一个普通的车站客运员。

我三舅因为家庭问题入不了团，回家哭着问：爹，我家为什么出身不好？你那时候干吗不投奔革命去？

一生不得重用的姥爷，除了与世无争，还能指望别的什么呢？晚年，他跟着最小的女儿也就是我母亲生活，以诗酒自娱，八十开外无疾而终。我还记得他生前挂在嘴边的一句自嘲：今朝有酒今朝醉。现在想来，生逢乱世襟抱未展的悲哀，一个知识分子一生的上进与不甘，都在这句话里了。

由于姥爷的关系，我的童年是在铁路边的职工居住区度过的。至今，我看到火车还有莫名的亲切感，尤其是蒸汽机车。

很多东北人的自豪感很强，以为中国之大，只有东北。我就是这样。后来去南方采访，我对当地朋友感叹：什么？你们这地方没有铁路？也没有铁西区？

还好，姥爷的三个儿子——也就是我的三个舅舅，不像我这么见识短浅。他们早已走出了东北。

三

三个舅舅的名字都很好记,极其简单直白。

姓王,"大"字辈,依次分别叫王大海、王大陆、王大鹏。海陆空占全了。从我记事的时候起,他们三个就是我们家的北斗星。远在天边,却一直能稳稳地指引光明。

在我长大的那个东北四线小城里,我们家一直是左邻右舍羡慕的对象,我家是一条街上最早拥有彩电的人家,而且还是日本松下牌的。这台彩电就是他们寄回来的。

有句话说,每个人从小都有一个邻居家的孩子。对于我而言,三个舅舅就是这样的榜样。我母亲挂在嘴边的一句话,就是"要向你三个舅舅学习,要远走高飞,要有出息"。

先说二舅王大陆。二舅毕业于哈尔滨工业大学电机系。这所学校一度作为国内最好的工科大学,与清华齐名,号称"工程师的摇篮"。他果然不负母校期望,毕业后在北京的电力系统做了一辈子工程师。

小时候,二舅从北京来我家,记得他给我讲,学习一定要弄懂每一道题,当年他读书时,如果有不会的题,就记在一个本子上,不弄懂决不罢休。可惜那时我太小,听完根本不往心里去,还以好读书不求甚解安慰自己,果然成了一个学渣。

二舅的长相跟我姥爷特别像，都是瘦瘦的，长脸细眼，沉默稳重，浓浓的理工男气质。特别是语言天分也像。

前几年我母亲来北京，一起去看70多岁的二舅。闲聊间，我问了一句："二舅，您退休这几年主要忙什么？"

"噢，我主要是翻译点技术资料。"

我不知死活又问了一句："哪国的呀？"

他想了想，说："大部分是俄语的，少部分是德语的，很少是英语的。"

"啊……哦……"

再说三舅王大鹏。他毕业于北京钢铁学院，也就是今天的北京科技大学。

20世纪50年代初，新中国决定仿照苏联模式，对高校专业进行分拆合并，以便适应国家工业化的建设需求。就这样，分拆出了钢铁、石油、矿业、地质、农业、林业、航空、医学八所大学。我三舅考上的是北京钢铁学院冶金系，从清华拆出来的。

三舅本来志不止此。他的学习成绩足以报清华、北大一类的高校。但等到他高中毕业时，已经讲究"出身论"了，像他这种家庭出身是不许报名牌大学的，他只能选择北京钢铁学院，顺利考上。

大概是他们这批为了工业化生产培养出来的人，格外严谨和长于实干吧。北京钢铁学院又称"市长摇篮"，诞生过几十位大中城市的市长、副市长，包括北京、上海、广州、重庆、南京……不过，我们家并没有做官的基因。用三舅的话说，他始终弄不明白官场的门道，常常在不知不觉中得罪领导，再肯干也提拔不上去。最后他只做到了马鞍山钢铁公司的总经理助理，董事会秘书。

三舅有多进取？退休后，他竟然拿下了马鞍山市乒乓球赛的老年组冠军。

他这一辈子始终很有热情。这种热情可能在五十多年前就表现出来了。他大二的时候在山西实习，去了一趟文水县云周西村——你看到这个地名的时候，是不是觉得有点眼熟，但是说什么也想不起来？公布答案：这里是女英雄刘胡兰的家乡。

他们去探望刘胡兰的母亲，代表首都的知识青年向她表达敬意，并握手合影。

很多年后，我问他感受，他略带遗憾地说了四个字：

"是个继母。"

四

三个舅舅中最神秘的，莫过于我大舅王大海。

大舅是 1934 年出生的，22 岁毕业于北京大学物理系。可叹我完全没有他这份天资。我跟北大物理系唯一的关系，大概是每次去万圣书店，从地铁四号线的北大东门出口出来时，往铁栏杆后面的大牌子"北京大学物理学院"瞟一眼。嗯，也还可以。

大舅给了我对飞机最早的印象——他写来的信，上面有醒目的飞机标志，标明这是航空信件。寄自一个从来没听说过的地方——维也纳。

我问爸妈，只被告知：大舅和大舅妈在中国驻奥地利的原子能代表团工作。前互联网时代，这个问题实在超出我的想象力：为什么中国要往奥地利派原子能代表团？后来才知道，原来国际原子能机构（IAEA）的总部在那儿。1956 年 10 月，也就是我大舅毕业后几个月，82 个国家在联合国总部决定成立这个机构。

大舅的命运，也是被一群人掀起的历史进程改变的。

新中国成立后，很快开始调配力量进行核物理的研究工作，同时努力号召海外的中国科学家归国。短短几年，一连串闪光夺目的名字先后汇聚到一起：钱三强、邓稼先、王淦昌……这份名单里随便找一个不那么出名的名字，是张文裕，1938年博士毕业于剑桥大学，在西南联大教过杨振宁。他们当时都进了中国科学院近代物理研究所，代号"401所"，也就是现在的中国原子能科学研究院。

我大舅和大舅妈在这里工作了几十年，后来又被国家派到维也纳，度过了幸福又不能细说的一生。目前，网上几乎唯一能查到大舅工作情况的地方，是一篇文章《纪念何泽慧发现重原子核四分裂》。

何泽慧是一位女科学家，德国柏林高等工业学院（今柏林工业大学）技术物理系博士、中国科学院学部委员。她的另一个身份是钱三强的夫人。在媒体后来的宣传中，她还有个外号，"中国的居里夫人"。她本人并不喜欢这个称呼，晚年还会在审稿的时候把这个头衔去掉。但1946年他们在巴黎结婚的时候，居里夫妇的确亲自出席并发表祝福演说。

这篇文章中提到，401所有个二室，"出了大批出色的科学家"，我大舅王大海的名字就在其中——他和另外一位科学家卢涵林发明了"活化法"。根据后来解密的信息，二室的真实名称是中子物理研究室，负责人便是何泽慧先生。

他们的工作，就算不保密，也不是一般人能理解的。在1979年第一期的《高能物理与核物理》杂志中，能查到一篇论文《Al，Ti，V，I 的快中子激发曲线》，我大舅的名字排在作者的第二位，里面还提到了"活化法"这个名词。

这篇论文的详细内容我没有去找，看摘要就知趣地退避三舍。

> 在 E_n=4.5—18.3 MeV 能区，用活化法测量了 ^{27}Al（n，α）^{24}Na，^{46}Ti（n，p）^{46}Sc$^{1)}$，^{48}Ti（n，p）48Sc$^{1)}$，^{51}V（n，α）^{48}Sc 和 ^{127}I（n，2n）^{126}I 的激发曲线……

大舅妈叫杨润棠。她比大舅还神秘，互联网上找不到她的任何信息。只听长辈说，她懂五种语言。但有一件事情确凿无疑：20 世纪 60 年代初期，大舅妈的父母先后去世，给她丢下三个年幼的弟弟和一个妹妹。她和大舅竟然能把他们全都接到北京，以加起来 62 元的月薪，一个个养大、培养成才。其艰难程度，我想不亚于学会五种语言。

在一本纪念何泽慧的文集里，有他们夫妻俩合写的一篇文章，其中提到了一个细节：有一次，妹妹急病，要交 200 元住院费，她只好去求何泽慧先生，何先生二话不说就给了，她感激得掉下眼泪。

他们几年前最近一次回国，几家亲戚一起相聚，我偶然看到一本红色的证书。

"杨润棠同志从事国防科技事业××年,为国防现代化建设作出了贡献,特颁发'献身国防科技事业'荣誉证章,以资鼓励。"落款是中华人民共和国国防科学技术工业委员会。

我有点好奇,就问她:"他们为啥给您颁发这个证章呢?"

"你知道中国的第一颗原子弹是怎么爆炸的吗?"

"……放在铁塔上起爆的吧?"

"第二颗呢?"

"从轰炸机上扔下去的?"

"我就是负责飞机上电源的人。"

遗憾的是,直到2020年8月,88岁的她在维也纳去世,我跟她只有过这么一次正经的对话。

五

遗憾的还不止这些。

姥爷晚年最疼爱的唯一跟在他身边长大的外孙子——我,完全没有继承王家的外语、理工天赋。四级考了五次,最后一次半路罢考;物理水平连看个《三体》都很吃力。除了写过一篇重庆地下核试验基地的稿子,没有跟原子能发生过任何关系。

从我这条线来说,家族的天赋其实已经发生了断裂,或者说偏移。

我姥爷三个儿子全上了大学,几个女儿没有一个上成。有个人的原因,也有时代的因素。她们把生命和精力,无私地奉献给了家庭。对我姥爷来说,三个儿子再有出息,毕竟远隔千万里,养老的使命还是落在几个女儿身上。

作为最小的女儿,我母亲没有得到上大学的机会。上山下乡、回城接班的人生之路在等待着她。她的闺蜜们不少都通过这种方式,当上了铁路的售票员或者客运员。铁路是标准的计划经济管理制度,仿佛是东北的缩影。

她不甘于这种命运,靠自学的七个音符,竟然成功地扭转了人生。在文艺领域工作多年,后来又靠自考拿下了省城最好的大学中文系文凭。后来,我也考了那所大学的中文系,最后做了一个写音乐的记者。

我们家这一支转向了音乐和文字。三个舅舅、几个姨妈的后代更是在全国乃至全世界开枝散叶,各走一边,没有一个继续走上一代人的路。

出生在变局之年,选择更多,是我们这代人的共同特征。

在旁人眼中,我母亲的一生是很充实的。但她唯独没料到，岔子出在我身上。确切说是出在她从小对我的教育方式上。

听多了三个舅舅的故事，我从小就好高骛远。毕业后，我不但没有按母亲设想的那样，回到她身边找个安稳的工作，反而越走越远，最后坐着火车去了北京，成了一个房子、户口什么都解决不了的北漂，直到今天。

我不止一次听说过，她后悔了。

这大概也是摆脱不了的宿命。这些年，身边不断有朋友打算离开东北去闯荡，我给予的意见都是赞同和支持。当年祖先们闯关东，为子孙后代开创出一片土地，今天，我们该闯出来了。

一代代先人都走了自己的路，既为了追求个人志趣，也为了自食其力。有些时候，这两者互为保证。

我相信，我从他们身上至少继承了这一点。

一个家族的移民史

冯翔

（媒体人）

握着他的手，我能听出他在念叨当年村里的亲戚，挂念他们过得好不好。大概，他像很多山东人一样，一辈子没忘记自己的故乡。而这故乡，又已被我们这些子孙后代亲手丢失了。

一

我们家族能追溯的历史，从一次死亡开始。

这是一起枪杀案，一个男人被打死了。他也就30岁左右，有一男一女两个孩子。

死因是枪支走火。他参加了一个民间武装组织。但这个组织的宗旨,是土匪还是防土匪,可就说不准了。这一枪,对死者来说赔大了。他的寿命,至少因为这一枪缩短了三分之二。

他的一儿一女,今天已经分别99岁和95岁,都很硬朗。

没错,这起枪杀案发生在近百年前。

死者就是我的太爷,名叫冯玉秀。他的死,改变了他子孙后代的命运,让他们颠沛流离,一生远离故乡。

2010年,我去山东调查一起命案,地点离我老家也就几十公里。我碰到的第一个采访对象,就因枪支走火落得终身残疾。当时我很奇怪:这地方枪怎么这么多?后来想想,枪多的地方,要么当地习惯上山打猎,要么经常需要抢劫与反抢劫。总之,都很说明这里的民风与经济状况。我的老家,在山东省济宁市泗水县中册镇故县村。这个地方,不但我没有去过,连我父亲都没去过。他们这一代五男一女,全都生在东北。

那次造成我亲太爷死亡的枪支走火,改变了这个家庭的命运。我的亲太奶改嫁了,从山东嫁到东北。现在想来,应该也是经人介绍的。在清末民初闯关东的浩浩人海中,走着一个寡妇,简直不能再合理了。她的目的地,是今天的辽宁省辽阳市,沈阳往南60公里的一座地级市。这里也是她六个孙辈、六个重孙子孙女生长的地方，包括我。

之后，我太奶嫁给了一个也是闯关东过去的汉子，姓郝，也就是我的后太爷。我对他还有点印象，一个身材魁梧的老人，坐在一把太师椅上。他很喜欢我这个没有血缘关系的重孙子，见到我就往我手里塞几张纸币。

我这位后太爷很传奇，95岁的时候还在劳动，拎着十斤面粉送给两家亲戚，一家分一半。将来中国人口老龄化发展到一定程度的时候，可能满街就是这样的景象吧。

每年初一，都会有几个姓郝的人来给我爷爷拜年，我们这一代人还得鞠躬回礼。所以，后来我认识了说唱歌手郝雨，知道他也是山东人后裔，莫名有一种亲切感。

我的后太爷，跟我太奶又生了两个孩子，一个我们称之为"老姑奶"，一个我们称之为"老爷儿"。这对兄妹，跟我爷爷就成了同母异父的手足关系。他们，今天也都还在。

二

在老家那样一个既穷困又民风剽悍的地方，一个孤儿无疑很难生存。于是，我爷爷也闯关东到了辽阳。他在耳朵还好使的时候告诉过我，他在工厂里被日本人管了八个月。这样说来，就应该是1945年初的事情，他当时23岁。

女诗人灰娃在一次接受《中国改革》杂志记者采访时，悲愤地说："我记得九一八事变的时候，大人们都在哭，后来才知道是日本人占了东三省，三千万同胞成为流民。"实际上，他们并没有成为流民，而是成了遗民。流民也是有的，却是相反的方向。

根据复旦大学历史地理专业博士李强所著的《伪满时期东北地区人口研究》，1941年春天，平均每个月有10万名中国人，渡海投奔伪满洲国。在生存面前，家国大义算不得什么。早在1938年初，日本人就占领了山东全省，这时候已经三年过去了。在伪满洲国，中国人虽说连二等公民都算不上，但东北毕竟人少地多，外加政治环境相对稳定，没有战火拉锯，所以很少有性命之虞。日本人在这里开工厂，开商铺，大兴土木，提供大量工作机会。九一八事变后，尽管国民政府坚决不承认伪满洲国，但其实很快就开始允许通信通邮了。

我奶奶也是山东人，但她家去东北更早一些，所以她这个家庭妇女一生说普通话都很清楚明白，不像我爷爷说话一直都是浓重的山东口音。

《伪满时期东北地区人口研究》中提到，1941年春天闯关东的这10万人有着几个特点：

——山东人占到75%以上，占绝对优势。

——去往奉天省（今沈阳、辽阳、鞍山等地）的移民，首要职业选择是制造业，占32.9%。

——20—29岁的人口所占比例最高，在三分之一左右。

这三个首要选项，我爷爷都在里面。随大流，这三个字或许可以用来形容他的一生。他工作了一辈子的工厂，正是日本人开的。

20世纪三四十年代，辽阳，白塔下有一处辽塔旅馆，曾是九一八事变密谋地。

三

从孔夫子旧书网上，我买了几本写辽阳文史的书。其中一本，正说到这家工厂。

……辽阳纺织厂（简称辽纺）有七十多年的建厂史，前身是日本国富士瓦斯纺绩株式会社于1923年在辽阳建立的"满洲纺绩株式会社"……在筹办初期，为平抑社会上反对的舆论，曾吸收城内东街周家馆子财东周建人投一小部分资金，美其名曰"中日合办"，但随后很快又将周排挤出去。同年6月该厂破土动工，1924年5月开始试生产……

我们家族男人的共同特点，一是瘦，二是令人难以置信的记忆力。

仅在日本监工手下工作了八个月，半个世纪后，我爷爷却还能记起，其中一个日本人的口头禅，简直带着点恨铁不成钢的味道。

"你们，吃饭像马啦马啦的一样，干活像死啦死啦的一样，要钱像红胡子一样的！"

从《辽阳文史资料》第13辑的相关记载来看，大概确实如此。

（辽纺）工人为生活所逼，常有人带棉布出厂、变卖后买柴买米，以资糊口。这样做是冒极大危险的，工人下班出厂时，守卫一个一个检查，查出有带纱布出厂的，惩罚是非常严厉的。

不过，辽阳的这家工厂，却间接成就了另外一家公司——华为。

没错，华为。

1973年，"文革"低潮期的时候，周恩来总理主持通过了一项计划，从法国、德国、日本等国家引进26个技术项目，包括钢铁、化肥、石油化纤等。这项计划因为需用资金43亿美元，简称"四三方案"。"四三方案"中，最大的一项重点工程，就是从法国斯贝西姆和德希尼布两家公司引进的石油化纤项目。因为辽阳有辽阳纺织厂，算是有不错的纺织工业基础，附近人口又稠密，所以这个项目就设在了辽阳。

由于当时各方面秩序大乱，调度不了施工队伍，修建只能靠基建工程兵。而贵州青年任正非，就在这施工的部队中。作为重庆建筑大学毕业的一名技术人员，任正非在那个年代属于绝对的知识阶层。但他也是第一次见到这种世界级的先进工业设备，从此起了敬畏之心，知道了技术才是核心生产力。

在他创建华为之后，方针一直是"技工贸"，始终把技术放在第一位。华为，才能成为今天的华为。辽阳石油化纤厂从1974年一直修到1982年。这八年，是任正非的第一个人生小巅峰。他发明了一种叫作空气压力天平的仪器，被上海《文汇报》报道了。他还被选为代表，参加了1978年的全国科学大会，也就是俗称"科学的春天"那次，还有1982

年的十二大。

在任正非走上第一个人生小巅峰的这段时间,我的爷爷一直在辽阳纺织厂当他的装卸工,跟我奶奶一起养大了六个孩子。岁月静好。

四

在解放后的40年中,辽纺共纺出棉纱37万吨,织出棉布9.6亿米,上缴利税5.6亿元,实现利润2.6亿元。上缴利税额为现有固定资产原值的6.8倍。

以上是辽纺过去的辉煌,现已破产倒闭多年……市里已将该厂土地卖给中泽集团开发房地产。

就像这份材料描述的一样,辽阳纺织厂的命运,跟绝大多数东北的国有工厂差不多,亏损多年,最后破产。我的两个叔叔就在它光荣的下岗工人队伍中。我的两个大伯也下岗了,他们分别属于另外两家破产的国有工厂。就像娄烨1998年给刘欢拍的那支MV(音乐录像带)一样,"看成败,人生豪迈,只不过是从头再来"。下岗的亲戚们都顺利活了下来。卖盒饭,卖菜,或是去私营工厂当看门人,一个月几百块钱,在瑟瑟的寒风中值守和踱步,不时咳嗽两声。

我的两个堂哥，迅速成了我们家那一带有名的社会人。不时有他们拎着大驳刀追人，或被人拎着大驳刀追的消息。

因为我父母都不在工厂工作，我们家得以从20世纪90年代的东北下岗大潮中幸免于难，也避开了贫穷、暴力与家庭矛盾。

这同时也让我有了一个百思不得其解的问题：为什么我爷爷当时非要闯关东？如果他当时去山东的某个城市待着，比如省会济南，我们家这么多亲戚不就不用下岗了吗？

这个问题，一直到我2017年底去了一次济南，才得到答案。

那一次，我是去济南听崔健的演唱会。来一趟就知道，这里容纳不了多少外来人口。市中心的道路极为狭窄，一条双向两车道的小胡同里，居然有红绿灯，还有市级政府部门。不仅不限车、不限行、不限号，还没地铁，回来时堵在路上差点误火车。

人口密集，路牌号码都是五位数，比如：经十路21677号，济南妇科医院。

消费意愿低，购物商业街人流稀少，不管是老商业区大观园，还是崭新的万达广场。

根据济南文史学者牛国栋的著作《济水之南》，民国时，济南的商业不如烟台、青岛发达不说，甚至连淄博都比不上。

不过，济南人也有很多优点，比如实惠、守规矩，十字路口没人闯红灯。好多饭店的橱窗上还会贴一行字，"真材实料，童叟无欺"。

在济南，老崔很忠实地入乡随俗，遵循了这个规矩。那一天，光返场就返了三次，足足唱了25首歌，我的嗓子都吼哑了。事后听录音，这哪是他的演唱会，明明是我的演唱会。

那一天，他还唱了他一般演出根本不会唱的一首歌。我看他的演出这么多年，这是唯一一次。这首歌，当初出专辑的时候，他没有放歌词，而用一张《红灯记》女主角的老照片取而代之。很多人都硬是靠反复一遍一遍听，把歌词抠了出来。比如我和清华的刘瑜老师。

后来我问过老崔：当初为什么没有放歌词？

他说：当初有人警告我，你要是放，就等于自杀。

五

今年过年时，我读了一本书，名叫《祖先》。作者姓秦，《华尔街日报》驻华记者，是北宋词人秦观的后代。他利用家谱、典籍等资料，把秦氏家族九百多年来的历史，出过哪些名人，以及他们拥有怎样的人生，写了一遍。

写完后，他的感触是："我原先不知道自己跟这个家族有什么关系。但这本书完成后，让我感到，我和它拥有着极其紧密的联系！"

这本书是我过年回辽阳时，途经朋友的书店买的。在东北这么一个估计80%的人都是山东后裔的地方，他居然是土生土长的满族人，跟英达的家族姓同一个姓，但最后娶了个山东女人。

《祖先》让我读得极其妒忌。

作为一个全市高考历史单科成绩第一的人，最悲哀的莫过于发现自己家的历史无可追溯。根据百度地图，全国有13个"故县村"。百度一下我们老家的故县村，能查到该村有个水泥管厂，厂长叫冯庆恩。一看就知道他跟我父亲是一代人，"庆"字辈。但我爷爷就没给我父亲这一代按照"庆"字起名，而是选了"贵"字。他的几个孩子，全都叫"冯贵×"。

天呀，他才是第一代移民，祖宗传下来的规矩不知扔到哪里去了。

我又查了下泗水县，发现它没有出过多少名人大事不说，连日常新闻都很少。几十万人都是沉默的大多数。泗水县的现任县长，居然也姓冯，名叫冯冲，但他是兖州人。泗水县政府的网站上，也能找到一些冯姓人的蛛丝马迹。比如一篇文章，题目是《日伪泗水县特务系长冯德志的罪恶史》，看来也不是多么光荣。

我父亲以前告诉过我，我们家在山东其实也没有住太久，之前好像是陕西还是山西搬来的。网上能查到，陕西延川有个老干部叫冯致胜，跟我爷爷一样是"致"字辈，生于1916年，后来去了刘慈欣的老家山西阳泉市，当到市委常委，不知道是不是我们的同族。

但这个"致"字很添乱，不一定是按照字辈。如果按照我父亲的说法，其实是"来自山西大槐树"，那就成了典型的中国人家族传说，完全没法追溯了。冯姓是《百家姓》上排名第九的大姓，人口达八百多万，在广东、江苏等跟我们八竿子打不着的地方都有大量分布，更不用说北方了。我上网查了好多冯姓的家谱，发现没有一个能跟我爷爷、我父亲的字辈对上的。

20世纪90年代，曾有两个山东老头来过我们家，住了几天。我们被要求叫他们"二爷""三爷"，其实就是我爷爷的两个叔伯兄弟。几十年来，这次寻访也就是我们家族跟老家的唯一一次交流。他们的一个儿子，后来打过一次电话，跟我四叔互相加了QQ。

今年初一,我去爷爷家拜年,找到了我四叔。

我们家的男人长相普遍年轻。他今年63岁了,长相还跟40多岁的人一样,退休后忙于打牌和社交。一个50岁出头的女人正在追他。他好几年没有登过QQ了。

去的路上,我特意告诉出租车司机,从我小时候熟悉的辽阳纺织厂一带穿行。但发现那里已经是一片片的高楼层住宅,地形地貌全变了。

这座城市已经认不出我,我也认不出它了。

当着我的面,四叔找出记在一个小本子里的他的QQ号和密码,打开多年不用的台式电脑,从网上下载了一个新版本的QQ,安装上,密码不正确。

我们,就这样把故乡丢失了。

六

我爷爷今年99岁了。

他和时间的友情,已经到了彼此无能为力的时候。

拿出两年前我和他的合影一对照,他的外貌基本没有什么变化。虽然身体尚算健康,但进出也得坐轮椅了。

奶奶去世八年了,他也没有什么特别悲伤的表现,每天除了躺着就是看电视,喜欢看NBA(美国职业篮球联赛),

似乎里面有他的青春。

我父亲说：你爷爷这一辈子，啥没看开？要不他能活到这个岁数？

现在，居然是他这辈子收入最高的时候。退休金每年涨一点，涨到他99岁了。街道、社区，逢年过节都会给点福利。

也是最孤独的时候。

当年的老邻居老工友，都早死了许多年。到楼下晒太阳的时候，已经找不到一个跟他相识相知的人。

也许他真是老了，经常一个人念念叨叨。握着他的手，我能听出他在念叨当年村里的亲戚，挂念他们过得好不好。大概，他像很多山东人一样，一辈子没忘记自己的故乡。而这故乡，又已经被我们这些子孙后代亲手丢失了。

我经常想，如果没有当初那次枪支走火，也就是我太爷没有死于非命的话，我们家应该就没有闯关东这回事了。那样，我们这一支后裔的命运，我的人生，会如何演化呢？

经历世界闻名的山东高考，以考北京、上海一点问题没有的分数，上了一个外地人都没听说过的山东学校？回县城找个体制内的事业编工作，经常在领导夹菜的时候转桌？像现实中一样，客居十载，飘零京华，每天陷于流量与尺度的焦虑？像泗水那几十万老乡一样，变成沉默的大多数，岁月静好？偶尔被人当面恭维"都姓一个姓，你跟冯县长有关系吧"，故作镇定，笑而不语？八十里地外娶个矫健壮实足弓高耸的山东老婆，再生个胖胖的憨头憨脑的儿子？

那样的话，或许也挺好。

温热的尘土

我的姑婆赵四小姐

赵荔

（教育家）

> 世界上是没有任何人能够取代赵四小姐在张学良生命中的位置的。我无法向老太太保证我们会替她照顾好老先生。

生米煮成夹生饭

在我以上三代，赵家有十个孩子，四女六男，分着排号，所以就有了赵四。她是女孩中最小的，大名叫赵一荻。我爷爷是男孩子里最小的，所以是赵六。他们年纪差不多，又是同父同母的兄妹，关系很要好。我家那时出名的是同父异母的男赵四和女赵四。四妹妹尤其崇拜留学美国、回国后又在美军就职的四哥。为了表示对哥哥的景慕，就根据哥哥的英文名字Kenneth给自己也起了一个英文名字，叫Edith，谐音就是一荻。

赵四与张学良关系酿成世纪话题，其实非常偶然。当年她不过就是去找张学良玩玩，并没有什么"私奔"的念头，但当时嫉妒心特别重的大姐跑到父亲那里挑唆，说四妹跟有妇之夫的军阀私奔了。赵老爷子当时做北洋政府交通部次长，很重视脸面，他在不明真相的情况下，一气之下就让原本与四妹关系不太好、同父异母的五哥去《大公报》发声明，宣布与小女儿脱离关系。这下生米煮成夹生饭了。如果当时有人劝一下就没事了。

很重视传统的四小姐很把父亲的决定当回事，认为自己再也不能回家了，只好将错就错，跟在张学良身边。这一待就是一辈子，从此父女再也没有见过面，没说过话，没通过信。想到这里我的心真是在绞痛，眼泪也停不住。

他们父女二人心里都非常爱对方，彼此挂念。震惊中国的西安事变发生60年之后，1996年的一天中午，与往常一样，我和四姑婆坐在他们住所楼下的餐厅里。老太太很认真地对我说："小荔啊，我知道我爸爸心里还是爱我的，我让他觉得丢脸了，没法再见我了。可是他一直在关注有关我的消息。"我认真听着。老人继续说："就在我跟你四姑爷被送到台湾前，我爸爸托人把他用了一辈子的象牙筷子送来给我。所以我知道他是爱我的。"

她说话的样子很平静，可是语调深沉，充满感情。她接着说："我快回天家了，我走了以后，我要你把那副筷子拿去收好。因为我知道你在乎我们赵家的历史，你一定会很好地保存它的。你女儿也会在乎的，你以后要传给她。"

我有时很想用这副被爱恨欢欣浸透了的筷子吃饭，尝尝这积攒沉淀了百年来两代人生的酸甜苦辣，可又舍不得抹去粘在筷子表面上的两代人的手印。

"反正我是不走了！"

我是在历史书上认识少帅张学良和赵四小姐的。小时候家里人很少提到张学良和赵四，不希望别人知道我们有亲戚关系。

直到1990年，年届90的张学良才重获自由。次年，两位老人就到美国探亲访友。那时，我爷爷已经去世多年了，我奶奶得知消息，马上从上海飞到旧金山与四妹团聚。

1993年圣诞节，两位老人的孙子到夏威夷度假，邀请爷爷奶奶同行。老两口非常珍惜以自由人的身份享受天伦之乐的机会，一口答应下来。

谁也没想到，从此他们在夏威夷定居了。后来四姑婆告诉我,四姑爷来到夏威夷以后就喜欢得不得了,过完圣诞节和新年后就跟四姑婆说:"我喜欢这个地方,不走了。"四姑婆一听吓了一跳,跟他说:"我也喜欢夏威夷,可是夏威夷这么贵,我们人生地不熟的,怎么过日子啊?"四姑爷说:"那我不管,反正我是不走了!"她说:"你四姑爷是军人出身,就会下命令,其他都不管。所以我就必须想出如何能留在夏威夷的办法。"

他们本是来旅行度假的,住在希尔顿度假村,在威基基海边,各种条件都超棒。可是即使你再有钱,也不可能长期住在酒店里。幸好这个度假村当时五栋楼里有三栋是酒店,两栋是出租的公寓。四姑婆就说服四姑爷搬到隔壁公寓楼里,在15楼租了一套两室一厅的临海单元。

四姑婆跟我说:"当时我心里很着急,不知道怎么样能支付得起住在夏威夷的生活费用。后来我想,我们已经这个年龄了,如果你四姑爷说不走了,那我们肯定会在夏威夷一直住到死的。所以我就决定把我们在台湾北投的房子卖了,用那个钱在夏威夷生活。"老太太做了这个决定以后,就跟台湾张家的亲戚商量卖房子的事情。亲戚们给她出主意,要他们找拍卖公司,拍卖他们的东西。

张学良在台湾初期,蒋介石只允许他跟规定的几个人来往,其中有张群和张大千。他们"三张"很投契,成了至交。张大千送了张学良不少字画和其他礼物。张学良研究明史多年,有不少明朝的书画。这一切加上少帅的名声,苏富比主持的拍卖会非常成功,一共卖了13289万新台币。四姑婆也没想到他们的东西能卖这么多钱!"这都是上帝给我们的预备。"这下放心了,今后在夏威夷的生活不但不成问题了,而且还用不完。

"张学良真可怜"

他们来夏威夷的消息我是在电视上看到的。我1984年自费到美国留学读研,1987年定居夏威夷。先生是经济学教授,美国人。看到新闻报道,我根本没有去"认亲"的打算,觉得他们是名人,跟我没关系。可是我奶奶跟赵四的感情很深,所以为了看四妹,奶奶又从上海飞过来了。

1994年6月1日,张学良过93岁生日,我和奶奶应邀出席寿宴。那是我第一次见到两位老人,还有很多张家的亲戚。寿宴后第二天,张家五奶奶(就是张学良五弟的夫人)托我奶奶来问我,我年轻,又能开车,可不可以帮两位老人跑跑腿,比如去药房拿药、去商店买买东西什么的。我当时刚开始做全职妈妈,不是很忙,就一口答应了。随后,我把我先生和当时3岁的女儿带去给他们认识。两位老人一见我女儿就爱得不得了，尤其是老先生，很爱跟我女儿玩。这两个相差90岁的人非常投契。四姑婆跟我说："你四姑爷这么喜欢你女儿，你一定要多带她来。"从那以后，我，还有我们一家，就几乎天天跟两位老人在一起了。直到他们去了天家。

他们与世隔绝多年，对外界所知甚少。

有一天我告诉两位老人，中国大陆有不少关于他们的书、电影和电视剧。看过的人说，艺术家笔下的张学良常常落泪，动不动就哭。老先生笑坏了："我从来不哭。"我又说："电影里的你好会跳舞，说你跟四姑婆是在舞场认识的。"老爷子又笑了："我哪会跳舞啊，我一上舞场就走正步。我就会走正步。"照顾两位老人多年的上海姑娘又告诉老先生："在电视剧里，您老年的时候，上床睡觉前把假牙摘下来放在床头柜上，很有意思的。"因为我们都知道老爷子一颗假牙都没有。四姑爷一本正经地说："他们搞错了，我太太一口假牙，我没有。得跟他们说一声，他们搞错了。"老太太接过话茬说："我年轻的时候就把牙全拔了，装了假牙，因为要美。"我心想，我上哪儿跟谁说去啊，爱啥啥吧。我们说给二老听，不过就是想给他们点乐子，让大家笑笑罢了。

来夏威夷之后，很多人喜欢来找我四姑爷写字，收藏。

老先生常常会跟来人说，你们找错人了，我写字写得不好。你们应该找我太太，她写字写得比我好多了，她练字练得非常棒。我会逗他："您的字不好，可是值钱啊，我四姑婆的字好是好，可是没人来跟她要啊。"他就说："我来给你讲个故事吧。有一天我在北平的大马路上走，看见一个摆地摊儿的，在那里吆喝：'快来买呀，张学良的手迹！'我就停下来问他卖多少钱，因为我想看看自己值多少钱。那人说两幅字只要三块钱，便宜卖。我说，张学良真可怜，就值这么点儿钱，老头儿抬头一看，认出我来了，卷起他的东西，拔腿就跑。哈哈哈！"

"赵氏尊严"

四姑婆从不午休。别人午休的时候她就喜欢整理东西，收拾书桌抽屉、衣柜、箱子。她会把东西分类装袋，再贴上标签，也喜欢整理通讯录，一遍一遍从旧本子誊写到新本子上。她的记性很好，什么东西在哪儿都知道。所以她会对帮忙的人说："麻烦你把壁橱里左边第三个箱子里的那件粉红色的外套拿出来。"顺便要说一句，我很喜欢老太太买东西的作风。她买衣服时，如果看到喜欢的，她就会买下每一种喜欢的颜色，一般是四五种颜色一样一件。这样就省得考虑来考虑去，不知道买哪件好。现在我自己买衣服也会这样做。

她最钟情的就是周游世界，她年轻的时候去过世界上许多国家，年纪大了以后，她就通过《国家地理杂志》和《旅行者》杂志遨游世界。她的书桌上有一个地球仪，书桌抽屉里有各种各样的地图。她是一个真正活到老学到老的人，每天阅读，记笔记，学习新的知识。她最讨厌的做事态度就是有头无尾，马马虎虎，得过且过。她的英文非常棒，几乎跟说母语一样流利。她平时的阅读基本都是英文的。阅读以外，我四姑婆还喜欢摄影，对烹饪也很有研究。

老太太去世的那一年，每天中午，四姑爷在楼上喝营养水当午餐，我跟四姑婆看他喝完后午睡了，有护士在身边照料，就一起到楼下餐厅吃午餐。一般在这种时候，老太太就会跟我讲赵家的老事，向我打听现在赵家的事和人。

老太太最喜欢给我讲这个故事："张学良下野后，我们一起戒了毒，去欧洲考察旅行。我们在摩纳哥公国的那天，你四姑爷跟部下都去赌场了，我一人坐在面对大海的豪华餐厅里吃美食。一个套餐有五道菜，每一道都好吃极了。吃完以后我对服务员说，他们的菜太好吃了，我还要从头到尾再吃一遍。服务员看了看身材瘦小的我说：'女士，您已经吃过这全套的五道菜了，别再吃了，明天再来吧。'我告诉服务员，我没有明天了，我们待会儿就要离开摩纳哥，所以我要趁自己还没走之前再享受一遍你们的美食。服务员明白了，很高兴地从头到尾每一道菜又给我上了一遍。我也就从头到尾重新吃了一遍，而且全都吃完了。"

她本人很喜欢吃甜的，特别怀念小时候跟我爷爷一起常吃的猪油白糖拌饭。说到我爷爷，她说，他们一直很要好。我爷爷和奶奶结婚以后，她们姑嫂之间也特别亲密。西安事变以前，他们总在一起玩。

西安事变那天，我爷爷本来正计划坐火车从北京去西安看妹妹的，可他突然生病未能成行，他的一个好朋友只好一个人去了。没想到火车还没进站，枪声四起，子弹横飞。爷爷的朋友吓得跑到列车的车厢连接处，想避开窗户，没想到一颗子弹飞过来，他正好吓得嘴巴张得大大的，子弹就从他的左腮帮穿进，右腮帮穿出，没有伤到一颗牙齿，凭空多了两个大酒窝。我爷爷一直庆幸自己当时没有跟那个朋友在一起。他说："我个子比他高，如果当时我在他身边站着的话，那颗子弹就一定会穿过我的脖子。"

可是对我爷爷来讲，躲过了西安的飞弹，躲不过西安事变的牵连。事变以后，日本人听说赵四有个哥哥在北京的汇丰银行做事，就把北京所有的汇丰银行抄了一遍，要抓这个赵六。好在上帝保佑，日本人不知道在北京协和医院的地下室还有一个汇丰的营业部，我爷爷就是在那里上班的，所以没有被日本人找到。当我爷爷奶奶听说日本人要抓他们以后，马上带着当时三岁的我父亲和两岁的我叔叔，连行李都没拿就逃到了上海。

四姑婆说："当时我很内疚，因为我的牵连，我哥哥跑到上海，既没工作又没钱，房子也要租。其实那时我完全可以跟你四姑爷的副官说一声，就能给他一个差事做。可是我从一开始跟着你四姑爷就下定决心，我们赵家绝不要沾张家的光，不欠张家的情。所以我就没有帮助你爷爷。后来我们到了台湾以后也是一样。虽然我有哥哥住在那里，可是我没有联系过他们一家，直到我们获得自由以后，我侄女来帮助我整理文件，而我始终没有利用过你四姑爷的关系帮助过他们任何人。"

老太太没有跟我特别解释过她为什么在这一点上这么坚决，为什么把赵家跟张家的界限划得这么清楚。但是我好像可以猜得到：她不能让张家人小看赵家人。四姑婆多次告诉我说："我们赵家从我爷爷那辈起就特别重视教育。我的父辈全都是受过高等教育的，有些甚至在那个年代就留学海外了。到我们这一辈就更是个个都从小就被送到最好的洋学堂学习，哥哥姐姐们都是要么出国留学，要么上国内的顶尖大学。不分男孩女孩，我父亲都一视同仁，思想非常先进。"听得出来，我四姑婆是充满"赵氏尊严"的。

"我最爱的只有上帝和你四姑爷"

四姑婆年轻时吸烟，加上15年前因肺癌切除了一叶肺，她的呼吸系统不是很好，需要戴氧气罩帮助呼吸，挺辛苦的。四姑婆多次跟我说："我们现在老了，是没用的人了，每天只是给别人添麻烦。不知道上帝为什么还要我们活这么久？"我说："上帝要你们继续为他做见证。"她说："我跟你四姑爷花了八年时间修完了神学院的课，毕业了。可是现在我们不能讲道，不能写书了。只是我们在教会做的见证被周联华牧师印成了小册子，在中国很受欢迎，印了又印。"

四姑婆还常常跟我说："我真的是活得很累了，可是我实在是舍不得你四姑爷。我最爱的只有上帝和你四姑爷。我很想马上去见上帝，可是我舍不得让你四姑爷一个人留在这里。"每次听到老太太这样说，我都不知道说什么好，因为世界上是没有任何人能够取代赵四小姐在张学良生命中的位置的。我无法向老太太保证我们会替她照顾好老先生。

后来，上帝还是把老太太先接走了。老太太走了以后，我四姑爷最常叨叨的一句话就是："我太太走了，我很想她。我俩最好了。"而老太太在世的时候也经常非常深情地对我说："你看，你四姑爷多帅呀！"

我四姑爷除了特别重要的正式场合穿三件头的西装，永远都是穿四姑婆按照他的要求设计的衣服。面料都是由老太太根据季节亲自挑选的上好的毛料。衣服的袖口是衬衫式的，系扣子的。其他部分的裁剪是外套式的，外贴三个大口袋，一个在胸口，放眼镜用，两个在下面左右衣摆上，放手帕什么的。他穿的裤子是西装裤，可是腰部是用东北乡下人传统的裤腰带（绳子似的）。

四姑爷晚年头上永远戴着一顶小黑帽子，是老太太用特选的、柔软的日本棉线一针一针钩编出来的。因为小帽子常常洗晒，颜色会褪，所以老太太每年都要钩织好几顶新的。老太太最后跟我说，要我学会钩那特殊的帽子，在她走了以后继续给我四姑爷钩。可是我没学。因为我有预感，老太太会给老先生准备好他一辈子够用的帽子的。也就是说，张学良这一辈子只会戴赵四小姐亲手为他钩织的帽子。

我现在还有一顶老太太钩了一半没完成的帽子。我没有按照她的遗嘱继续钩完，我觉得自己不配做这件事。

父亲的夕阳

封流

(媒体人)

> 又一次远离家乡。通往县城的公路空无一人,可我的脑海里,尽是满眼夕阳中父亲孤绝的身影。

一

我回到小镇的时候已经临近除夕。正是午后时分,父亲从昏暗楼梯里慢慢走上来,一面问道:"舅爷在哪里?"

"舅爷?你找阿叔吧?"侄女小凤笑着跑上来,"阿叔,阿公又把我认错了!"

父亲穿着我往年淘汰的旧衣,肥大得有点古怪。脸瘦得不成样子,头发胡子全白了,腿脚没有一点力气,"我转楼梯头晕,要慢慢走。"

母亲煮好鸡汤,浇在盛满饭的碗里,端给父亲。"怎么学成这样子,煮好端到面前,递上筷子他就吃。不然他就不吃!"父亲一面吃饭,一面问我几时回来,路上如何。他舌头微微打结,说话不太利索。筷子拿在手里发抖,不能直奔盘子夹菜。晒台上阳光很旺,越过窗户照在父亲脸上。他的脸像衰败的蘑菇,在阳光里也没有半点鲜色。

一年工夫,父亲竟然全变样了。这让我心里很难受。在上海这大半年里,我天天都担忧着他。回程归心似箭,一路上也是盼着早点见到他。可真到家了,他就坐在我面前,又不知道如何表达我的担忧和牵挂。我问点什么,他就直直盯着我,脸上神色漠然,仿佛不能理解我的话。坐半响,看看窗外夕阳西斜,他就说要回去了。

"儿子一年才回来几天,你就住吧。"母亲有点生气。

"明天我早点出来。"父亲还是执意要走。往东南走七里路才是村里老屋,他一辈子不愿意离开那。十多年前哥哥在镇上置买房屋,母亲也出来带孙子,父亲就在村里独自生活。

哥哥家门口正对着河溪田野,晚稻收割了,剩下满地干枯禾苗。远处是迤逦滑过的天堂山脉,层层叠叠,苍青冷峻。夕阳坠落山脉上空,变成一片金黄颜色,照得小镇房屋道路都耀眼起来。父亲拿手电筒装进口袋,背影慢慢走向集镇东头,走上通往村庄的小路。

我千里迢迢,回到了父亲身边。可这又能怎样呢?我无力改变这个老人悲苦的处境。他的这种处境,本身就是对我的残酷拷问。谁若心怀天下,却连至亲都无力奉养,那一定是个戳心的笑话。况且,父母何尝不为我担忧牵挂!积劳成疾、积忧成疾,一大半是为了我的原因吧……

二

在我的记忆里,走在这条小路上的父亲不是这样。那时候我还没上学,四五岁年纪。除夕前夜宰了年猪,我和哥哥蹲守灶火旁,要跟父亲去镇里卖猪肉。父亲烧着煤油竹筒,挑着两箩筐猪肉上路。我们走在他跟前,煤油通红的火光照亮一点路面。我磕磕绊绊奔跑,才两里路就走不动了。父亲在猪肉上面铺了胶纸,把我和哥哥装进箩筐,一路挑到镇里去。火光把父亲的身影照得摇摇晃晃,在冬夜凛冽的寒风里,我看到他的脸颊滑下汗珠来。

在我记忆里,一辈子耕田种地的父亲从不缺少力气。1999年我念完大学,回到小镇当公务员,算起来已经是16年前。当时,我决心承担起这个家,让年过六旬、将七个儿女抚养成人的父母安养晚年。我当上干部，父亲很高兴。基层工作非常辛苦，我的工资也只有800块钱，但跟当地的农民相比，这已经是很高的收入。更重要的是，从农民变成干部，意味着脱离了一个世界，进入了另一个世界，从此一辈子的衣食都有了保障，也不用在日晒雨淋里辛苦了。而且，在小镇上，国家干部拥有让人高看一等的身份。对于一辈子跟泥土打交道的父亲来说，这几乎已经是他梦想的终点。

然而，父亲不愿意停止劳动，安养晚年。春节过后，天气回暖，他又把谷种装进麻袋，压在小河湾里浸泡。鹅黄色谷芽长长地萌发，父亲说："再种一年吧……"到了春种时节，他像往年一样劳作，没有半点改变。天刚亮他就出门，扛着犁耙赶水牛下田，将浸泡一冬的稻田翻耕成油亮肥腻的泥浆。鹅黄秧苗在水田里变成青绿色，父亲又上坡翻耕旱地，种菜，种豆子，种木薯。他像一只钟表，按照长年累月的惯性，分秒精准地劳作。母亲天天跟着帮手，嘴里辩解说："这么年轻就不做活，村里人说闲话的。"

我念小学那几年，每天下午放学后，孩子们三五成群，甚至十几个孩子邀约成队，一列列爬上四面八方山岭斩草捡柴。柴钩打着柴棍子，充满节奏的音律此起彼伏。整片整片山坡，旧草斩光了，新草又长出来。孩子们将柴草挑

父亲的夕阳

回家家户户，烧饭，暖水，煮猪菜，还卖给土窑里烧红砖、烧石灰。外乡人也在村口收购柴草，满拖拉机运往外地。

1984年，二姐始鸣就去深圳进了制花厂，她是村里第一批南下打工的人。15年后，村里一半人口——几乎全部青壮年都南下广东打工，全村务农早就盛况不复。

随着青壮年流出，砖窑、石灰窑不烧了，家里畜禽饲养大减，进山打柴的人也就越来越少。一些上年纪的老人不再种田，靠外出打工的子女供养过活。父亲看不惯眼，反而在背后说他们闲话："还能做活就不做了，做'无忧公'了。"

盛夏时分，早稻成熟了。清晨太阳爬上山岗，照着山间河谷一畦畦梯田。碧绿稻叶沾满晨露，像一柄柄狭长利剑。黄澄澄稻穗饱满结实，沉甸甸下垂。父亲满心喜悦。他起早贪黑，割稻，脱粒，晒干。农活大忙，姐姐和哥哥都赶回去割稻子。我平生第一次没有帮忙。

早稻收完，晚稻秧苗早就长起来了。父亲又在刚刚收割的稻田里翻耕，要种植晚稻。

"早稻收了十几担谷子。"他沾沾自喜地说。

"十几担谷子，能卖一千块钱吧？"我鄙夷地问道。

"卖不值钱，买就值钱了。"父亲讪笑着回答。

"晚稻不要种了，你们两个辛苦大半年，只值我一个月工资。"我念完大学，就指望他们安享晚年，不要在这个岁数做劳累重活。可是父亲半句话都不听，说："做得动就要做点，不能坐着吃闲饭。"

我所嫌弃的土地，却被父亲所钟爱。我望而生畏的农业劳动，却是父亲唯一习惯的生活方式。

三

理解父亲对土地的感情，也许要从祖父说起。在漫长的年月里，土地一直是穷人的梦想。

80多年前，小镇常闹饥荒。因为家无寸土，一逢荒年，祖父那一辈人就只能外出逃生，甚至"下南洋"。络绎不绝的饥民翻山越岭，走到梧州的浔江码头，乘坐木头小船南下珠江，换了大船远涉东南亚，在荒岛种橡胶、挖矿石谋生。海外并不太平，姑祖母一家辗转漂泊，远涉重洋到了英国伦敦。祖父谋生不成，为两担稻谷入了行伍打仗。解放战争打响，国民党军队在广西大溃败，祖父捡了条命逃回家乡，却终于还是在解放前夕活活饿死了。祖母眼看也活不成了，将遗腹的小女婴放进竹篮子，挂在屋檐下，自己改嫁给外村一个略有粮食的男人。

解放前夕，11岁的父亲成了孤儿。解放之后，正是土

父亲的夕阳

地让父亲得以活下去,在往后的年月里组建家庭、养儿育女。他一辈子都在土地里劳作耕种,仿佛已经不能改变另一种活法。但是种地的时代慢慢过去了,没有人愿意种地了。山林荒芜了,依着地理远近、路途难易,水田坡地也在慢慢抛荒。

"谷米比泥土还贱。"母亲抱怨道。一担稻谷只卖一百多块钱,稻种、农药、化肥却年年涨价。若要认真算账,恐怕连投资都难以收回来。一年的辛苦劳动,等于完全白搭进去。村民外出打工两个月,抵得上田地里忙活一年。于是大片大片田地抛荒,无人耕种。连哥哥都不愿意回家帮忙了,他对父亲说:"错过一桩生意,店里半天损失,超过田地里半年。"

家里所有人都开始反对父亲种田,但他像只老钟,缓慢、坚定。逢着集日,他就挑着地里新摘的瓜豆蔬菜、成熟的香蕉,还有番薯木薯种种杂粮,送到姐姐和哥哥家里去。姐姐不希望他这样劳累,就委婉地劝说:"菜场里什么都有,买卖也方便。你要是觉得辛苦,就不用送米送菜了。"在商品形成的潮水面前,一个老人在山间田野耕种,犹如海滩上一颗固守的石砾,顽固但弱小。

然而种田终于还是越来越难了。因为无人使用,年久失修的水渠陆续废弃崩塌,半山岭的梯田灌不上水。村里人口日少，山林河谷慢慢荒芜，鼠患虫害随之疯起。遇上气候不好的年份，偏远的稻田里颗粒无收。

父亲哀叹着："我真是老了，没有力气了。"他的心里开始动摇犹豫。他往年种得一手好田地，让全家人都吃饱肚子。在饥肠辘辘的村民面前，这是他脸上的荣光。然而，如今那些外出打工的人家，挣了钱就回来村里修盖楼房，置买新潮家具和电器。哪怕是留在村里的老人妇女，都开始往邻村邻镇揽活，不能安分种田了。没有人稀罕父亲种的好禾稻，人们只称颂挣了大钱的能人。父亲那一份骄傲的心，慢慢被磨削殆尽。

也许他真该停下来了。他长日在家里闲坐，有时候走到村小学旁边的店铺跟人聊闲天，可总是觉得不习惯，"不下地里去，长长日子不知道怎么过"。

2009年春天，他将水牛赶上山坡吃草。水牛一脚踩中野蜂窝，黑压压的蜂群飞起来，发疯似的追逐攻击。水牛一路狂奔，父亲也从山坡一路滚落。哥哥赶往家里时候，他已经面目浮肿，被蜇得看不清模样。哥哥发怒，唤牛贩子卖了牛，训斥父亲不要再种田。我知道父亲不听劝说，担心他往后真有大闪失，我们都负担不起医药费。母亲就骂道："医院就是老虎嘴，你摔坏了连累别人！"

父亲的夕阳

四

到了夏天，我从上海回家长住月余。父亲在村里老屋慢慢疗养。逢着集日，他仍然摘了瓜豆蔬菜到镇上来。他已经不再像以往那样充满劲头，有时候甚至显露出可怜的神色来，仿佛自己是个没用的多余人。

我难得回家，父亲到了集日赶集，就会跟我坐半天，说说话。我们坐在楼顶迎着风闲聊，举目望见天堂山脉苍青静默，仿佛有一股寒气逼人而来，吹破夏天近晚的暑气。

陈寅恪说："凡一种文化值衰落之时，为此文化所化之人必感苦痛。"

种田成为人们嗤之以鼻的行当，勤劳、朴素、道德的乡村生活一去不返。那么多儿女和孙辈都不在他身边，这个老人孤独而失落。

跟父亲闲聊，让我明白许多事理。为家庭贫寒，父亲一辈子都在心里背负罪责。哪怕儿女有了点出息，他自愧自己没有本事，也不愿意沾儿女的光去享福。姐姐和哥哥在镇上置买房屋，他不愿意跟着出来居住；我每年给的钱，他也存着不花，说百年之后还是归还给我。两年前我辞职到上海读书，父母担忧得夜不能眠，几乎病倒。"上海"和"复旦"这些字样，在没有文化的父母那里毫无概念。他们认定我上了坏人的当，被骗去了。

我内心的沉痛隐忧，源于面对现实的无力和挫败。八年公务员生涯，工资始终在千元上下。如果我不辞职另寻出路，这一辈子又能怎样呢？读了两年书，往年微薄的积蓄已经耗尽。眼下刚刚找到新工作，一切又要从零开始。但时间不会停止脚步稍作静候，父母已经迅速苍老，我人生最好的年华也已经消逝不返。前路，茫然不知。

不孝有千万种情由，让暮年的父母忧虑不安，这肯定算一种。爱是要资格、有门槛的，若不能改变他们的处境，让他们过上稍好的生活，我有什么资格言爱？然而父母竟然也作如是想，觉得儿女们遭受的苦难人生，罪责在于他们的无能。这是多么无奈的互相伤害！

摔伤之后，父亲身体气力再也不复往常。2014年夏天，母亲去年过百岁的外婆家小住数日，接着又去柳州的姨妈家。前前后后，总共走了大半个月。到了集日，父亲走到镇上来，在哥哥家里默默坐了半晌，问道："车站怎么走？"

哥哥心里吃惊。几十年时间，父亲对这座小小的集镇早就了如指掌。"这条大路过去，走到头不是车站吗？"

"车站还有车吗？"父亲继续问道。

"怎么没有？车站什么时候都有车！"

父亲默默走了，半天不见人影。傍晚时分，哥哥寻到车站,看见父亲孤零零坐在屋檐台阶上。"不回来了,大姨在柳州给她找人家了。"他对哥哥说道。

父亲开始神智错乱,行为失常。当我回忆往事,将漫长年月的记忆串联在一起的时候,我才意识到,在父亲的内心深处,几十年来一直都担心母亲弃他而去。妻离子散的下场,是他一辈子深刻的焦虑。外婆为着一点野菜杂粮活命,将母亲从平原台地驱赶到山窝窝里,嫁给父亲。母亲说,她不愿意在山窝窝里过一辈子。头几年,她老站在屋角,看着层层困锁、走不出去的大山流泪。

20世纪70年代末期,生产队账目查出亏空。父亲是出纳,在大会小会上被审查。母亲说,父亲只是出纳,账目经经手,根本没有机会贪污。但因为自小是孤儿,家族上没有势力,他就成了替罪羊。刚开始说亏空三百多块钱,后来大会小会不断开,亏空也越说越大,说到三千多块钱。深冬冷雨的夜晚,村民又在学堂里集会,勒令父亲赔偿。母亲哭道:"卖十头猪都没有三千块钱,我全部家产都没有这么多。你们拿他打靶子吧,打了他就去分家产,我带孩子离开这个村!"

父亲蒙受屈辱的那些故事都在我出生之前。但我清楚记得,在我刚上小学的时候,他从高大的杨梅树上跌下来,摔成重伤。村民把他抬回家里,他面如白纸,坐不起来。

从此他长年吃药，一大碗乌黑药汤放在饭桌上，恶臭难闻。他嘴里含一块冰糖，半天才能咽下一口药汤。有一天他不愿意喝了，将药碗摔得粉碎。母亲哭得很厉害，说不是念着孩子，早就不要这个破家了。

父亲并不是薄情寡趣的人。年轻时，他喜欢唱地方戏曲采茶戏，在戏里唱小生。他识字会算数，又年轻开朗，喜欢参加集体活动，后来就成为生产队干部。但因为贪污的罪名洗刷不清，父亲内心背负罪责，几十年离群索居。他在漫长年月里自我幽禁，可我仍然窥见他内心的温情。他在石头高墙的房子里独住那几年，我还不谙世事，总跑去找他。他就把我扶坐在脚背，上下摇动逗乐，还在覆盖着玻璃的长案上教我打算盘珠子。夏收夏种的农忙季节，父亲天天都很劳累。母亲给他打了鸡蛋粥补身子，我就搬张小板凳，挨着他身边坐下。他取来小瓷碗，分一小半给我吃。甚至他喝药汤时候，我也挨着他身边坐下，要他赏我一小块冰糖。

慢慢他开始喝酒，他有时会递给我一只酒瓶子和五角钱，叫我去学校旁边的小店铺打半瓶烧酒。没有下酒菜，他就掺上两角钱白糖，像开水一样喝下去。后来集日赶集，他也顺便买瓶烧酒。吃晚饭时候喝酒，也不掺白糖了。喝过酒就开始说话，一说起来就滔滔不绝。"我年轻时候也能当工人、当干部，可家里孩子多，怎么敢去？工人干部工资很低，只够自己开支。一个人过得好，家里老婆孩子都要饿死！"

五

自从母亲和哥哥一家搬到镇里之后，父亲已经独自生活了十几年。2014年11月底，我听说父亲又摔伤了。姐姐叫他寻草药，他就进山去。山路荒芜，他一脚踩空，从山崖上跌落，摔成重伤。

没有人知道父亲怎样从山里回到家。哥哥看见他的时候，他遍体鳞伤，连手指甲都没有了，也不能说话。此后几天，又两度昏厥。他不愿意上医院，也不让哥哥把事情告诉我。

午夜时分，我在上海的寓所里放下电话，想到父亲在千里之外的惨境，感到透彻骨髓的寒冷。无力的挫败感，像海水一样将我深深淹没。

在上海工作五六年之后，我也陷进了空前的绝境。前无进路、后无退路，过着一种朝不保夕的生活。这些我都不敢告诉父母。光是天文数字一般的房价，就足够让他们愁断肠。他们本不必过得这么惨，可为着那个我其实根本无力购买的房子，他们就不肯多花一分钱，自虐一般生活。他们拼命省吃俭用节约几个零钱，跟动辄几百万的房价相比，真是飞蛾扑火一般悲壮。

同是身边活生生的熟人，一些人坐拥亿万资财，过着奢华豪富的生活；另一些人却被推到不人道的绝境。我周旋在这些天壤之别的人群里，辗转逢迎。睁开眼，是陆家嘴参天的楼宇和璀璨的夜色；闭上眼，却是家乡千回百转的穷山僻壤。坐在流光溢彩、杯觥交错的宴会上，脑海里却浮起家乡亲人一张张受难的脸孔。每个闪念之间，思想和情感就在这些平行宇宙来回切换。人生和生活的对比，让我备感梦幻，一切仿佛都虚幻不实。而一个老人悲苦的命运，无情地撕开这个世界的一切伪饰和假象。

在黯淡的心情里，我度过2014年最后几个月。听说父亲身体慢慢恢复，神智也算清楚，只是不愿意一个人待着。清早起床，他就走七里路来到镇上。在姐姐家吃过午饭，就去圩巷里走走，看人家商铺里售卖的新鲜物事。太阳下山的时候，他又去哥哥家吃晚饭，然后慢慢走回村庄去。他不嫌劳烦，天天这样往返奔波，一宿都不肯在镇上住。

父亲已经没有气力种田了，但他仍然零零碎碎做点杂活。除夕那天，我们全家人回村里老屋祭祖，看见房前屋后种满了青菜。萝卜头高高露出泥土上，荷兰豆长得茁壮结实，一畦香菜老叶苍青、嫩芽翠绿。南方春早，除夕时节就已经温热如夏。满园子芥菜长得很旺势，一串串黄色菜花比人头还高，在阳光里灿烂如金。"嗡嗡"声响，蜜蜂蝴蝶都在菜花间飞舞。父亲种了满畦满畦青菜，可惜没有人采摘。村里人家都不缺青菜，镇里人家更加不缺。"寂寞开无主"，它们在满目夕阳里闲长，仿佛一片无用之材。

我不能久住，正月初四就要离家回沪。我走的这天，以为父亲会早早出来的，谁知到了午后还不见他。我终于不能再等了，拖着行李出门，却迎面看见父亲慢慢走来。我不知道应该说点什么，只能告诉他我要走了，后天就要上班。父亲神情哀伤，要送我去车站。可是他走路很慢，我就借口赶时间，让他留在家里休息。

汽车在层层叠叠的群山间穿行，载我又一次远离家乡。通往县城的公路空无一人，可我的脑海里，尽是满眼夕阳中父亲孤绝的身影。

奶奶的葬礼

韩浩月

（作家）

一方面，人们要用严格的规矩来强调逝者的地位，直到悲伤也成为一种表演。另一方面，葬礼有时会把人性扭曲的一面展露无遗。

———————————————

一

下午时分，二叔打来电话，聊了四五分钟。挂掉之后，表姑的电话紧接着打了过来，说的内容和二叔是一样的。

接完这两个电话，我站在客厅中央对孩子妈说了一句话："我该回家了。"她望了我一眼。这么多年她知道，她

奶奶的葬礼

可以把我从各种场合与关系中抢夺回来,并把我变成一个以小家庭为绝对核心的人,但每当我那个总人口达五六十人的大家族对我发出呼唤时,我总会在第一时间奔去,不可阻挡,音信皆无,直到事情结束,才满眼血丝、唇裂面干、疲惫不堪地回来。

傍晚时分,把女儿从幼儿园接回家,开始收拾行李。这次回老家的理由是,奶奶已经走到了生命的最后时刻。

二

已经参加过不止一次葬礼。最早是我父亲的,他去世很早,那时我大约只有七八岁。

在进入 40 岁之后,需要奔赴的葬礼突然多了起来,姑父、爷爷、大爷爷、二婶、四叔。重病、衰老、车祸,是他们去世的原因。每一个人去世所带来的信息,都交织成一片精神世界里的悲伤与苍茫,"人生无常"的念头会在内心某个角落里不停地流动。

我对葬礼有不小的抗拒心理,作为一个天生感性的人,却无法做到像别人那样在葬礼上哭泣。我的眼泪可以在与亲人几杯酒喝下之后掉落,却无法在亲人的葬礼上流出。后来我为自己找到了原因,父亲去世时,童年的我不懂发生了什么，因为没有哭泣而遭到了一顿拳打脚踢，这对一个孩子来说是一桩恐怖事件。自此我埋下心理阴影，长久的歉疚与疼痛，不断激发出一种心理保护机制，不可以在葬礼上哭泣——在我自己父亲的葬礼上都没有哭起来，别人的葬礼更没法做到。

不哭，不意味着不爱我的亲人。每一位去世的亲人，都与我有着道不尽的亲密联系。在我失去父亲之后，姑父像父亲那样疼我，夏天的时候，他常带我去河里游泳；爷爷摆了很多年的书摊，我与他一起守在书摊旁阅读，时间漫长又温馨；在二婶眼里，我是她最值得骄傲的侄儿；而四叔，则是确定我人生价值观最重要的一个人。他们走了，但他们的基因，他们的言行方式，都还留在我的躯体与精神里，这是对远行亲人的一种最好的纪念。

抗拒葬礼，还有一个原因，就是希望他们能够在亲人的陪伴下安静地离开。中国式葬礼的最终目的却不是这样，人们喜欢把葬礼搞得漫长、混乱，葬礼引发的大家庭矛盾（新仇旧怨，遗产分配等）在这一刻集中爆发，争吵、谩骂、诅咒，甚至斗殴……，复杂的社会关系对家庭的入侵，借着尽孝的名义折磨生者，葬礼期间被隐藏于背后的经济纷争，家庭话语权的再分配……这一切都让人头痛无比。

三

奶奶躺在五叔家的客厅里。

在此之前,她住在二叔家中,或是感觉到时日无多,她说出的最多的话是"回家"。五叔家的房子是爷爷奶奶留下的,她说的"回家",表达的是希望在自己家中去世,这是老人们普遍的意愿。在去世前,用自己的最后一丝力气,作出相对正确的选择,降低子孙后代们发生纷争的概率。

春节的时候回去看她,她脸色红润,饮食正常,还知道向我要红包,再分成许多份,等小孩子们来拜年时分发给他们。春节刚过去一个多月,她的身体状况就急转直下。隐隐约约知道,因为新一年谁来继续抚养照顾的问题,几个叔叔起了争执,因为说话声音有点大,不小心被她听到……但这事已经无法深究。

奶奶已基本失去意识。但在五婶告诉她我回来了之后,她还是努力地想睁开眼睛。我喊她"奶奶",说我回家了,她努力地想把手从被子里伸出来。我懂,知道她是想让我握着她的手。人在恐惧的时候,需要有一双手可以握。不知道奶奶在去世之前是否感到过恐惧,但我觉得她应该能坦然面对这个日子。她是一位虔诚的基督徒,对于她而言,死亡不是彻底消失,而是归于"父的国",去的是天堂。

在回家后的第二天，奶奶的面容发生了很大的变化，额头的皱纹舒展开了，整个额头显得柔润而饱满，眼睛也能勉强睁开一会儿了。那一刻，她的眼睛根本没有老人的眼睛的浑浊与黯淡，相反，却有不可思议的亮光，如同一个孩子找到隐藏的礼物的喜悦。可惜这样的时间太短暂，奶奶的眼睛再次闭上后，就不愿意再睁开，能感受她生命气息的，就是她时而清晰可闻时而气若游丝的呼吸。

奶奶临走前的两个夜晚，是我和二叔陪伴度过的。第一个晚上，能听到她偶尔的叹息。叹息声音大一些的时候，二叔会端来一个小钢碗，用小勺湿润她的嘴唇，再喂下几小口水。喝下水之后，奶奶就能安静下来，如同熟睡一样。我小声问二叔，奶奶会不会觉得疼痛，二叔说不会的，这个时候人的身体会失去感觉，像是飘在半空中。这让人感到一点安慰。

第二个晚上，奶奶的气息更低了，有时候用心聆听，十多分钟的时间也听不到她发出任何声音，直到她悠悠地吐出一口气。二叔过来跟我商量，说有人建议到了夜间12点的时候，把客厅和院子的门都打开一条缝，这样老人才能顺利地离开家上路，紧闭着房门与院门，老人没法走。我不信，但也同意了。没想到，打开门缝后的那个早晨，奶奶真的走了。

奶奶的葬礼

奶奶走的最后一刻我不在她身边。我去酒店房间里冲了一个澡，冲完澡出来看到有好几个未接来电，拨回妹妹的电话，妹妹的声音已经变了腔："哥你快回家，奶奶马上就要走了。"虽然有着充足的心理准备，这个消息还是让我蒙掉了。

酒店门口打不到车，好在离家不远，我决定跑着回去。路上的汽车很多，还有三轮车，行人也多，车和行人好像故意和我作对，都出现在我面前，阻挡我往前跑，心里焦虑万分。

好不容易跑到大约一半路程的时候，一排结婚的车队停了下来，可以远远地看到新娘的车辆也停了下来。这个时候地面上长达两三百米的鞭炮开始爆炸，路两端的车辆和行人挤成一堆，道路被堵得水泄不通。我把羽绒服的帽子戴起来保护头部，屏住呼吸困难地穿过人群，穿过浓烟滚滚的鞭炮爆炸现场……

那一刻觉得整个世界都是假的，奶奶去世的消息是假的，眼前看到的这个结婚车队是假的，鞭炮的爆炸是假的，我的奔跑也是假的。一切的一切，都像是发生在电影里一样，我是在银幕中的画面里，跑着跑着一下子从画面里掉了下来。

临近家的时候，耳朵传来一阵悦耳的音乐声，类似于运动进行曲之类。我有些惶惑，难道不应该是哀乐吗？仔细分辨了一下，才知道那是不远处的中学用大喇叭播放给孩子们做操的音乐。这个世界还是那么热闹，人们都还在照常生活着，可是奶奶不在了。

到家的时候，家中已经哭成一团。

四

漫长的葬礼过程开始了。

街道办事处专门负责葬礼的团队迅速到位，开始安排葬礼流程。估算了整个葬礼需要的费用支出，奶奶留下的六个儿子开始集资，我代表我的父亲，我的四弟代表他去世的父亲，来出这笔费用。葬礼团队拿到钱之后开始去采购烟酒、肉菜，以及其他备用品。

争论也从这个时刻开始。有的叔叔觉得集资的钱数有点多，全部交到葬礼大总管的手里会被贪污；有的叔叔认为葬礼宴席只有简单的六个菜不合适，会被乡下来的亲戚朋友嘲笑；有的叔叔认为给子女后代们买的三十多双送葬时穿的白鞋买贵了，对具体办事的弟弟进行了斥责；六叔对厨子提出把五花肉换成排骨的决定愤怒不已，因为排骨比五花肉每斤要贵三块钱，他说厨子之所以这么决定，是

奶奶的葬礼

因为他们这些天帮别人办葬礼时吃五花肉吃够了,要吃排骨换换口味,所以大家都得陪着厨子和葬礼服务团队吃排骨……

争吵是短暂、激烈的,但多是在没有外人的场合进行,每每有葬礼团队的人出现,就要立刻压抑住意见,噤声。在整个葬礼活动中,大总管与葬礼团队中的任何一个人,都拥有绝对权力,不容任何置疑,否则他们会撂挑子不管。

比争吵更让人头痛的,是葬礼进行过程中的繁文缛节。每天有两次"泼汤","泼汤"队伍由四个葬礼团队的人带领着,他们的具体分工是,一人拉着播放哀乐的音响,两人抬着装着米汤的陶罐,一人负责燃烧纸钱。"泼汤"队伍要顺着马路走到一个最大的十字路口,燃烧上几张纸钱,用大勺子舀起一些汤水泼在燃烧的纸钱的周边,然后子孙后代一起跪下磕头,如此往来,一路上要磕六次头。

老人去世的第二天是"家宴",整个大家族的人,在晚饭开始之前,到灵棚里给老人三拜九叩。三拜九叩严格按照传统的仪态进行,双手高高拱过头顶,垂于腰下,手按膝盖跪下,深深磕头之后再手扶膝盖站起,如此反复。在磕到第五个头的时候长子或长孙要上前一步,递香、递酒、递纸钱……我完全不会这些动作,只好请二弟代劳。旁边的人议论纷纷,觉得这是老大的事情,不应该请弟弟代办。

但有一件事情别人无法代替,我要带着葬礼团队去另外一个路口"请灵",捧着代表我父亲的孝帽,以及我奶奶的灵牌,一路磕头到路口,在纸钱烧起之后,喊三遍"韩式三代宗亲回家赴宴"。在"家宴"仪式结束之后,这个过程要重复一次,但最后结束的时候,喊三遍的是"送韩式三代宗亲回家"。

迎接络绎不绝送来的纸花圈,给磕头拜祭的亲戚朋友回礼,在纸扎的牌楼中装满"金银财宝"……几天下来,膝盖已有隐隐血迹。

整个葬礼过程,也是一场高浓度的$PM_{2.5}$(细颗粒物)吸入活动。堂屋里不断燃烧的纸钱,制造着浓烟,不一会儿就会有人被熏出去,咳嗽,用水冲刷眼睛后才能重新进来。其中还有一个流程叫"摔孝盆",所有的亲人们被拉到路边,整齐地排好队,几天纸钱燃烧后剩下的烟灰被重重地摔在地上,浓浓的烟灰如同一股黑雾一样迎面袭来。

没有闹剧的葬礼就不算葬礼了。因为不满爷爷奶奶把房产留给主要担负起照顾责任的五叔,三婶在客厅里大声发表意见,六叔为了息事宁人去给三婶磕头,五叔作势要动手去打三婶,三叔站起身来要去揍五叔……场面一片混乱,马上不可收拾。我只有用粗暴的方式干预:"我奶奶躺在这里,谁闹事谁滚出去!"一场战争这才没有真正爆发。

奶奶的葬礼，赶上了新一轮的移风易俗。基层政权在对葬礼文化的干预上，终于起到了非常明显的作用。不许有葬礼乐队的表演行为，甚至连乐队干脆都取消了，取而代之的是一只播放哀乐的专用音箱。据说葬礼乐队的人在失业之后，都选择了去"快手"发展。送花圈，纸的可以，用鲜花做的花圈禁止收取。酒席严禁大操大办，规格每桌不准超过一百元。除了直系亲属，结拜的兄弟姐妹，不许佩戴孝帽、孝布……如果违反这些规定，主家就会得到罚款处罚。

这是公权力做的好事之一。

五

奶奶的葬礼，是我对死亡的一次近距离的观察。在中国，除了爱的教育有很大缺失，死亡教育也是一样。一方面，人们要用严格的规矩来强调逝者的地位，用沉重的枷锁，来榨取生者体内的最后一滴眼泪，直到悲伤也成为一种表演。另一方面，许多人又觉得，死亡是神秘的、令人恐惧的，甚至是需要躲避的、不洁的。不乏有人在老人生前没有尽到任何照顾义务，甚至对老人恶言相向，但在老人去世时显得最为悲痛欲绝。葬礼有时候会把人性扭曲的一面展露无遗。

奶奶的葬礼，也是漫长的乡村生活最为顽强的一种延续。整个家族举家从乡下迁往县城三四十年，有些生活方式已经慢慢地有了城市化的痕迹，但在经历葬礼的时候，包括我们的家族，以及县城里的其他家庭，都还在延续着过往几百年延续下来的葬礼礼仪。

我早已决定，如果有一天，到了我需要写遗嘱的时候，会特别写到，我不需要任何形式的葬礼，不需要告别，不需要哭泣，我只希望最亲近的人能在一起，吃顿饭，随便聊聊，希望他们说到我的时候能微笑。这个过程，不需要太多时间，一顿饭的时间就好，然后大家都各自去过好自己的生活。

六

我在奶奶的火化单上签了字，写下她的名字，李树英。这个名字和我在同一个户口簿上。她走了之后，整个户口簿就剩下我一个人的名字。

火化场里，几辆殡仪车停放在那里。逝者各自的亲属们站在院子里，要么低声说话聊天，要么沉默地抽烟。

权力在这里也在低调地运转。六叔的一个朋友认识殡仪馆的馆长，他进入财务室对会计交代了些什么，出来后对六叔说："放心吧，肯定办好。"我想不明白，在殡仪馆里还能有什么特殊待遇。

每隔一会儿，火化场那个高耸的烟囱就会冒出一股浓烟，这标志着一个人的遗体变成了一捧骨灰。每个人不论出身，都在这里与这个世界告别。

有人把奶奶的骨灰盒交到了我手里。这是我第一次看到骨灰盒的造型。长方形的房屋造型，有着阁楼式的挑角。骨灰盒用一块红布包裹着。

坐在殡仪车里回家的路上，骨灰盒在我的怀里。和我想象的不一样，骨灰盒传递出的温度不是温热的，而是凉凉的。尤其意外的是，我感受到的并不是死亡的气息，而是近似于重生的喜悦。

我曾经把奶奶抱上汽车的座位，抱上轮椅，但这一次是抱着她的骨灰。她患病的身体曾让我感到沉重，此刻却轻盈得像个婴儿。骨灰盒的触感，也变得近似于丝绸。我尽力地拉长这个瞬间，仿佛这样还可以与奶奶再相处一段时间。

我脑海里始终浮现一个画面：某年夏天，我暑假回家看望奶奶，用轮椅推着她去县城中心的人民广场散心。瘫痪在床后，她很少有机会出门，每次被人推出来，都像孩子一样好奇地四处打量，贪婪地观察着一切，要把所有刻进脑海里。

那个夏天的下午,我坐在人民广场边上的水泥凳子上看手机,奶奶坐在轮椅上看着不远处的小树林,我们祖孙二人几乎什么话都没说。温暖的风一阵阵吹过,奶奶很安静,我的心里很平静。

七

直到对丧事礼金顺利分配完毕,葬礼才算真正结束。奶奶一生抚养众多孩子,也照顾了无数孙子、孙女,没有任何现金之类的财产留下。

只有一座房子,这是一个巨大的隐患。在以后漫长的一段时间里,关于它的所有权和分配权问题,都会引来麻烦。尽管每个叔叔在县城里都盖有两层的自有平房,或者拆迁分到了楼房。

但时间紧张,已经没有多余的用来讨论这个复杂的问题。

我来负责主持葬礼的这个环节。一次次阻止有人发怒,一次次安慰有人的满怀委屈,用尽可能快的速度达成统一意见,对不满者给出补偿建议……家族生活曾是我逃离家乡的一个理由,但那会儿深刻地觉得,自己又生生地被拉了回来。

曾经发誓在奶奶去世之后，与整个家族要保持更远的距离，但事实证明这是徒劳的想法，重新介入到整个家族的活动中来，几乎是不可违抗的命运。

在整个家族谱系里，我是一个走得最远的逃离者，一个性格柔弱的长孙，一个永远的和事佬，一个心里有恨表面上却什么也不说的人。但在奶奶去世之后，我感觉到自己的身份有了微妙的变化，再去看叔叔、婶子们的言行时，觉得也没那么生气，甚至认为五六十岁的他们，已经像孩子一样……

他们只是走不出曾经的贫穷记忆，无法控制生活环境造成的恶劣影响，因为缺乏长久的、温暖的爱和关心，才会任由自己的情绪外露。

八

离开故乡，回到寄居地，短暂休息之后去接下晚自习的儿子放学，在车里告诉他："我奶奶——就是你的太奶奶去世了。今年春节回家，你再也看不到她了。"

他沉默良久，说了三个字："我知道。"

父子一路无言。

三姨

于晓丹

（作家、设计师）

我其实常庆幸我的童年是在这样一个女人身边度过的。这一辈子总得有个人教给你一些生活的规矩、爱别人的方法，由她教实在是我的福气。

给母亲买了件毛衣，从纽约带回北京。

看着我打开包装纸，她眼睛里闪起期待好奇的光。站到镜子前比到身上，光却暗淡下去。

要是十年前，无论如何都会留下吧，这次她却说："再长一点就好了，我肚子鼓，背也驼成这样了。能换件再长点的吗？"

换是没什么可能了，等我回到纽约，店里的衣服应该已经上新两季了。

"那我拿回去退掉。"我说。

她没有反对,甚至没表现出丝毫惋惜的意思,就那么递还我,由我包了起来。

我觉着了自己的心狠。老太太这一生充满各种强烈的欲望,什么都不愿缺少,更什么都不愿意放弃,现在她当着我的面就这样轻易放弃了,我觉得是我在逼她,或者是,她觉得让我知道她放弃了也没什么所谓了。

假如能走过去搂着她的肩膀,哄两句"穿着还是挺好看的,留下吧","天气不太热也不太冷的时候偶尔穿穿,跟围巾也差不多啦",她多半就留下了。或者她想着无论如何是我的心意,怎么也应该留下,也就留下了。可我跟母亲,一直不大会撒娇或者哄她;她也不会那么想。我们之间既没有那种亲昵,也没有那种客气。

"怎么人家的女儿跟妈的关系都不这样呢?"

她念叨了一句。总是这样,似乎心里越是难受,就越想这种让她更难受的问题。这几年受疾病折磨,眉头总是紧锁,眼窝黑得愈发吓人。唯一没变的就是她的眼神,依旧犀利得像亮晃晃的刀片,嗖嗖地往我脸上飞。我垂着眼,不敢接。

"什么时候去看你三姨?"

以前我回来，见完她她会这样问。从几年前开始，她不再问了。

"过两天我去。"

以前她不问，我还是会跟她说；现在也不说了。现在一听见"三姨"两个字，她会莫名地发火，有时甚至会吼起来："我拿什么跟你三姨比！"

可是从前她一直是可以比的，处处都是可以比的。至少她这么认为。

过了几天，看天气好，我从望京搭乘公共汽车去了地安门。十点半出发，快十二点半才终于从车上下来。坐出租车应该能省一半时间，可如果不急，我还是喜欢搭乘公交。

三姨家在地安门东大街一条小胡同的一个大杂院儿里。院子靠左手第二间永远挂着白色钩花窗帘的屋子，是我从一岁到上小学前生活过的"家"。二环路以里很多地名都消失了，可我的"故居"还在，有时候我觉得很幸运，有时候也替在里面住了一辈子的人惋惜。一辈子都没在自己家里上过厕所，春夏秋冬，都得出院门上公厕。虽说电影里的北京都愿意长这样，到了这儿却觉得，这儿好像不是北京的一部分了。

"三姨。"我迈上两级台阶，一边大声叫着，一边随手拉开那扇几乎永远不会上锁的门。

"丹啊,来了。"屋里正对房门正襟危坐着个小小的老人,应着。

"嗯。"我把包放下,拉住她的手。

"哪天回来的?"她抬眼看我。

"半个月了。"

"手怎么这么凉啊?冷吧?"她摸着我的手背。

"不冷。"

"喝水吧?"她看看身后的五斗柜,"自己倒。"

我应着,掀开五斗柜上的一块白布,从托盘里取了水杯,看见旁边供着的菩萨和香炉。随后抓个小板凳在她眼皮底下坐下,她让我端着水杯,焐手。

"还那样儿,"她目不转睛地看了我一会儿,"一点儿没变,还是大美人。"

甭管我哪年回来,她都这么说。

"嘻,您还看得见啊?"

她的眼睛白内障,其实早就几乎没有视力了。

"您怎么样啊?"我凑上去搂她,闻见她身上那股熟悉的香粉香。不复杂,就是浓郁纯粹的香。她一辈子好像一直用这一种香粉,老百货店里卖的那种,不管是 20 世纪 60 年代,还是现在。可现在这种店都没了,真不知道她怎么还能买到，让我老怀疑是不是早年囤了好些。

"不好，身上长了骨刺，疼。"

"长哪儿了？"我顺着她的后背摸了摸，摸到的全是骨头，东一节西一节歪着，不知道哪节是她说的骨刺。给她买了件毛衣，这时从包里拿出来，披在她身上。

"嗯，"她却没有穿起来，只说，"好看，洋气。"

想是抬一下胳膊，会更疼。

三姨那年八十有九了，比母亲大十一岁。母亲姐妹七个，四个留在天津老家的都已相继故去，还健在的大姐，先嫁到北京，后来跟丈夫落脚南昌；最小的我母亲在酒泉导弹基地认识我父亲，后来跟着他的部队落脚洛阳，再后来搬来北京；三姨则是从天津嫁到北京的。

用母亲的话说，她这个老姐姐一辈子病病歪歪，典型的小姐身子。讲这话时，总以共产党干部自居的母亲还不免带着些怪声怪气，老像是"话里有话"，好像这个姐姐本不该在她的语言系统里，可又不得不在这个系统里似的。在我记忆里，三姨也的确总是一副"小姐"模样：身上一直是香的，家里一直是一尘不染的；身材虽娇小，可站有站相，坐有坐相，从不跷二郎腿，背永远挺得笔直；却也的确一辈子没做过正经工作。我到她身边生活时，她不过四五十岁，就是我自己现在的年龄，可已经晕车、滚梯、升降梯等各种运动中的东西，出不了远门。吃饭也像鸟啄食，从没吃超过两口。可她又不像电影或者小说里的那些小姐，我从没见她撒过娇，倒是每天天不亮就起来收拾屋子，擦拭灶台和锅碗瓢勺，还每天雷打不动地在三姨夫下班前把饭做好，倒一杯白酒放桌上，等着。

我跟她生活，据她的二儿子也就是我的二表哥说，是他南下串联到南昌，在我们的大姨家见到寄养在那里的我，包了包，就带着北上入了京。他这个说法只是几个说法之一，却也是被质疑最厉害的一个。母亲虽然能狠下心把不到六个月的我送到南昌让大姨带，但恐怕不会同意二哥这么做。只是不知道当年执意要干革命的母亲跟不在她语言系统里的三姐是怎么商量的，反正结果是我比全家人早好几年成了北京人，童年的记忆里，三姨也成了比母亲重要的人。

"这间屋这边后墙上是不是开过一个天窗，后来闹老鼠被堵死了？"

三姨未置可否地"嗯"了一声。这两年，只要我说稍微长点的句子，她就好像听不大清了。

对着院子的前窗，上半截挂着布帘，下半截挂着镂空钩花帘，好像多年没变过。透过钩花，照进来些细碎的阳光。

这所院子当年是座标准的老四合院，大门开在地安门东大街上。虽然比不了那条街上的几座王爷府，可也有相当漂亮的进深。一进院住着几户工人，二进院正房大三间住着工笔画家任率英一家，东偏房住着小童星林妙可的老爸一家。我们那间挨在任家西边，还在正房台阶上，不过也算偏房了。再偏下去是不上台阶的门房，也住着一家工人。三姨家算什么成分呢？我现在也没搞明白。几个哥哥都说起过之前他们住雨儿胡同的一个独院儿，大概是1956年被赶了出来。原因么，好像是三姨夫在重庆时给什么人开过车。不过，这个故事也遭到母亲的"哼哼"：

"哼，现在倒是这么说了，当年怎么不敢说？"

"当年房子是租的，"三姨望着窗外，跟我回忆着，"窗户也特别小，唉，刚搬来的时候别提多脏多破了……我不想搬。可你三姨夫那会儿正闹颈椎病，又急着搬，没办法，只好顺着他了。"

只是怎么也没想到这一住就住了50年，现在院里的人换了几茬儿，她是最老的老人了。

我来时，院子还是正经的四合院格局，只不过大门已被堵上，临街开着家副食店，院里邻居都从西侧门进出。到70年代末，我离开几年后，这院子才成大杂院，进来就能看见满满当当加盖出来的小房。不过，院当中我来那年种的那棵老杨树还在，顶上虽百般修剪，还是透着股蹿天的气势，一看就是上了岁数的。

小屋不足20平方米，难以想象当年三姨三姨夫和四个哥哥，加上后来的我是怎么住的。当年屋里只有一张大床——现在也还如此——每到晚上睡觉时，床外的每寸空地上都支起折叠床、板凳床，想出门上趟厕所必要翻越一番。我跟着四哥和三姨三姨夫睡床上，其他几个哥哥轮流睡板凳搭床。我不记得三个哥哥是怎么相继去了兵团，只记得家里人越来越少，最后搭床不必是每天的惯例。可还是时有发生，因为家里总有人来，认识的不认识的，来晚的，没地方可去的，就都搭床过夜。

"别看屋子小，谁来还都爱住，你四姨夫，六姨夫，三姨夫的弟弟，多少人住过。"

我好像都有印象。我也盼着哥哥们回来，盼着家里热闹。他们回来，一家人就欢天喜地地搭床，我欢天喜地地蹦个不停。对搭床搭地铺，我至今有种特别的热情。

他们不回来，家里就静。三姨夫每天出门上班，四哥每天上学，三姨则每天在家里不停地做这做那，最大块的时间在织毛衣。我呢，除了疯玩儿，跟着院里的小伙伴钻沙坑，爬树上房，飞檐走壁，也会乖乖地拿着马扎跟着三姨去街道开会，跟着她挖防空洞，还陪着她去街道取毛活儿，等她织完，再陪她送回街道。换取工钱的时刻应该也见过，可我没什么她伸手接钱的印象。现在都说富养女儿，不当着我的面数钱可能就是三姨当时能给我的富养了。

"女孩子不许当着外人说缺钱的话，尤其男人，听见了吗？"

记忆中，三个哥哥走后，我和三姨去街道的次数多了很多，她毛活儿织得也快了很多。院子里大部分人是有单位的，可也有不少像三姨这样没单位的女人，所以，我对于她为什么不像母亲那样每天上班从没提出过疑问，只知道每天我跑出去玩一上午，要讨水喝才一脚踹开门回来，家里总有个人在。

"你说说你这一身，到哪儿滚的，跟土猴似的。"

我甩甩脑袋，抖落一头的沙子。

"出去抖！"

我就又跑了。

后来沙子不算什么了，一不小心我掉进了公厕的茅坑。那个茅坑的确一直是心病，总觉得太宽太深了，早晚要掉进去。果然。好在那天四哥在隔壁男厕，我一哭，他提上裤子就跑了过来，转头招呼来院里人，打着手电筒把我捞上来。随后三姨在院当中支起大盆，兑上热水，把我脱光了扔进去洗澡。

"你说说，那天那个臭啊。"

对我，可能是历史上最羞耻的一天。

当着全院的人，那么香喷喷的她要洗那么臭的我，她说起来还笑意连连，大概比这羞耻的事，她经历得多了。

"被剃过头吗？"

"嗯。"

"也游过街啊？"

那样的生活，我没见她掉过眼泪。二哥当年是那一带有名的顽主，狐朋狗友甚多，他人虽去了山西，可他的各路朋友仍时常推门而入，有时是来取要给他带的东西，有时也带来些他那边的东西。一来客人，三姨就执意留人家吃饭。她自己擀面条，一次擀过四斤，还包过四斤羊肉馅儿的饺子。有时也焖饭，焖上饭，自己出门去副食店买肉，回来至少炒上两个菜。有时实在走不开，就把钱攥我手心里，看院里哪个大人凑巧，让领着去粮店买切面。有一次买过十斤，十斤都吃光了，我也只看见她笑，背过身也没听她埋怨过什么。倒是会埋怨自己，如果桌上的饭菜真被吃了个精光。"肯定做少了，一点没剩下。"在她看来，盘里没剩就是怠慢了。

客人来我自然也沾光，不过不来，我吃得也不差。

"炸糕，一顿能吃两个。面，能吃这么一大碗。"三姨用手比画着。

几个哥哥现在最爱说的一个话题，就是那时候他们的妈怎么给我一人开小灶，他们怎么看着，怎么只有眼馋流口水的份儿。他们后来都没长过一米七五，跟嘴亏肯定有关。

除了母亲这支，我在北京还有父亲那边的亲戚，我奶奶的妹妹和妹夫，我叫他们姨奶奶和姨姥爷。姨姥爷做高官，姨奶奶也做官，不过更主要是做高官的夫人，住在建国门内一条胡同深处的一所西式院子里。

院子的大木门永远是关着的，要按右上方一只隐秘的门铃才能进去。进去是葡萄棚架，穿过去是一座二层小洋楼。百叶窗，木地板，踏着几级台阶走进楼，最先看到的是走廊左手、对着卧室客厅的那间大浴室。跟我掉进茅坑的公厕比，这间浴室高级得不像话。地是晶晶亮的，马桶是坐着上的，地上还有只白色浴缸，大到足有两个当时的我那么长。

不知道大人们是怎么商量的，反正每个周末，只要他们二老中的一老在北京，我就一定要去建国门过。要么是二哥或三姨夫送我过去，要么是姨姥爷过来接我。

每次去之前，三姨都会把我放吃饭桌上，让我躺着，头露到桌子外边，她放个板凳再放盆水接在我头下面给我洗头。躺在桌子上洗头大概是我童年最享受的事儿了,除了偶尔水流进耳朵里要叫唤一下,大多时候都在听着温热的水从脑门流下去,哗哗地流进盆里,三姨在我脑袋上方轻轻呼吸着。

"你说说,这多美。"

每次洗完头,顺便也会把我脸上的泥垢使劲搓一遍,再给我剪一遍指甲。

要是姨姥爷过来接,他大多坐不了多久,三姨也一定会给他沏上茶。带我走时,她从来不送出家门,带走就带走了。倒是二哥或者三姨夫送我过去的话,她会送到院门口,一遍遍地叮嘱。

"是去你姨奶奶家,又不是谁家。"

话是这么说,可分寸她都顾忌着。

虽然有那么高级的马桶,再不会有掉坑之虞,我在高大端庄美貌雍容的姨奶奶面前却总有点羞怯。她像外国人,喜欢搂人抱人、亲人脸颊,还买小皮鞋、白底粉花的洋裙子、电动玩具,大而圆的早饭桌上会摆上肉松就粥吃,晚上睡觉把人弄到一大间单独的卧室里,抱上一大张松软的单人床。可夜深人静时,望着大窗户外的星星,我会想地安门那间不足 20 平方米的小屋。

三姨却不允许我不过去。

"不行,不去不行。"

她连"别人家"这个词也不再用了。"你姨奶奶那么喜欢你,她家跟我这儿不一样吗?"

北京人说"不一样吗",其实是一样的意思。

在我上学前,父亲带着母亲和一家人终于从洛阳搬来了北京,我也就归家了。如果不是母亲请求,三姨很少主动上我母亲的门。我跟着母亲和一家人一起去她那儿,她也从来不对我表示出特别的疼爱。那时在心里对比过,我觉得姨奶奶倒好像比三姨还亲热些,甭管多少人在,她照样捧起我的脸就亲。

到我长大,可以一个人坐车去地安门了,跟三姨才又有单独相处的机会。她问我想吃什么,想吃什么给我做什么。我点过炒饼、葱爆羊肉、肘花西红柿打卤面,都是小时候喜欢的。能马上就做的,她马上就做。家里没有羊肉没有面的,她让我自己去买,她在家里把汤炖上。我吃,她也还是坐一边,偶尔挑一筷子,仍然吃得像鸟吃食。

我一共带过三个正在交往的男朋友给三姨看,如果是要结婚的了,她把红包递过去,会这么拜托人家:

"丹打小就住校,不会做饭,你多担待点儿。"

每次听她这么说,我的眼泪就在眼睛里打转,母亲都没对谁这么拜托过。我从小没机会学会做饭,在她眼里是个很大的缺陷。不过她口气虽低，态度却不是讨好，大概她又相信，即使我不会做，我也有那个运气找到一个会做的人，她只要出面拜托两句就够。

果然，我有那个运气。

就这么过了一辈子，70岁那年她接连送走了老伴和长子。长子走的时候，她大哭了一场，不久，请了尊菩萨回家。

我没有见到菩萨就出国了，辛苦几年逐渐在纽约定居下来。最初，几年才见她一次，后来一年能见一次，再后来一年至少能见两次——刚回去见一次，走之前再见一次。那尊菩萨一直都放在她身后的桌上，她的身板也一直挺得笔直，只是最后这几次已经不能从椅子上起身迎我了。

说了好多话，我怕她累，就又拉拉她的手。

过了好一会儿，我问起背后的菩萨，她才又絮叨起来。

"你大哥走的时候我真想过不活了。可走不了啊，你三哥不让。他跪着求我，说：'妈我求您了，为了我们，您得活下去。'"

"请了菩萨就好了。"我说。

"嗯，请菩萨就为他们请的，保佑他们。"

她眼睛并不看菩萨，倒一直盯着我。

"听你三哥说，你管他要你小时候的照片来着。"

"嗯。"

"他好像找着了，回头给你。"

"嗯。"我应着。"当年您跟三姨夫结婚也照相了吧？"

"嗯，"她答应着，不知听清了我的问题没有。"回头也给你找一张。"

当年有个亲戚跟姥姥说，您几个女儿都嫁在天津了，怎么没嫁一个到北京去呢，就带着三姨去了趟北京。那是1947年，她已经22岁，那个年代，这个岁数已然算是太大，比她小的四妹和五妹都已经嫁人。给她说媒的自然不少，照片摆了一台面，可她都没看上。母亲说起这事这么说："挑来挑去谁都挑不中，结果却挑了你三姨夫这么个人。"三姨夫那时候也快30了，在母亲口里，是在南方跑江湖的，不知道做的什么工作。三姨说起那时候的三姨夫，则说："他也一直没找到称心的女人，听说我来北京，就特意从南方坐飞机回北京见的面。"

见过面，很快就订了婚。订婚宴摆在景山后面的一个小红门里，很热闹，来了不少有头脸的人，有武人也有商人，武到将军，商到银行行长……说到这里，她眼睛虽然还幽幽地看着窗外，却终于叹口气——

"真像做梦一样。订婚搞得场面那么大，后来结婚倒没有。"

三姨

订婚以后，她回了天津，三姨夫很快追过去，怕她主意大，生变。当时天津的家里已不像先前那么富裕。大姨出嫁时，姥爷从嘴里取出一颗黄金牙给办的嫁妆，雇的头等轿子，备齐六十身衣服。有人见了已经开始替老爷子担心："排场搞这么大，后面可还有六个女儿呢。"果然，到二姨时，标准就陡地低了下来，只用了三等的轿子，备了十五身衣服。

"老话儿说，一个妹妹顶十年。"

见我没懂，她给我解释："就是说，嫁一个妹妹，姐姐就得再等十年才能嫁。"

她倒没真等上二十年才嫁，可嫁两个妹妹家里拉下的亏空只能再减少她的排场。不过，从北京回来后她发现，台面上摆的提亲相片里其实就有三姨夫，当时死活没看上的，不承想最后还是嫁了这堆里的一个。

"所以啊，"她又叹口气，"婚姻都是早就定好的，谁跟谁都是早定好的，绕一大圈还是这个人，有什么办法。"

"那绕了这一大圈，值吗？"

"唉，值不值的，"我问的这个问题她好像听清了，"这辈子，跟你三姨夫吃的苦太多了，回头想想，只觉得累。什么活儿没干过，脱坯，烧窑，挖防空洞……铁锹那么大个，"她比画了一下，"要不是有人偷偷帮着，我使都使不动。"

她又叹口气。"最苦的还不是这个,最苦的是你四个哥哥前后脚离家三个,都正是长身体的时候,我到处买肥肉熬大油,给他们带过去,买不到真急得掉眼泪。你二哥还讲究,要毛料裤子,要袜子,一要就要三双,也都给他寄。甭管要什么,能寄的都给寄。"

"他那会儿在谈恋爱吧?"

"你二哥那人你还不知道,不谈恋爱也那样。"

"跟您一样,讲究。"

"讲究。"

那样的情景我似乎还有记忆。"要不几个哥哥现在都孝顺呢。"我说。

"你三哥也这么跟我说,妈,我得孝敬您。唉,最难为的就是他,本来孩子也大了,可以跟你三嫂过几天舒服日子了,现在被我这么拖累着……真不如早点死了好呢。"

"他不让您这么说。"

"唉,就是这么说呢。"

"那这辈子是苦多一点还是甜多一点?"

"这辈子啊——"她犹豫着,好像不愿意回答这个问题,也可能是只听清了"这辈子"三个字。"你三姨夫一直跟我说对不起我,这辈子没让我享什么福。给我下跪,跪过好多次。临死之前还说这话，对不起我。"她再深深叹口气。"这话，我从来没跟人说过。"

我正在想该说点什么，她突然低下头看着我，"你妈一个人不容易，她现在上我这儿来，一进门就哭，打电话也哭，哭得挺吓人。她年轻时可不是这样。"

"哦——"我多少有点吃惊，从来没想过在这个姐姐面前总是器宇轩昂的母亲会有这样的举动。"她年轻时什么样？"

"年轻时可要强着呢，你父亲那个人又那么好，活着的时候对她太好了。"

"嗯，太好，其实也许并不好。"我嘟囔着。

"你们就都对她好点。"

"嗯。"

"你们也不是不孝顺的孩子。"

"嗯。"我继续应着。

钩花窗帘上斑驳的阴影已渐渐消失了，凹凸的图案这时才一点点清晰起来。

见她又沉默了一会儿，我问她："累了吧，要不歇会儿吧。"

"不累，难得今天说了这么多。"

"是啊，很久没跟您这么说话儿了。"

"下次回来不知道是什么时候？"

"下次回来，明年吧，明年还是这个时候。"

"明年"的这个时候，也就是去年，我又见过她两次。最后一次临回纽约前两天，我们小辈人在她院子前的"海鲜饺子馆"聚会，我先去看她。可还没说两句她就催我走，好像已没力气跟我说太多了。我使劲搂搂她，让她一定要等我下次回来。她朝我点着头，看着我出门。

可她终究没把我的话当回事。

上周六我在纽约的家里正吃着晚饭，得到她走了的消息。北京时间周四的早上，纽约时间周三的晚上，两地差十三个小时。那天距离我"下次回去"其实已不到两个月了。

三天后火化完毕，二哥给我发来一段模糊的语音，我一个字也听不清。大概是意识到信号不好，他接着补了句书面短信："老母亲走得很安详。"

就是不补，我也知道他要说什么。我回他：

"我都知道了。等我回去，你陪我去墓地吧。"

过了整整十个小时，他才回我，只一个字：

"好。"

我其实常庆幸我的童年是在这样一个女人身边度过的。这一辈子总得有个人教给你一些生活的规矩、爱别人的方法，由她教实在是我的福气。

听说她走，是从305医院走的。三嫂告诉我说："是首长住院的医院，条件不错，让你三姨风光地走的。"

风风光光的。隔了二十年，三姨跟三姨夫合葬了。

就在她去世后的第十天，母亲在北京做了两只手两根手指的截肢手术。虽然之前一说到截肢，她就哭喊"我就去死"，可据家里人说，从手术台下来后的第一顿饭，满满一饭盆，她吃得只剩了个盆底儿。

一辈子强要强到宁折不弯、美要美到无可挑剔的母亲，对什么都不愿满意的母亲，从这一天起将不得不接受有缺陷的人生了。

泪光中的母亲

马畏安

(作家)

> 母亲希望人们认可她为"母亲",只不过是一种精神上的自我满足和安慰,一种精神上的胜利罢了。

记忆,像是清洗剖肚鲜鱼的水,一搅动,便有血丝和鳞片漂浮上来。我对母亲的记忆,尘封了70多年了。现在才搅动搅动,不知道漂浮上来的是些什么。

一

我的故乡,位于湖北浠水县东北,属丘陵地带。那里距大别山主峰所在地罗田县,仅70余里,距大别山的主峰天堂寨，也只有200余里。

20世纪30年代至40年代，故乡农村像是没有动脉的肌体，只靠微循环维持生命的基本律动。村民们白天都在庄稼地里，晚上大都在自己家里。那时的乡村，没有观光旅游这么一说；重病人住进医院就诊，也是没有的，因为根本就没有医院；连女人生孩子都在自己家里，只是请来一位接生婆（50岁以上的女性），一切都听从她的吩咐和安排。一般村民，外出办事夜不归宿，是没有的，女性更是绝对没有。

我的母亲自嫁过来以后，没有在我家以外的任何地方住过一宿。每天一入夜，她就没出过大门，睡觉也没有离开过作为她嫁妆的那张架子床，而且没离开过她的固定位置——靠架子床的外沿儿，这方便她早起做饭，不至于惊动别人。

母亲在娘家做闺女时的情形，我不得而知，但自从嫁给我父亲以后，她安卧之处仅仅两个，一是卧室这张架子床的外沿儿，一是她人生的最终归宿——她的棺材。

母亲一生中去得最多的地方，只有她的娘家，基本上每年春天去一次，都是上午去，下午回。其次要算离我家只有一里多路的小镇——三家店。三家店依着小山坡，就一条高高低低、曲曲折折的街道，长不过150米，宽不过

5米；街里有一座关帝庙，一个邮政代办所，中药铺、猪肉铺、馒头铺各有一家，还有一个极简陋、只能提供住宿的旅店。其余都是住户。有一家大门上的对联写道："曾作乡村曾作市，半为商贾半为家。"道出了这个小镇的特点。

浠水乡间民俗，每年农历正月十三、十五，三家店都有民间聚会，叫作"玩十三""玩十五"。这两天，只要家里的事丢得开，又有同龄人相邀，母亲也会去玩一次的。母亲会换上一身干净的藏青色衣裳，大襟衣服右上方的纽扣处，掖一块白色手帕，往头发上抹点食用油，梳理平整；脑后的发髻上，插两根出嫁时的银簪，再绾上几根翠绿、修长的小麦叶片——这就算是母亲最精心、庄重的打扮了。

到三家店"玩十三"，也就是在山坡上走走看看。满山坡都是人挤人，熙熙攘攘。也有卖小吃的，油炸糕、油条，都是现炸现卖，香气四处飘散。还有把荸荠洗净，一个个鲜红发亮水灵灵的，用竹签穿成串卖。偶尔有一条龙灯，敲锣打鼓从山坡上招摇而过，小孩子、小青年，都争先恐后地看热闹，又跑又叫的。

1950年夏天，母亲还去过一次浠水县城，看见了大卡车，算是长了见识。而这点见识，又不过证实了一个六岁的小女孩早就对她说过的一句话。

那时候，农村几乎家家都习惯烧松毛（即松针）做饭，

泪光中的母亲

我家也是。每到秋末冬初季节，家家的壮劳力都到十几里以外的大山上去扒松毛，储存起来，准备度过冬天和春天。我哥哥扒回的松毛，一捆一捆地码在大门外的空地上。两米多高、一米多宽、五米多长的松毛堆，像一段城墙；等拿掉几捆以后，城墙一端的上面便缺了一角，整段城墙就像一辆大卡车，缺角的一端是车头。

我有个堂兄的小女儿叫末末，外婆家在公路边上，她在那里见过大卡车。有一天，她对我母亲说："四婆，你家的松毛堆像大卡车。"母亲没见过汽车，只是"嗯"了一声。直到她去了一趟县城，看见大卡车了，回到家就说："末末说得对，我家的松毛堆是像大卡车。"

二

母亲的衣服上是没有口袋（那时叫荷包）的，上衣没有，裤子也没有，春夏秋冬四季的衣服都没有。这简直不可思议，却是事实。

口袋的重要功用之一是装钥匙，可母亲身上不带钥匙；家里没有任何一个小箱子、小柜子、抽屉，是不许别人打开她要上锁的。

大门也不上锁，全村十几户人家，家家如此。如果哪家都外出了，家里没人，就把大门顺手带上，顶多将两扇门外面的两个铁环，用稻草绳系上，防止狗或猪，进屋里偷吃的。全村十来户人家，不仅各家的祖宗八代都知根知底，就连各家有几门亲戚，也都门儿清。万一有陌生人到了村里，一群狗就会狂吠，陌生人走到哪，狗就紧追到哪，狂吠到哪。一旦有这种动静，附近田畈里干活的邻居，都能望得见，也会停下手里的活儿，直起腰来，大声询问："那是哪个？有么事？"

母亲身上从来不装钱，也没花过钱。穿的衣服是自家种的棉花，祖母纺成线，母亲自己织成布，请裁缝到家里来做的；吃的粮食蔬菜，都是自家种的；食用油，也是自己种的花生、菜籽榨的。母亲更是从来不买化妆品。母亲必须买的东西只有一样——火柴（那时叫洋火），她天天做饭要用。那时经常有货郎担下乡，货郎担的火柴，可以用鸡蛋换。母亲就是用鸡蛋换火柴的。母亲用火柴非常节省，只要有邻居生火做饭了，她就拿一团松毛去引火，不擦火柴的。要擦火柴，顶多做早饭时擦一根，做完早饭，就将没烧透的松毛、小树枝，沤在灶膛中央，用火剪拍拍紧，等到做午饭的时候挑开，露出红红的火种，撒上一些松毛、树叶，用吹火筒一吹，火就着了。做完午饭，再照样操作，做晚饭也不用擦火柴了。一盒火柴，母亲能用一个多月。

母亲身上不装钥匙不装钱，衣服上的口袋就没有必要，做口袋的布，也省下了。

三

养猪是农家一项重要的副业。我家的这项副业，是母亲一人承担的。

每到春天，打听到哪个村有母猪下崽了，便到那里去买小猪。因为小猪要刚刚断奶才能买，所以叫"抱奶猪"。

我家抱奶猪，是父亲的事：父亲懂得挑选奶猪的诀窍。要从一窝奶猪中挑出最好的，得特别注意两点：一是要看奶猪的吃相，吃母猪的奶或者见了别的食物，就没命地往前冲、挤，甚至从别的小猪背上踩过去抢着吃，这种奶猪就好，容易长膘；二是要看猪的骨架子，腿长腰身长的奶猪好，长得快，长得大。

奶猪抱回家，就都由母亲照料了。刚离开母猪到一个新环境的奶猪，不是乱钻乱窜，就是躲到哪个旮旯不出来。这就要用绳子系住，拴在桌子腿上，或者在山坡草地上钉一根木桩，拴在木桩上。等小猪长大了一些，能认识家了，才解掉绳子，早上喂它一顿，便赶到外面的草地上、山坡上、稻场边去觅食。

中午时分,猪觉得饿了,有时会回家来要吃的,可以喂一点饲料,下午再外出去觅食;天一擦黑,猪就回家,这时才着实喂一顿饱。

猪的饲料,都是母亲准备的,除了每天的泔水,还有各种粗的或者细的谷糠、碎米,在大铁锅里煮熟,储存在大木桶里。喂猪的时候,兜一瓢饲料,再舀一瓢泔水,倒在石质的猪槽里,猪就吭哧吭哧大口地吃。

我最不能忘怀的,是年底卖猪时的情景。

一头猪养了一年,毛重怎么也有一百多斤,可以卖了,家里会有一笔不小的收入。但就母亲自己来说,她落不下一分钱。

我家的猪,都是卖给一个很熟悉的屠户。每年年底,他都会到家里来,同父亲讲好价钱之后,约定日子来牵猪。

屠户来牵猪,一般都在傍晚,这时候猪也回家了。母亲给猪喂些它爱吃的饲料,仿佛是最后一次招待,要送它上路了。这次喂猪同平常很不一样。平常的日子,猪要吃,就摇着尾巴围着母亲转,不时低声哼哼,好像告诉母亲,它饿了。母亲忙着做饭、烧火,不理它,它要么用长嘴拱拱母亲的鞋,要么用肚子往母亲腿上蹭,都表示它要吃。母亲忙这忙那,嫌它碍事,有时拍它一巴掌,有时用脚拨它一下,它叫唤一声,躲开一点。过一会儿,又到母亲身边蹭,哼哼地低声叫唤。

可喂猪"上路"的这次,母亲总是在旁边看着它吃,一会儿往槽里添点泔水,一会儿加一瓢熟饲料,或者往槽里撒一把细糠。

等猪吃饱了,屠户便拿一根粗麻绳,套在猪胳肢窝上,打一个越拉越紧的活结,要把猪牵走了。

屠户拽绳子,猪挣扎着不肯走,嗷嗷地叫唤,等拽出了大门,猪叫得越发厉害。

好像是最后诀别的时刻到了。母亲便"嚛儿——嚛儿啊"地唤猪。也许在母亲看来,猪的肉身是卖了,要被牵走了,但猪的精气,猪在我家相傍一年的情分,是不能卖掉,也是卖不掉的,一定要召唤回来,永久留在家里。

猪听见母亲"嚛儿——嚛儿啊"熟悉的唤声,便发疯似的冲着吼着往回跑,屠户只得使出浑身力气拽着走,猪的四蹄硬是死死地撑在地上不动,最后几乎是被拖着走了,地上划出四条明显的印痕。

猪还是一路尖叫,到了水塘岸上,还叫;到了田埂上,还叫;只是越走越远,叫唤声也越来越小,等绕过了小山坡,叫声才逐渐消失,听不见了。

猪被牵走了,母亲坐在家里,一声不响。天黑了,母亲才默默地做晚饭;吃完晚饭,母亲又默默地收拾碗筷;

然后默默地拾掇拾掇，洗一洗；最后，默默地上床睡觉了——比平时要早得多。

按惯例，屠户牵走猪的第二天一早，就杀了卖肉，父亲也按惯例在那天早晨去肉铺，拿回一些猪内脏、猪血，以及两三斤猪肉。晚上，全家可以犒劳一下自己，多做几个菜和汤。可就在这一天，这顿晚饭，对这些菜和汤，母亲是从来不吃的，连尝都不尝，一口汤也不喝。

四

孩子怎样称呼父母，各地区都不相同。北方大都称父亲为"爹"，浠水农村只称祖父为"爹"，称父母则另有规矩。男性在自家（或同族）兄弟中排行第一者，其子女一定称他为"伯"，称母亲为"妈"；排行第二、第三的，其子女称他为"爷"，称母亲为"娘"；我父亲排行第四，我们兄弟姐妹称父亲为"父"，称母亲为"大儿"（必须带儿化）。我们从小到大，对父母一直这样称呼。

我上初中后的一天，母亲忽然喊我的乳名，问我："什么时候我看见你和同学在一起，你向他们介绍我，就说，这是我的母亲吧？"

我当时一愣，觉得母亲问得蹊跷，只是看了她一眼，没说话。

算起来60多年过去了，今天我才仿佛解开这个结。母亲分明是鄙弃"大儿"这个称呼，希望我为她正名：她是母亲。并且让我的同学也都知道。

我当时竟毫无察觉，毫不理解，多么迟钝和痴呆啊！

如果要探求事情的究竟，这得说到我的父亲。

我父亲是在农村教私塾的先生，年复一年地给学生讲四书五经，在农村算是大知识分子了。父亲还能写漂亮的毛笔字，方圆几里以内的庙宇神龛前黑底金字的大匾，诸如"慈航普渡""有求必应"等，都是出自他的手笔。本村和邻村家家堂屋正中墙上贴的"天地君亲师位"（俗称"天地菩萨"），多数也是他写的。这样，我家也就不时有客人来访，父亲同他们闲坐聊天，中外古今，天空海阔，无所不谈。

母亲肯定是一次又一次从父亲和客人的交谈中，听到一些故事和典故，比如"孟母择邻"中的孟母，"曾参杀人"中的曾母，等等。母亲知道了"大儿"同"母亲"意思一样，只是在感觉上，一个听起来是那么轻飘飘，像瘪谷壳子，用簸箕一簸，随风扬出去的就是它；另一个则像是饱满的稻粒，下到水田里能发芽长叶，成了秧苗后会扬花，结出稻子。一个土得掉渣，一个正规文雅，上得了台面。明礼的人，读书的人，有头有脸的人，外面的人（浠水农村，习惯把本地农村以外的一切地方都称作"外面"），连同古代的圣人贤人，都叫"母亲"。这情形一再发生，就在母亲的心里酝酿着波澜：曾参的母亲织布，她也织布，而且还生育了三男二女，可没人认可她是母亲，这是凭什么？为什么？——我也是母亲！我就是母亲！母亲还会想到，我们兄弟姐妹中，只我一人上学念书，"母亲"二字，只能出自我之口而不会出自他们之口。所以，母亲才那样问我。

对于母亲的问题，我原本理解为：这是母亲灵魂的觉醒，是对乡村社会传统习俗的反叛，是对作为母亲的尊严和价值的追求，也是对平等、文明生活的渴望。

如果仅仅是一种精神的提纯，这样的理解应该是对的。可是，当我联系母亲实际的生活状况考量，就觉得有些扞格。母亲对乡村某些传统观念，还是信守不渝的。比如，以乡村旧观念看来，女性是充满秽气和肮脏的，女人的下身不能高过男人的头部，女人在梯子上或者楼上，男人就不能从下面走过，万一不小心从下面走过去了，就要赶紧伸开手掌在头顶上拂了又拂，像掸灰尘一样，拂掉秽气。只要母亲一上梯子或上楼，就大声喊："我在上面，你们莫过来！"

泪光中的母亲

还有一种习俗，家家晒衣服的竹竿，都是一头高一头低，高的一头有两米高，低的一头约四五十公分。男人的衣服晒在高的一头。我家的晒衣竿，总是父亲的衣服在最高处，依次是我们几兄弟的，母亲的衣服在最低的一头；她贴身用的都是破旧的布条，那是怎么洗都洗不净的"脏东西"，有时就摊在灌木丛上晒，不配晒在竹竿上。从来都是如此。

还有，就算我们兄弟姐妹都叫她"母亲"，她每天干的事情——洗衣、做饭、舂米、磨面，一样也少不了，不可能从繁重的劳动中获得解放。她并非为了得到实惠，她也得不到任何实惠。相反，她被认可为"母亲"以后，会不会当作"最高奖赏"，因而更加残酷压榨自己生命的汁液，奉献给我，奉献给我的全家？

说了归齐，母亲希望人们认可她为"母亲"，只不过是一种精神上的自我满足和安慰，一种精神上的胜利罢了。

可是我，她唯一的上学念书的儿子，连这点精神上的安慰都没有给她，却回报她一双冷眼！

至今回想起来，仍然感到愧悔、伤痛和悲哀。

我要写下我的愧悔、伤痛和悲哀，为母亲，为自己，也为我的后代。

一切都过去了！永远是太晚了！事到如今，即使我跪在母亲坟前呼唤母亲，无论出声也罢，不出声也罢，呼唤十遍也罢，百遍也罢，已经没有任何意义了。

五

母亲一生极少哭泣，她的眼泪，似乎只给自己的儿女。

我记忆最深的要数姐姐出嫁的那年，再就是我去长春上大学的时候。

按农村习俗，男家决定娶媳妇的日期，一般得在春节期间通知女家，叫作"定日子"。男家得备一些彩礼，各种食品、红包之类，在一张红纸上写明婚期，一并送到女家。

姐姐出嫁的那年，男家也在春天送来了彩礼，婚期限定在那年冬季。

打那以后，母亲就很少有笑容了，指不定哪一天，哪个时候，就哭起来，有时一哭就是一两个小时，边哭边诉说。

"儿喏——我的肉喂——儿喏啊——"

郁结于胸中的哀伤之气，爆发式地喷薄而出，然后渐渐地由强到弱；一口气呼尽了，紧接着深吸一口，再喷薄而出，再由强到弱，如此一声赶一声，声声紧逼。这样强烈穿透力和感染力的哭诉声，我在以后几十年的岁月中，

泪光中的母亲

无论北方还是南方，农村还是城市，都再也没有听到过。今天回想起来，哭声仍在耳边，仍然感伤，仍然心灵震颤。

由于实在不忍心听，母亲究竟在哭泣的同时诉说了什么，怎么也想不清楚了，大概是称赞姐姐如何会干活、能吃苦，在家没过什么好日子，姐姐如何可怜之类。

就这样，母亲断断续续哭了整整一年！

母亲哭的时候，家里人也不劝阻，由她去哭，据说是哭出来心里要好过一些。只有到了吃饭或者该睡觉的时候，才淡淡地提醒她："饭凉了，吃饭吧！"或者是"不早了，困醒（睡觉）吧！"

浠水农村，习惯把女儿叫作"人家的人"。就婚姻而论，那是"嫁鸡随鸡，嫁狗随狗"的时代，女儿一旦出嫁，便要伺候公婆、丈夫，然后是生儿育女，替夫家传宗接代；最后自己成为婆婆，关爱自己的儿女，说是"人家的人"，还算比较靠谱、实实在在的。

有一种情景，总在我心中挥之不去——

夜深了，全家人都准备解衣就寝，吹灯上床。就在这当口，命运之神攫住女儿，将她孤身一人拉出门外，推向黑暗和恐怖笼罩的无边荒野。骨肉分离，母亲的心，顿时碎成齑粉，完全是在情理之中的。

母亲另一次哭泣，是在我考上大学以后。

1952年夏天,我考上了长春的东北人民大学(现吉林大学)。母亲不知道长春在哪里,便问父亲。父亲说:"在东北,路很远,坐火车要走几天几夜。"

"火车是什么车?"

"也是一种车,有几十辆汽车那么长。听人说,火车跑起来,从车里看车窗外的树,都一棵接一棵向后面倒。"

我的故乡属丘陵地带,环顾四周,青山连着青山,严丝合缝围成一个大圆圈,像一道青色的高墙。母亲无法想象青山外面的人们怎样生活,更无法想象几千里之外了。上大学,一去就是四年——四年!一千多个白天和黑夜,看不见心爱的儿子。爱儿是母亲生活的太阳,看不见太阳,在这世上还能活吗?!

"儿喏——我的肉喂——儿喏啊——"又是凄楚绝望的号啕。

父亲比母亲眼界要开一些,心肠也硬一些,他数落母亲说:"孩子出远门,哭啊哭的,不吉利!孩子上大学是好事,有人想上还上不了哩!过几年就回来了,有什么好哭的!真是的!不要哭了!哭是晦气!"

父亲的"哭啊哭的,不吉利"这些话,起到了震慑作用,母亲最怕对爱儿不吉利。她真的不再哭了,可是神情也大变了。打那以后,我好像比以前更少见到母亲了,母

泪光中的母亲

亲也很少面对我，有时候似乎母亲望见了我，当我面向她时，她就看别处了。母亲对家里人也尽量回避。家里人不止一次发现，母亲独自一人猫在犄角旮旯里，泪流满面。

我上大学的行装，经过一个来月的准备，就绪了。离家的那天早饭后，父亲、哥哥、村里的叔叔们为我送行，大家七嘴八舌、七手八脚，又是叮咛嘱咐，又是拿行李挂包，唯独不见我的母亲。而我，也竟然没想起同她告别。

这个最疼爱我的人，这个把我看得比自己生命更重的人，这个独一无二的人，就这样无声地淡出了。

至今我也回想不起来，我同母亲最后一次面对面是在什么时间，什么场合。

在那时候，在我的故乡，照相被认为是奢侈的事情，而且还会摄走人的魂魄，母亲也就没有留下任何照片。母亲的影像，也就仅仅存在于我的心中了。

上大学以后，给家里写信还是老一套："父母亲大人膝下，敬禀者。"父亲大约会把我的信念给母亲听，虽然她没有亲耳听到我叫她"母亲"，并且介绍给我的同学。

大学期间，由于经济拮据，路途遥远，寒暑假我都没回家。大三的时候，收到一位中学时同学的信，信中说，我母亲在我去长春之后不到两个月的时间，就去世了！父亲为了不影响我的学业，没有告诉我。这对我是晴天霹雳！

我禁不住回想那段时间的一些琐事。到长春不久的一天夜里，睡梦中分明听见母亲的哭声，我惊醒了。这事千真万确！也许，这是母亲即将告别人世时，同爱儿的心灵感应。还有一次，父亲在信中说，母亲生了一场病，现在完全好了，再也不会生病了。看到这句话，我当时心里咯噔了一下，但没有深究，更没有往那方面猜想。

1956年夏天，我大学毕业回家，本村的一位婶子告诉我，我到东北之后，母亲天天哭，有时手里拿着我的照片，对着照片喊我的名字。过后对人说：我喊他，他不答应我。

对爱儿的爱，变成了爱的无奈。

母亲原本存有一点梦想，希望我离开乡村社会，远走高飞。但这只是一面。还有一面是，她不能没有同爱儿的呼应、交流，哪怕能听到我说话的声音，看到我大口大口地吃饭，下雨时能给我挡挡雨，衣服脏了能替我掸掸灰，都是一种满足，生活也会踏实。可我上了大学以后，这一切都飘散了，面对的是一片空无；即使大好的晴天，在母亲眼里也是细雨蒙蒙。

对爱儿的爱的无奈，转化成了"爱之癌"，这"爱之癌"又迅速地扩散，身体机能很快损耗殆尽，生命也就走到尽头了。

我离家的时候，母亲十分健康，身板硬朗，仅仅两个月的时间,一条坚实的生命,就彻底被摧毁了。

婶子说:"你母亲硬是慊(想念)你慊死的。"这话,我信。我可怜的母亲!

有人说,犹太教、基督教,有一点观念似乎相近:"一切从尘土而来,终要归于尘土。"

母亲早已"归于尘土"了。她的坟茔在我老家东北方向的山上,朝向我的老家。20世纪70年代初,农村为了扩大耕地面积,将老家的房屋统统拆掉,搬迁到东北方向公路边的山坡上去了。现在她的坟茔,则是背向老家了。

她的坟茔朝向老家时,是在守望着自己的儿女子孙;背向搬迁后的老家时,她是在站岗,守护着自己的子孙儿女。

不论在什么时候,不论走到哪里,不论遭遇怎样的人生风雨,我都不会忘记故乡山冈上那抔尘土。

那永远是温热的尘土。

六叔传

韩浩月

（作家）

> 他依然每天疲惫不堪地活着，内心依然有强烈的盼望，不知道支撑他用如此激烈的态度活着的动力是什么。

六叔的童年

1970年冬天，六叔出生于鲁南与江苏交界的一个小村庄。村庄只有一条泥泞的堤坝路通往外界，到达县城约35公里。

六叔来到这个世界的时候，他前面已经有五个哥哥和一个姐姐。大哥是村里的会计，因计生手术感染未得到及时救治，在29岁那年去世。二哥是个木匠。三哥是个农民。四哥是个基督徒、传教士。五哥是个泥水匠。唯一的姐姐刚到临嫁的年龄，就嫁到了五公里开外的一个村子。

六叔出生的时候，原来在县城街道办事处做小领导的父亲（我爷爷）刚被造反派赶下台，带领一家老小浩浩荡荡到了鲁南之南的那个小村，投奔他唯一的大哥（我大爷爷），艰难地从小市民转为农民。

六叔最深刻的童年记忆，就是在大哥的带领下去田里撸未成熟的麦粒吃。弟兄几个躲藏在麦地里，吃得满嘴绿油油，吃完后擦干净再偷偷回家，不敢被村干部发现，否则会被父亲装模作样地狠打一顿。

暴力是六叔童年时代的家常便饭。爷爷从一个公家人变成了一堆农民娃的爹，气不打一处来，心情不好看到孩子闹心，谁惹了事就会遭到一顿暴打，往死里打。

六叔童年印象最深的一次暴力行为，是与五叔在操场上玩闹，鼻子被五叔打出了血，然后五叔被他大哥（我父亲）一砖头拍晕在了操场上。家境如此之难，内部的一点矛盾，就能激起不小的动荡。

六叔骨子里的暴力基因就在那时种下了。在六叔的童年回忆里，很少得到来自父母与哥哥的关怀与温暖。

六叔进城

1987年春天，17岁的六叔跟随我爷爷回到了县城。此时韩氏家族已经失去了一切，户口、土地、住宅、工作等，一无所有，在接下来五六年的时间里，才慢慢地变回为穷困的小市民。

几个已经成家立业的叔叔们都分开生活了。六叔随我爷爷一起，在城里做起被归为下九流的生意——杀猪。杀猪和卖猪肉是祖业。据说我爷爷的爷爷曾是县城里的风云人物，虽然也是杀猪的，但敢和县官抢女人，后来被人设计陷害，抓起来枪毙了。说这事时没人觉得是耻辱。死，向来在这个家族不算什么大事，活得悲壮，才能成为被一致尊重的人物。

从没见过县城的六叔进城之后如鱼得水。他很快顶替了爷爷的角色，成为家里的顶梁柱，不但是干活的主力，顺便也管起了钱。谁管钱，谁就是当家的。但他毕竟还是个孩子，做错事情的时候，还会劈头盖脸挨一顿打。

说他如鱼得水，是因为他很快就褪掉了农村孩子没见过世面的拘谨与胆怯。他有了同伴，新结识的朋友都是在街上横着走的年轻人。他抽烟、喝酒、结拜兄弟，打架、闹事、假装黑社会。回到县城的六叔仿佛找到了活着的尊严。

六叔的人生转折点发生在 1990 年。那年的一个夏夜，他关系最好的几个朋友在街头店面玩牌，深夜散场后发现一个小偷在撬门，几个男青年一拥而上，把那个小偷打死了。恰逢"严打"，几个人里一个被判了死缓，一个被判了无期，剩下的刑期不等。六叔因为那天太累睡得早没有参与玩牌，否则凭借他的性格脾气，手一定不会闲着，命运会就此改写。

六叔在街上看到最好的朋友被捆起来浩浩荡荡游街的时候，哭得肝肠寸断。自此之后他老老实实地从事他的正当事业——杀猪赚钱，很少再上街混了。他一直坚持每年都去监狱里看他被判了刑的朋友，还要求我给他的朋友写信。

六叔与六婶

六叔的肉摊摆在县医院南边十字街头的东北角，西南角有一个炸油条的摊点，经营的人家来自江苏。六叔在那里认识了六婶。六婶来买肉的时候六叔经常不收钱，六叔去吃油条的时候六婶也经常不收钱，一来二去两人就谈起了恋爱。也有一个说法是，两个人并不是自由恋爱，而是经人介绍直奔主题结婚去的。都是外来人，又"门当户对"，谁也别挑。

结婚的头两年，六叔与六婶经常吵得天昏地暗，打得头破血流，无非是为一些鸡毛蒜皮的小事，先是口角，然后上升为武力。直到现在，他们也没改变这种"交流"方式。战斗升级的时候经常还会殃及池鱼，把爷爷奶奶住的屋门一脚踹开。

战斗的婚姻进行了20多年，一直还没解体的原因是，六叔偶尔会良心发现，对六婶表现出温情的一面。比如他心情好的时候，会突发奇想把六婶拉到县城的服装市场，一口气给她买许多衣服。遇到节日或六婶生日的时候，也会买个戒指、项链什么的送她，顺便说句情话："别的女人有的，你也得有。"六婶就会像电视剧里的女人一样，感动到流泪。

六婶一直没有停止怀疑六叔在外面有女人。自从六叔有了手机，两人之间就没停止过"手机疑云"，一旦六叔关机或者开着机却不接电话，六婶的情绪就会失控。还说他自打安装了微信之后，"火得不知道自己姓什么了，整天在那里摇一摇，摇出了许多小妖精"。

六叔自然矢口否认。长得不好看，穷，脾气又坏，"没有一样能数得着的"，能有人看上他也算是真爱了。但六婶坚持认为，城里有个开工厂的女老板，身价上千万，和六叔在KTV认识之后，就迷上了六叔，不但给他买衣服，送手机，还给他偷偷生了个儿子。

六叔与儿子

六叔有一个亲生的儿子。或是因为自己吃了足够多的苦，六叔对儿子非常宠爱，从不使唤他做任何苦力活，自然也就没有养成儿子坚毅的品格和吃苦耐劳的能力。

作为一个争强好胜的人，六叔又觉得儿子必须要出人头地，起码要像他那样自食其力。在百般努力无效之后，他做出了一个石破天惊的举动，决定让儿子入伍。

堂弟非常排斥入伍，但在六叔看来，入伍是儿子成才的最后一个机会，也是他尽到父亲责任的最好办法。于是，几乎以半哄半骗的名义，他帮助儿子当了兵。此后六年，父子间的角力再也没停止过。

在这六年里，六叔近乎魔怔地为儿子在部队的前途而努力着，而围绕在他身边的人敏锐地嗅到了这个"商机"，借着帮他儿子在部队"运作"入党、提干的名义，花光了他十多万元的积蓄。

堂弟在北京当兵，几乎每隔半年，六叔都会被人哄骗来一次北京，一行人的吃住行、娱乐他全包。辛苦半年挣的钱，一趟就全部糟蹋光了。这样的花费根本不起作用，家人劝他不要来，但六叔不听，执着地践行着他那"心诚则灵"夹杂"有钱能使鬼推磨"的复杂价值观。

六叔觉得这是对儿子的爱。但他不知道，这样的付出越多，他儿子的压力就越大，父子关系会变得越紧张，因此他也会越觉得委屈。有段时间六叔打来电话，说着说着就哭了："他怎么就不知道我对他好？天下哪有不想让儿子好的父亲？"

这段父子之间的爱意修补，很快被暴力代替。堂弟数十次拒绝了六叔让他留在部队继续发展的决定，毅然退伍回家了。六叔报以强烈的反对态度，声称儿子要是敢回家，他就离家出走，要不就喝药自杀。

这样的威胁压根没有用。在一次六叔与六婶吵架要动手的时候，刚好被打开家门的堂弟撞见，在部队练了一副好身手的堂弟一个暴击KO（击倒）他的父亲，引起了整个家族的轩然大波。

这次父子冲突以六叔的出走告终。他搬离生活了二十多年的家，到几公里外一条公路边，租了间临时搭建的棚房居住。

六叔搬离后，六婶通过各种渠道给他传达信息，说只要他不喝酒、不骂人、不打人、与坑蒙拐骗他的人断交、不乱花钱，这个家就会永远向他敞开大门。但这样的"不"字太多了，六叔根本做不到。六叔压根想不明白自己错在哪里了，该怎么去改正，怎么去对待生活。

我和六叔

和六叔在一个屋檐下生活了四五年，我受他的影响太大了。年轻时爱打架、爱喝酒，一些言语表达的影响更是如同刻进了骨头里。我不喜欢这样的自己。逃离故乡的一个重要原因就是逃离六叔，觉得离他越远，我的内心才能越安定。

有一次我跟他去农村收猪，回城的路上天黑了，我们停下三轮车到路边的瓜地里偷瓜吃。那晚月光皎洁、河水浩荡，嚼着还未完全熟透的瓜，我突然悲从心头起，对六叔说："我不想这样偷别人的瓜吃，不想一辈子当个杀猪的。"六叔怔怔地看着我，不知说什么才好。那是我第一次明确表达要远离故乡的意图。

我做一切与六叔截然相反的事。他杀猪，我写诗；他身上臭烘烘，我每天竭力用肥皂把身上的味道洗干净；他晚上和酒肉朋友大吃大喝，我穿上洁白的衬衣（对，一定得是白衬衣）去县城电影院晃荡；他脾气暴躁，我努力学习温柔；他大半生都停留在原地，我越走越远……

我想成为让他引以为荣的人。我无原则地纵容他，满足他孩子气的愿望，不断提供着满足他虚荣心的证据。他似乎不怎么关心我，我却像爱一个孩子那样爱他。

德国人伯特·海灵格提出过一个概念——"家庭系统排列"，其中一个说法是，家族中无论死去还是活着的长辈们，都会对孩子的灵魂有深远影响。比如，如果一个人的祖父曾在家族中有过很好的名望，或者出名的劣迹，那么他的形象与言行就会被传播开来，后代的某个子孙就很有可能被其影响，成为先辈的隔代传人。

有段时间我对这个理论颇感兴趣，常思考，在我们的"家族系统排列"当中，六叔处在什么位置；他继承了哪位祖先的性格，而我又是怎样。这当然没有答案，但我发现了导致这个家族始终被冲突与矛盾所困扰的原因所在，即爱的断代。

爱在断代之后，就会带来爱的教育的断裂，需要后面几代人慢慢修补，在爱的表达上做痛苦而又漫长的努力。

六叔也在这样尝试。他对家里每一个人示好，谁家遇到事，他总是挺身而出。但这事交给他之后，却常因他没耐心，半途而废，七零八落。久而久之，家人很难信任他，没人再把他的话当回事。

他当然不知道海灵格的理论,也不懂什么原生家庭之类的说法,他只是凭借本能去付出与索取,希望得到回报与回应。

每隔一段时间,我都会收到六叔密集的电话,东拉西扯,于是知道他又缺酒喝了。我把购物车里上次买过的酒再付一次账,第二天下午他就能收到。这样能换来他半个月或一个月不再打电话,很安静,像得到了糖果的孩子。

六叔的饭局

每年春节回乡,都会参加一些六叔的饭局。六叔安排饭局很有意思,明明是他请人吃饭,打电话邀请人时却四处宣扬,说他大侄子回来了,想请大家吃饭。他爱面子,我也只好给他的面子买单。

六叔饭局上的座上宾组合很奇怪。他认识的人太杂了,有已变老了的当年的小痞子,有法庭里的法官,有××局的局长,有刑警队的队员……我目睹过一个坐过牢的混子和那名刑警队队员,在六叔的饭桌上杠了起来,最后两人以拼酒量大小决定胜负。那情景很是荒诞。

几乎所有坑过六叔的人都一如既往地出现在他的饭局

上。有一个人曾鼓动六叔和他一起开一个小型化工厂，当年六叔借贷了30多万投入这个工厂，但厂房刚建好，设备还没安装齐备，就被下游担心污染的村民趁天黑用炸药给炸掉了。六叔花了30多万，只听了一声炮响。

另一个和六叔一起开过沙场的人，在一个派出所工作，声称可以办到所有合法证件，结果沙场还是因为无证采沙被查处了。六叔莫名其妙成了负责人，被抓进看守所，替人老老实实顶了罪。出来之后，他们依然还可以谈笑风生地在一起喝酒。

酒桌上的六叔是个"传奇"，因为无论是他请客还是别人请客，最后埋单的人都是他。他不舍得给自己买件上百块的衣服，却能够在饭桌上给别人甩出一千块，让人拿去买衣服。因为这个豪爽的性格，他的朋友遍布全城，而每每他落难的时候，那些朋友全部消失得无影无踪。

头脑清醒的时候，他也表达过：这些狗屁朋友都是假的。但每当夜幕降临，又到了一天中推杯换盏的时刻，他就忍不住摇起微信呼朋唤友去喝酒。酒桌上的六叔开心又肆意，埋单者的角色为他换来一阵肉麻的阿谀奉承，在那一刻，他俨然忘记了生活的苦难，成为一个成功人士。

也许，从进县城第一天开始，他就把这当成了人生的追求目标。他曾设想过家庭圆满、妻贤子孝、事业有成、朋友遍地，可只有"朋友遍地"貌似得到了实现，也只有这个虚幻的现实能给他一点存在感。

六叔今年不到50岁，他依然每天疲惫不堪地活着，内心依然有强烈的盼望，不知道支撑他用如此激烈的态度活着的动力是什么。只有一点可以确认，他还没有倒下。

我从未见过的祖父

谭加东
（作家）

> 这一对从民国走过来的父与子，各自走完了由自己选择的不同人生。对于他们所承载的恩怨，父子反目给各自的身心造成了怎样的伤痛，我的好奇与疑惑仍在继续。

香港岛北角有个渔村叫亚公岩，亚公岩有座谭公庙。我的祖父谭雅各每天都会路过谭公庙，但从不到庙里烧香拜佛，因为他信基督教。那是上个世纪50年代的事情。

亚公岩是个客家山民、疍家艇水上人和瑞士巴塞尔传教士混居的小渔村，有神庙，也有基督教堂。全村人共用

我从未见过的祖父

一个水龙头,客家人自己打石建造房子,租给各色人居住。在祖父屋檐下长大的表姐说,我阿公,你阿爷,他每天出门,永远是西装领带皮鞋,给那个已经奇特的地方又增添了奇特的一景。

祖父谭雅各虽然姓谭,但他要和亚公岩的谭公攀亲讲古,恐怕就要去追溯春秋战国时期山东谭国人南下的轨迹。我能力有限,只能追溯到我的曾祖父。19世纪80年代,他从广东乡下到香港谋生,在太古船坞的船台上做工,因为修船天天和铁锈打交道,年纪很轻就得了肺病撒手人世,丢下在乡间的妻子幼儿。曾祖父究竟死于哪一年,死在香港还是乡下,不只这些无法考证,就连和我居住的地方相隔不到200公里的祖父,我也从来没有见过他一面。

按照我父亲的说法,祖父很小没有了父亲,在乡间也没有土地。所幸离家十几里路有个侨乡最富裕的三埠镇,那里三条水路汇合,西通西江下广西梧州,南通中山、香港,东连珠江,到海外谋生积累到一点血汗钱的劳工回乡,必从此埠头上岸。所以镇上商铺连枞,一个七八岁的乡下仔在这里卖点咸酸,也可以度日。

所谓卖咸酸,其实是掩盖我祖父在街上讨饭的另一种说法。设想一个七八岁的孩子,自己怎么制作咸酸?怎每天走十几里路到镇上去做买卖？更合理的解释是，祖父之所以被美国传教士当作孤儿收入教会，只能说明他当时的境况与流浪街头的乞儿无异。教会在乡间没有学校，他被送到广州的美国教会的男校培英住读，从此开始了他新的人生篇章。

我祖父大名毅起，小名百会，据说是因为他小时聪颖灵巧，什么东西一学就会。雅各（Jacob）是他的教名，他投入教会，回乡便将自己的母亲、我的曾祖母也介绍入教。母子二人向乡人宣教，于是乡人改称他的母亲为"耶稣婆"。谭雅各在广州长老会创办的培英学校一直读到毕业，当时教会的岭南学堂（现在中山大学前身）还在筹办之中，他的同窗好友陈孚木的哥哥陈秋霖在刚成立的广东国民政府里任职，认为国民政府需要更多接受了新式教育的年轻人，于是就推荐他的弟弟陈孚木和校友谭雅各到国民政府刚开办的政法学堂去继续深造，谭雅各就这样开始了他的民国官场仕途。

父亲和姑姑对祖父的记忆，都从广东国民政府时代开始。他们那时还是黄口小儿，眼睛看见、耳朵听见、家里出入的都是国民政府里的高官。我父亲说，他小时候喜欢下象棋，有一天胡汉民到家里来，祖父在胡汉民面前炫耀自己儿子的棋艺，要胡汉民跟自己的儿子下一盘，结果我

我从未见过的祖父

父亲两下被杀得一败涂地,从此不再喜欢下棋。

又有一次,林森到家里来,看见我父亲在临摹孙中山先生的照片,认为画得很像,回头送给我父亲一套国画画谱。我父亲谭雪生后来成为画家,成为广东省华南文艺学院和广州美术学院教授,恐怕都可以追溯到这本画谱的启蒙,甚至包括他后来娶了同为画家我的母亲徐坚白。而我姑姑,和广东民国政客陈铭枢、陈孚木这些人的孩子一起长大,和他们的友谊一直保持到老年。

省港大罢工发生在1925年6月,领导人邓中夏、苏兆征、廖仲恺,不是共产党人就是国民党里面的左派。其间,祖父在罢工委员会里负责为从香港撤到广州的工人安排食宿。我父亲还记得,香港海员工会领袖苏兆征经常到家里来与祖父商量事情。

此时国民党内派系斗争激烈,汪精卫与胡汉民两派都在争夺刚刚3月才去世的孙中山留下的权力空缺。8月20日,廖仲恺在国民党部门口被刺杀,同时遇难的还有国民政府中央监察委员陈秋霖。陈秋霖本来不是这次刺杀的对象,他乘坐的轿车半路抛锚,碰到廖仲恺的轿车路过,上车一起赴党部,结果在党部惠州会馆的门口与廖仲恺同时遇难。刺杀事件发生后,国民党成立调查委员会调查真相,陈秋霖的弟弟陈孚木和周恩来当时都是调查委员会里的委员。

在这一段惊心动魄的民国历史里，祖父因为和陈孚木、陈秋霖的私人关系，也因为和胡汉民一派国民党官员的关系，非常接近事件的中心。汪精卫借刺廖事件，很快将胡汉民逼走海外。祖父在国民党政府里的仕途是因为胡的失势而中落，还是因为没有了陈秋霖做靠山而无法在激烈的派系斗争中生存？或者是他看穿官场政治的黑暗而自求身退？据我父亲记忆，先是有军队半夜进来收缴了祖父的枪，后来被派到远离广东的安徽省去当淮安地区的禁烟局长，再后来他就彻底离开了国民党的官场。

我父亲出生的广州仁济街博济医院，是现今中山医学院的前身，再前身便是收留我祖父的美国长老会1835年在广州最早开办的西医诊所。著名的长老会传教士医生伯驾曾经在这里给林则徐治过眼疾，教会后来将伯驾的眼科扩展为全科，还开设了医学堂，培养当地人。

我祖母的三个孩子，包括我父亲，都是在这家医院出生的。因为我祖母自己不只在仁济街博济医院旁边的真光女子师范学校住读，而且还曾经在博济医院实习过。

我祖母和我祖父有同样的背景，也是一个农村孩子。她的父亲，也就是我的曾外祖父，重男轻女，常常对她拳打脚踢。一个信基督教的村人偷偷劝说我的曾外祖母，将

我从未见过的祖父

她送给教会收养,以保全她一条小命。

八岁那年,曾外祖母亲自把祖母送进仁济街的真光女校。开始我祖母不愿意留在那里,她的母亲就每个星期天从广州城北边的农村龙眼洞走15公里,带着家制的钵仔糕到城西的仁济街陪女儿,直到女儿安心留在那里。我祖母在真光女校一读十几年,完成了民国初期南方女子所能接受的最高等教育。她原来选择了学医,可是在博济医院第一次实习,就碰上一个大出血的病人,被吓得改学了师范。师范毕业,她只身去到中山石岐,为在香港和上海经营永安百货公司和先施百货公司的中山人专门开办了子弟学校教书。

我小时候不懂祖母为什么总说自己的婚姻是"大水姻缘",长大了才明白。有一年,她从中山自己开办的学校回广州参加校庆,遇上连续几天降暴雨,珠江发大水断了来往船只,她在一个嫁了校医的教会姐妹家中留宿,而我祖父恰好也回校参加校庆,也被暴雨困在他所认识的校医家中。老天做媒促成了他们的婚姻。

我多年后从长老会教会的档案里,看到当时广州传教士写给本部的报告,说很多教会出去的学生,无法在当地找到合适的配偶;或者一方不喜欢对方没有信仰,或者一方对信洋教的人有恐惧感,所以教会每年夏天都组织校庆,给培英男校和真光女校的学生创造认识的机会。所以看来，教会不仅包办了我祖父和祖母的生活与教育，还"包办"了他们的婚姻。

正是因为这样，我祖母结婚后返回广州的母校教书，后来她的孩子，不单在仁济街医院出生，也在仁济街教会学校上学。我的姑姑们提到仁济街的口气，就像一般人提到老家一样。

我父亲从小是在教会的环境里长大，早晚祈祷，餐前祈祷，周末做礼拜，平日读《圣经》，可是到了该受洗的年龄，他突然拒绝了耶稣基督，脱离了教会。他说因为那时他已经经历了日本人对上海的轰炸，在逃难回乡途中，目睹中国民生涂炭，又从一个乡村学校的左派老师那里接受了新的思想，便认为基督教无法拯救中国，从此开始了对另一种主义的求索。

父亲是个叛逆的儿子，他不仅抛弃了他父母从小给他灌输的基督教教义，还选择秘密参加共产党的地下组织，1949年之后便与他在香港的父亲断绝了书信来往，而他的父亲发誓决不跨过罗湖桥一步。直到1979年我祖父病危，我父亲经过广东省委书记亲自手批，才被放行过罗湖桥与我祖父见最后一面。当然，那时我没有可能过罗湖桥去与从未见过面的祖父告别。

我从未见过的祖父

很多年以后,我在收拾父亲去世后留下的遗物时,看到一封祖父写给姑姑的手书残页。他在信中说:你父以身许国,抱着拯救世界人类脱离奴役苦难,得享自由之大愿,参加了民族革命和社会革命,我一辈的朋友不是为革命牺牲,就是晚年被病魔折磨,我不是名利之徒,也没有参加行尸走肉的行列……

他痛斥那些借革命名义谋取个人权力和私利,给中国百姓带来灾难的假革命者,痛陈俄国人借国共合作,插手中国事务,破坏了孙中山的民主革命,斯大林又借雅尔塔协定侵占中国领土和利益。他说,他之所以脱离政治,是认为做实业能更实际地复兴和传承中国的文化,拯救中国的同胞。

这个被耶稣从贫困中拯救的少年,以身许国,壮年脱离宦海的农村仔,在国共两党分裂之后离开淮安的禁烟局局长位置,脱离国民党官场,来到上海十里洋场,开办了一家私立学校,仍然是专门接收永安百货公司和先施百货公司的广东人子弟。我父亲和姑姑们也都在这间学校里学习,他们说,上海的学校几年里不断扩大,办得很成功,他们几个广州的西关少爷小姐,摇身变成了上海十里洋场的少爷小姐,过着很现代的生活。

1932年1月,日本人突然对上海的国民党十九路军发动袭击，轰炸闸北。十九路军里多是广东人子弟，我祖母带着几个孩子到我祖父的老朋友兼同志陈孚木家，和陈孚木的太太一起为十九路军赶制军需品。后来他们的学校和住房都被日军炸毁，便又在陈家滞留了一段时间，直到确实因为没有校舍无法恢复办学，才离开上海，先回广州寻找机会，最后到香港发展。

在香港，祖父不仅经营房地产，还办化学工厂，生产肥皂之类民用商品，后来又利用他当年为省港大罢工到越南筹措大米的关系，到越南经商。我母亲说，我祖父像狄更斯笔下的匹克威克先生，是永远充满生意的点子、永远在成功边缘徘徊的商人。但是，我父亲认为，祖父在上海的学校和后来在香港的生意，都是因为日本入侵，在发展得最好的时候被迫放弃，被迫逃亡。

我姑姑对他们离开上海到香港后的生活描述，也证实了这一点。说日本人打到香港之前，他们住在半山的洋房里，每天喝掉的汽水和吃掉的冰激凌，让她觉得比他们在广州和上海的生活还要富裕。祖父往来于越南与香港经商，日本人打到香港，他被阻滞在越南，直至抗战胜利，一家人才重新聚集回到香港。祖父此时已经六十多岁，抗战在后方八年，耗尽了手头所有资金，要重起炉灶再来一场拼搏，已经不像二十年前那么容易了。

我从未见过的祖父

我父亲晚年透露，1946年他从国立艺专毕业后到广东省艺专教书，却因为他的"左"倾活动被艺专开除，党便将他派到香港。一方面是因为祖父与国民党高层的关系，另一方面是因为祖父与著名侨领司徒美堂算是有宗室甥侄之类的关系，党要他利用这些关系搜集情报和做华侨统战工作。

在香港筲箕湾亚公岩，身为国民党的祖父和他加入了共产党的儿子，两个敌对阵营的父子同住在一个屋檐下。组织上有时要我父亲去接待从敌占区逃出来的地下党人，暂时把他们安顿在自己家里。我祖父看穿儿子艺术家外衣之下的一颗红心，对我父亲说："你身为知识分子，跟第三国际走是不会有好结果的。"我父亲只好老实向组织交代，要求以后不要让他带"自己人"回家，因为他的父亲对共产党有敌意。

亚公岩，这个我祖父度过生命最后三十年的地方，如今已经不再是一个渔村，而是完全融入香港高楼林立的城区，成为现代都市的有机部分。我姑姑说，我祖父抗战后回到香港时，再没有资本经营生意，他就去包租一些楼宇，再放租给陆续回到香港的人。后来内战，香港挤满逃出来的人，一屋难求，我祖父是有远见地选对了行业，而且他找到亚公岩这个地方居住，虽然稍微偏僻了些，但是房租便宜，空气新鲜。他把省下来的钱再拿去办工厂，尽管没有一间工厂是赚钱的，却是在自己的"办实业"理想中活到最后一刻。

姑姑的女儿说，阿公晚年，每到姑姑出薪水那天，就会到她家里来，他从不进来，站在门外等姑姑出来，永远西装笔挺，八十多岁也腰挺背直，很有风度；我祖母则多次从香港回来探望我们，总是带着大包小包靓丽精致的香港货。所以我从来没有想过我年迈的祖父和祖母在香港靠什么生活。

也难怪，在我成长的60年代，只有香港人可以穿越罗湖桥到内地来探亲，我们是从来没有想过可以到对面那个资本主义世界里去的。

很多年之后，在我的祖父祖母都已经离开人世后，我来到香港，才知道其实我祖父祖母晚年过着极其简单甚至贫困的生活。但是他们的信仰，使得他们以一种很和平的心态接受了现实。他们没有因为曾经的成功富有和热闹而对晚年的拮据懊恼愁困。

祖父研究养生，自己编写出版养生的书籍，和朋友编辑出版杂志，还准备到印度去学习甘地的和平改良社会的经验，通过他们的杂志介绍给中国人。祖母参加教堂的活动，和旧日的学生讨论教授音乐和传教的心得。

无论如何,这一对从民国走过来的父与子,各自走完了由自己选择的不同人生。对于他们所承载的恩怨,父子反目给各自的身心造成了怎样的伤痛,我的好奇与疑惑仍在继续。

奇趣者

谪仙寥寥

霜子

（作家）

> 他往往用反叛来回应爱，用沉沦回馈期望，以愤怒否定现实，以离群索居来对待这个喧嚣的世界。

胜 利

在日本本州西南端的历史小城下关，天上飘着零星小雨，街上行人寂寥。没有人知道，2018年12月4日夜晚，一个不属于任何时代、任何地域的精灵，回到天上去了。

一进下关市民医院这间温馨明亮的病房，看到躺在病床上的寥寥，所有人都哭了。同行的朋友说，从来没见过一个人能瘦成这样，仿佛骨头都缩了进去。我还算平静，因为临行前一个老朋友嘱咐，千万不要当着他的面落泪。

我没有流泪，因为在和他目光对视的那一刻，我明白他早就不在这个世界里了。我们再也不能用这个世界的任何标准来评判他。

病床上的他举起瘦骨棱棱的手，做了一个"V"字。刚到下关时，寥寥去了趟海边。他坐在木椅上，面对着美丽的濑户内海，瘦得仿佛失去了重量，就像是一件衣服自己坐在那里，当时他也做过这个手势。回来后一个朋友问：这是什么意思？他战胜了死亡？还是死亡就是胜利？或者说他没有被打垮？

我理解他的这个手势，是说他战胜了现实。有谁能战胜我们身边每个人都不得不面对的强大而冷酷的现实？寥寥一直用一种比它更强大的精神否定了它。就像他在东京拿到胰腺癌晚期的诊断书时，不屑一顾，说这根本不是他的，你可以说他是精神分裂，也可以说他以一己之力否定了这不可否定的现实。

在北京听到他病重后的日日夜夜，也是我和他一起面对死亡的过程。我曾怀疑，是否最终面临真正的死亡时，一切抽象的壁垒都会垮塌，人会恢复到最原始的本能？直到最后一刻，他拒绝输液，拒绝用任何人为方式延长他的生命，平静地走向终结，就像拒绝他生活在其中的现实一样。对于正在迫近的死神的巨大阴影，他只表示了轻微的惊奇。

我们在南池子小院儿养过一只小虎猫，我奔波于医院和家之间照顾病危的母亲，等再回来时它已经浑身冰冷。我哭着问它为什么不等我，寥寥替它回答："它说你们都走了，我也走了。"至此，他完成了自己，一个始终如一的自己。也许不能说他做了所有想做的事，但他最终成了自己想做的人。在我看来，坚守自己到底就是胜利。他甚至修改了规则，他的存在告诉我们，人生价值不只是成功，还有另一种价值标准存在。他就是这种标准的代表。

游　戏

1972年，我19岁时，遇到20岁的寥寥。他是中央工艺美术学院前院长、著名艺术家张仃的小儿子。但熟悉他的人都知道，他更是母亲陈布文的儿子。说到寥寥，不能不提起他的母亲。陈布文不凡俗，是位性格刚烈、聪明绝顶的江南才女，十几岁时就怀揣一把匕首出走，就读上海圣约翰大学，抗战时和张仃同赴延安，曾担任过周恩来的秘书，并被评为特级教师，后赋闲在家，专心培育子女。寥寥是她的作品，她曾说三个儿子是她打给上帝的三张牌，而寄予最大希望的寥寥这张却被酒泡得模糊不清。也许她去世时已经绝望，和寥寥一样拒绝治疗，决然而去。

母亲的才华和傲骨留给了他。寥寥具有神童式的成长经历，聪明敏感，早熟早慧，字还认不全时就开始写诗，19岁时写出老辣成熟的荒诞派剧本《日蚀》。但几乎所有他的大部头长诗都遗失了，很多连我都从未见过。

第一次见面，这个有着拜伦般苍白脸色，神情冷峻的小个子就问我要了一毛五分钱，去买了一盒当时最廉价也最有劲儿的"战斗"牌烟。至今，我还清楚记得我和哥哥初次到他家时的情形。他父亲在干校，哥哥张郎郎已因为莫须有的罪名被投入监狱，只有母亲和他住在原来的单元。那是被专案组组长占据后剩下的两间小屋。屋里很冷，生着一只火炉，水壶在火上烧得嘶啦嘶啦地响。炉边蹲着一只黑猫，目光炯炯地盯着我。寥寥披着一件破旧的军大衣，掀开蓝印花布门帘，从里屋父亲的书架上拿出几本抄家剩下的毕加索和马蒂斯的画册，让我和哥哥大开眼界。一会儿，住在对门的邻居也带着一把吉他过来，他们开始唱英文歌——我从未听到过的摇滚乐：猫王、披头士、四兄弟（Brother Four）。寥寥的嗓子沙哑，平实，有如耳语，但非常真实、自然，直捣人心。

在那段最疯狂、最荒芜的日子里，他夹着披头士和猫王的唱片，还有"垮掉派"小说《在路上》，走过北京街巷，沙哑着嗓子，唱出披头士的 *Yesterday*（《昨日》）和保罗·西蒙的 *Bridge over Troubled Water*（《忧愁河上的金桥》），在人们的喝彩声中挥洒着他的幽默和天马行空的才智。那时，他就是文化的化身，脱口秀的故事大王，是上世纪70年代初文艺沙龙里最耀眼的明星。王尔德说过，那些迷人的人都是被特别宠爱的人。然而，这样的人往往不能与时代契合，于是终日与酒精为伍，游戏人生，直到他逐渐被人遗忘，消失在东京。

他没有留下多少有形的作品，因为他是那个时代的口头文学大师。多少个白天和夜晚，人们聚在他身边，听他讲故事，忘了外面那个腥风血雨的严酷环境，不自觉地跟着他的语言和手势上天入地。他有种化腐朽为神奇、化神圣为玩笑的能力，用他尖刻精妙的语言把一切严肃的事物都化为漫画。他自己经常是他小说里隐身的配角。在少年们无厘头的械斗中，他几乎总在逃跑，还不忘手疾眼快地为打架的同伴们递上一块砖头。在1978年唯一发表的长诗《我们无罪》中，他表达了一代青年所受的伤害和做出的反省、愤怒和诅咒。

他用自己的方式诠释了那个时代。虽然只留下一些碎片，但他本身就是艺术品。他没能按照世俗标准实现他的才能，每一个认识他的人都会充满惋惜地说：多么聪明的一个人！他的一生，几乎就是一个自我毁灭的过程。而被毁灭的才华似乎比实现了的才华更引起人们的慨叹。有时我想：是不是我的欣赏害了他？当我决定和他结婚时，我妈妈问我为什么选择他，我说，因为他好玩儿。我妈妈很震惊："好玩儿就能过日子吗？"我回答："过日子干吗？"至今我仍然以为，好玩儿的灵魂比过日子对我更重要。我也几乎为这个选择付出了一生。

游戏结束了，最后的光芒转瞬即逝，有趣的灵魂总会先走，没有他的世界将变得更为无趣，因为再也不会有一个寥寥那样的人了。

悲　歌

眼前的关门海峡在灰色天空下风平浪静，却隐藏着一段惊心动魄的中古时代历史。800多年前，日本古典小说《源氏物语》和《平家物语》所代表的两支军队曾在这片海峡大战，1000多艘战船的火光烧红了沸腾的海面，最后以平家军的失败告终，安德小天皇投海而死，葬在岸边的赤间神宫。

日本有种特殊的审美——"败者的美学"，或叫"物哀"——不是赞赏胜利者，而是同情失败者。失败者受到世世代代的祭拜和怀念。当中国改革开放的时代来临，人人都在转型中寻找自己的位置时，曾经风光无限的寥寥却成为落伍者。先是无比潇洒地游戏人生，天天呼朋唤友，啸聚在南池子小院，一醉方休。和他一起喝酒的朋友们，大概还记得他竖立在丁香树下那个巨型炮弹般的酒坛子，取代了他早年诗中写的"闪耀着真善美光辉的纪念碑"。

而生活远比我们想象的要残酷。酒醒之余，他也努力过几次，和我一起参加了中英文自学考试。补习班里，大家都更喜欢听他讲课。有的人什么都没记住，只记住了他对课文精彩而幽默的诠释——可那并不是考试所要的答案。考试时，他从不按照标准答案回答问题，而是自己想写什么就写什么，最后竟然在考场上睡着了。上世纪80年代末和90年代的商业大潮中，他也每天夹着公文包，在哥哥郎郎的公司里出出进进。对他来说，每天在小院儿的聚会，远比做生意更起劲儿。他仍把这一切当作一场游戏，很快就对那个忙碌的社会人身份失去了兴趣。在这场如何对待寥寥的社会战争中，我们也被迫选择了自己的立场。当我离开他后，他也逐渐离开这个社会，离开人群，最后彻底回到了自己的内心。

"我不会为将来的人们唱赞美歌，而过去时代的悲歌也已经唱完了。"

母亲的死，把他带入了一个悲歌的时代。他像海绵一样，吸吮这无尽的悲哀。我们从他怀念母亲的诗歌里可以看到这其中的绝望苦涩，也许还有悔恨、自责，更多的似乎是身不由己。多少年来，他一直生活在对母亲的悼念中。

在现实生活里，他却是最令母亲和家人伤心失望的人。他像犯了天条、被打入人间的孙猴子，拳打脚踢地反抗着一切社会规则，同时也反叛他生长其中的家庭文化。曾几何时，一个人人宠爱的天才，变成了"只要有三个人就开始批判会"（寥寥语）的"PROBLEM"（引起麻烦的人）？过于敏感和被扭曲的性格，以及童年时家庭遭遇的浩劫，使他往往用反叛来回应爱，用沉沦回馈期望，以愤怒否定现实，以离群索居来对待这个喧嚣的世界，在想象中给自己以自由。在这条路上，他越走越远。

面　容

寥寥的脸——虽然没人能猜透他的内心——内心的一切其实都在这张脸上。年轻气盛，锋芒毕露，鲜衣怒马少年时，闪耀着光洁与骄傲。天天聚会狂欢时，他永远醉眼蒙眬，一副白痴般的表情，而他躲在这表情和大白天也戴着的墨镜背后，悄然睡去。后来就像一只病猫，静静蜷缩在自己的角落里。

其实解读寥寥有个捷径：把他当一只猫就行了，至少离他不远了。多少年来，因为不能忍受做人的痛苦，他像猫一样活着，或者希望人们也把他当一只猫。养过猫的人都知道，猫有惊人的忍受疼痛的能力。他从不诉苦，也不屑和人交流，既不解释，也不争辩，对所有的一切都漠然处之。那张脸却如同艺术品般成为痛苦的雕像，满是皱纹和老人斑，尖利的线条介于达利和鲁迅之间。有人注意到他细瘦的腕子上那块巨大的表，永远戴着，但从来不看，就像他与世界的关系——活在过去，拒绝当下——时间和现实对他都没有意义。

无论在哪里，他都习惯一直开着电视，但从不放声音，于是所有的图像就都变成毫无意义的画面。他似乎很认真地在看。住院的日子里，墙上也挂着电视。谁要是挡住他的视线，他会摆手让你躲开。他注视着那永恒的无意义的画面，直到最终闭上眼睛，关闭了这充斥在尘世里的一切浮华喧嚣。

没有人比他更不在乎自己的躯壳了。从他身上，我才意识到，平时我们如此珍爱的身体不过是灵魂的躯壳，如果我们真有灵魂的话。他从不做任何对身体和健康有好处的事。他吃得很少，在东京时，每天只在热牛奶里泡上撕开的面包，晾凉了再吃。他从不锻炼，有病也拒绝去医院，他清楚如果到了医院，就由不得他了。他放弃了人生战场上的争斗和所有欲念，彻底回归自己，才得以保持他的面容，没有任何面具的最真实自我，真实得让我们难以直视。

人们形容寥寥用得最多的一个词是"干净"——没有任何世俗的脏东西，干干净净地来，干干净净地走，纯真柔弱如儿童。在所有人都努力走着上升之路，他却一直走着下坠之路，并不惜坠到谷底。人们都追求着生命的欢欣，他却始终向往着死亡之地，沉浸在痛苦之水中。大概只有经过痛苦的洗涤才能获得心灵的纯净。他画的猫大多睁着两只天真无邪的大眼，对眼前飞过的蝴蝶和放在脚下的鱼视而不见，无所欲求，却写着"吾欲飞""同乐·同游"或"我愿为阁下补壁"。也许有人会说，他出身优越，得天独厚，命运待他不薄，为什么他说自己是"被侮辱与被损害的"？我想是因为有一类特别敏感的心灵，专门感应一切负面的东西，直到人类心灵最黑暗的深处。在这种底色之上萌生的美与童真，有直达人心的力量。

文　化

寥寥聪明。可聪明的人多的是，为什么只有他得到最多的惋惜？这不就是"物哀"吗？他曾经闪烁和被埋葬的才华就像转瞬即逝的樱花，消失得无影无踪，在死灭中求得永恒的静寂即是"物哀"的真髓。这种哀叹不也是给我们自己的吗？当我们做出种种妥协，逐渐成熟以便适应冷酷的现实时，就失去了那些童贞的理想，我们自己最好的那一部分也随之埋葬。

谜　语

日本的红叶季节极美。一条铺满落叶的小径，把我们带到春帆楼和接引寺——中日《马关条约》签订地和李鸿章遇刺的小路。寥寥被送到下关几天后就住进医院，他甚至不知道小城这段历史。他从来和风云激荡的历史无关，和理论以及所有的宏大叙事无关，他只和一些微小到无意义也无人注意的存在心有灵犀。最后我坐在他的病床前，期待着某种刻骨铭心的告别时，他也只问到我哥哥和姐姐的两个孩子。望着窗外的红叶和空无一人的体育场，我不禁感到恍惚：为什么会在这里？冥冥之中把世间万物连接在一起的究竟是什么?

这根线的另一端是我初次听说的下关著名女诗人金子美玲,寥寥曾为她的诗集画过插图。我和同伴找了半天才找到她的纪念馆。金子美玲 26 岁即死于自杀,她的文字纯净至极,却回味无穷,就像天边的一片云,倒映在静静的水潭中。而在寥寥留下的为数不多的文字里,有一篇题目为《春》的散文诗和她的短诗极为相似:

> 小白兔从没有见过外边的世界 / 兔妈妈对她说:那里有灿烂的阳光、茂密的森林和美丽的鲜花 / 小白兔觉得不可思议 / 春天来了,兔妈妈带小白兔出了家门 / 兔妈妈惊呆了 / 那是一个满是浓雾的天 / 什么也看不见 / 什么也没有 / 兔妈妈哭了 / 忽然小白兔惊叫:妈!快来看 / 在小白兔眼前,有一个小小的红蘑菇 / 小白兔兴奋地说:这个世界真美啊

郎郎曾说寥寥的"诗文与绘画是人和人之间最佳润滑剂"。大概酒更是,多少人和他一起坐在南池子小院儿的大香椿树下喝过酒,他们从来不谈任何高深的理论,在那些严肃的知识分子们看来,不过是些来来回回毫无意义的蠢话,却是一个人卸下盔甲和面具,自由自在,享

受真实自己的片刻。当寥寥离去时，人们表达最多的感情是：爱你。中国人说这个词不容易，在那一夜，却听到不少人毫不费力地说出这句话：寥寥，我们爱你。我最后俯身在他床边，和他永别时，也说了这句话，不是属于我个人的我爱你，而是我们大家都爱你，永远爱你。

现在寥寥走了，摆脱了这个痛苦的躯壳，彻底自由了。上帝收回了被他贬到人间的谪仙。寥寥活过艺术品般精彩的一生，只留下孤独的背影。对于别人如何评价他，也毫不在乎。他乘风而去，像哈姆雷特临死前说的，让人们去讲我们的故事吧。上帝创造了寥寥这样一个人，是想给世人什么样的启示呢？他终其一生反抗和所求的究竟是什么呢？他将自己隐身在那《源氏物语》一般美的小盒子里，伸出两个让人触目惊心的手指，带着一副备受摧残但真正属于自己的面容，眼神超然、坚定，留下了他给我们最后的谜语。

世界上的大部分存在，都抵御不了被遗忘的命运，而遗忘意味着我们自己的存在也被抹去。我们的历史就是记忆对抗遗忘的斗争。我纯真年代的朋友们，让我们用文字为寥寥建一座小小的祭坛吧。如果有人愿意这么做，请把你们的文字发给我，这样寥寥就会活在那座他自封为王虚无的宫殿里。

了不起的马小起

王竞

(作家)

> 她这 40 多年经历的哀痛和苦闷,可以在写字中得到缓解,再顺着笔端流到纸上;之后,每个落在宣纸上的字,温润而闲适,成为她想成为的样子。

2014年,我从德国回北京,一个人去逛琉璃厂,这是北京古玩字画集市的扎堆地。进了海王村,先看中国书店,那里的历朝碑帖平摊在一进门的桌面上,古籍和经典摆满靠墙的书架。往里走,有个小院子,围绕院子四周的平房里,由走廊串起一间间卖古董和字画的小门面,都敞着门,诱惑顾客的淘宝之心。

在一个不到十平方米的小屋里,坐着一个腰板笔直的女子。第一眼就觉得她好看，脸庞白皙娇嫩，眉目清秀，整个人和海王村古字画散发出来的书卷气浑然一体。

我们俩加了微信，此后的九年里我再没见过她，只在微信朋友圈里，她看我，我看她，就这样，直到一年前，《独留明月照江南——怀念我的李文俊老爸爸》这篇文章在朋友圈刷屏。

北　漂

她属蛇，1977年生人，真名就叫马小起。一哥一姐残疾弱智，家人对这个新生儿唯一的希望，就是日后能站起来，故名"小起"。开头也当傻子养，到两岁才会走路，三岁才会说话。

家里穷，父亲靠四处游走刻名戳挣钱，母亲也在外打工。她和小她三岁的妹妹留在村里，算得上第一代留守儿童。因为实在无人照管，她小时候甚至有半年跟父亲流浪，拖着小马扎、小桌子和一堆刻料，一天换一个地方摆摊。

16岁初中毕业，她去莱阳读了五年中医专科。17岁家里就给定了亲，19岁登了记。读完书注定要回老家伺候丈夫和公婆，生养娃娃，其他别想。回乡后，她以专科生的资质在镇上开了家诊所，进药、开方、打吊瓶，全她一人做。诊所的对门,是杀狗杀猪杀驴的铺子。狗多是偷来的,先拿铁钩钩住狗脖子,再用铁棍子敲死。说起这些,马小起用了"愚昧、残暴、血腥、窒息、绝望"一连串词,好像只有这种力度的词汇,才能表达她当时的处境和心情。

山东农村,很多人沉溺于麻将或酗酒,女人则被无休止地道德绑架,破口大骂、拳打脚踢是家常事。25岁生孩子前,她常有死的心,儿子出生后,她才不再去想死的事。妹妹在天津美术学院上学时,往家拿些字帖和画册,她看了莫名地想:其实这才是我这辈子该做的事。她从小就对字和古诗词有特殊的敏感,虽然没见过多少美的东西,但天生对美有悟性,凭直觉,走心。环境跟自己格格不入的感觉每天都在加剧。

一起长大的发小有一天悄悄告诉她,自己离婚了。她受到的震动无以表达,最后变成一句傻话:"原来还可以离婚啊!"

结束了自己实在过不下去的日子,在2010年的某一天,马小起坐了14个小时火车,从青岛到北京。等她从和平门地铁站钻出来,走进海王村,只看了一眼门前那棵老槐树,还有那对石狮子,她豁然开朗——终于到站了。这是她从18岁起就心心念念的地方,她在心里对自己说,这才是我该待的地方,这才是我的归宿。在错的地方活了那么久，她想要的生活终于可以开始了。

与许多受尽生活磨难、缺少爱、缺少安全感的农村姑娘不同，她向往的并不只是温饱与浮华，而是心底里的一片净土。这种向往，把她带到了北京，带进了李文俊与傻天使的生活。

相　亲

马小起的讲述里贯穿着一种肆无忌惮的坦诚。

与傻天使相亲的时候，正是她这个38岁的北漂在北京快要混不下去的当口儿。那时，她住在琉璃厂附近胡同里厕所旁搭的一间小棚子里，"像条流浪狗一样在北京的街头惶惶不可终日地张望着……"她不避讳，那场相亲属于她北漂生存行动。

让她意想不到的是，傻天使丝毫不具备与人交往的能力。他回避目光接触，刘海留得长长的，遮住了视线，他以为看不到人家，人家就看不到他。他甚至分辨不清朋友与女朋友的区别，用马小起的话来说，"之前就没见过这样的人类"。

马小起写她第一次登门去见傻天使的父母，李文俊已经85岁，张佩芬82岁。来自山东青岛农村的马小起直言："李文俊先生这样的人，对那时候的我而言，是夜空中的星月。我能够望上一眼都会心地明净，荣耀一番。"然而，即便嫁入京城的"文化豪门"，但要跟傻天使这样一个非正常人士结婚，意味着从此过上非正常的婚姻生活，能心甘吗？

那时，傻天使已40多岁，看上去像个青涩的大学生，对外界有一种茫然无措的拘谨和不为惊扰的安宁寂静。只是忘了认识他的目的，当成多一个安静纯良的小朋友，何况他还是大翻译家李文俊先生的儿子。

"他现在见到我就求婚怎么办？"老先生淡然回答："你俩不就是要结婚的吗？"我讷讷地说："可是才认识一个月，这也太快了。"他立即说："不快，他已经找了你40多年了。"我一下卡壳了。"放心，他不是坏人。"我说："那你就不怕我是坏人？"他认真地说："你能把字写得那么好，就坏不到哪儿去，放心，我会看。"

我心起波澜，无言以对。他也沉默片刻。这时候他的转椅在原地转过来，他的脸正对着我的侧脸，就坐在椅子上深浅适中地给我鞠了一躬："让您受委屈了。"

最终，傻天使安静纯良的气质，李文俊的信任和歉意，让她下定了决心。

婚后，李文俊力主给收入窘迫的儿子儿媳买房，亲戚中不乏反对声音，谁敢保证，山东美女马小起能跟傻天使白头到老？但李文俊信人不疑，拿出积蓄把房子买下来，结束了马小起漂泊无依的状态。房子虽旧而小，却给了马小起最缺的东西——安稳感。

他们一家四人一共相处了八年。马小起写了欢聚中不变的"生分"：

> 给老爸端个水，盛碗粥，每次还要站起来双手接，说谢谢。对我这个山东人来说，是些多余生分的客套礼数。老妈更是从未对我讲过任何一句带有私人感情的话。故而我又认为这是他们与我刻意保持的距离，微微不爽。我们一家形成相敬如宾又不失真诚、固定的相处模式。

马小起唯一一次得见李文俊放下拘谨，"谈笑风生的风采"，是在一次老友重逢时："原来在信任的老友面前，老爸爸是这样一个有激情的人，不禁想我这要是早投胎个几十岁也许要爱上他的。"

经历过生死，马小起写道："他将自己最牵挂的两个人留给我，并不仅仅是由我来照顾他们，也是我早已舍不得他们了。"

当然，有不少人还是会问：一个儿媳妇可以对公公抱有如此深情？没有发声的婆婆和傻天使怎么想？

爆　款

李文俊是著名英语文学翻译家，美国作家福克纳《喧哗与骚动》便出自他的译笔。此书原本就是世界名著，1984年中文版出版后，影响了众多日后变成大作家的人，比如余华。此后，福克纳最复杂的作品《押沙龙，押沙龙！》也由他译成中文。

李文俊去世十天之后，马小起以儿媳妇的身份，写出了她平生第一篇文章，2023年2月7日发表在文学杂志《收获》的微信公众号上。这两万多字携带着一股不知从哪儿来的力量，害得我擦泪的速度赶不上泪流的体量了，只好把手机放下来哭一场，再接着往下读。

公众号主编钟红明告诉我，《收获》是纯文学刊物，它的公众号开通十多年来，还没有一篇文章达到过马小起这篇的阅读量。后台数据显示，阅读量已经超过30万。"这就叫'出圈'。"钟红明说，文章超出了文学读者的范围，被平时不关心文学的大众传阅。

文章中，马小起跟着傻天使管李文俊叫"老爸"，又跟着李文俊称婆婆张佩芬"张家大小姐"。2023年1月27日，是婆婆叫醒了儿子儿媳，通知他们，93岁的李文俊于3点30分停止了呼吸。

文中的情感既自然又真诚，既浓且淡，他们家四人共度的最后时刻，没有仪式却胜过所有仪式。我相信，至少有那么一小会儿，把读它的人也送到了一个圣洁灵魂的附近。

作家鲁敏是马小起的闺蜜。鲁敏2021年出版的长篇小说《金色河流》中，马小起就是小说中那个身世不幸、野蛮生长的美丽女子河山的原型；而患有阿斯伯格综合征的企业家长子，是从傻天使身上得来的灵感。

李文俊在家里过世，他身后留下来的三个人里，妻子年近90，头脑时而清晰时而迷糊；独子虽有很强的执行力，可只会接受指令，无主动社交能力；大难当头，马小起成为家中唯一能办事的人。她打120上门开死亡证明，亲手殓尸，抬棺木，办理遗体火化……她是一个野生野长的人，不知道还有发讣告这回事儿，也不知单位为何物。

鲁敏找到对接人的联系方式，交代她去通知单位和随后的事项。后来果然都按鲁敏的叮嘱发生了，讣告、大人物的电话慰问，还有漫天飞雪般的追悼文章。

老妈和傻天使哭的时候，马小起不能哭。待在李文俊的小屋里，她的痛感变得无法忍受。她对鲁敏说："我想写老爸。"

"写吧。"鲁敏立刻鼓励。身为小说家，鲁敏深知写作的纾解效果。

马小起拿起老爸用的笔，坐在老爸的椅子上，用老爸留下来的绿色格子稿纸，写了三天三夜，每句话都是直接从心里往外流。她把当时的情景讲给我听，好像是向我保证，其实一切就这么简单。

傻天使将稿子敲进电脑，打印出来，由他读给张家大小姐和自己听。

"我问傻天使，我这么写，是不是有损你的形象啊？他不回答，坚持问了好几遍，他才吐出四个字：真实不虚。"而婆婆只表示她好几个地方语法都不对。"可是我不能都听她的，改了就不是我的话了。"对内容她一点没发表意见。

鲁敏把稿子转给了自己的编辑钟红明。钟红明只改了几个错别字，就在公众号上发了。等阅读数字一路飙升，马小起才发现，事情搞大了，完全不是她原以为的样子。可鲁敏很兴奋，她一直看好马小起，现在，马小起一夜之间走红，终于证明她不是一个平凡的女子。

钟红明是位经验丰富的文学编辑，依她的分析，马小起从家人的视角，描写了一个大众看不到的李文俊，进而感受个体在时代中的命运，这部分内容已经弥足珍贵。更动人之处，是马小起对李文俊投入的感情浓度，完全超出了家人对亲人、儿媳对公公的感情，是一个灵魂对另一个灵魂的理解，没有一点杂质。

出　路

马小起在朋友圈里晒得最多的两个主题，一个是她自己，另一个是她的字。

她常穿新中式衣服出镜，比如一件深咖色的香云纱宽松棉袄，配一条用柿子叶手工染成的浅咖色棉麻围巾，浓淡相宜。一条蓝色牛仔裤，衬出她的修长双腿，加上黄棕色短皮靴，对冲出流行的酷。她追求质朴感和书卷气，也小心避开俗气的细节堆砌。照片的背景，除了她的画廊兼工作室小桃居，多是带些残破感的元素——一扇油漆斑驳的老木门，或一面土墙，露出年头久远的灰砖。她几乎从不看镜头，脸半侧，垂下眼帘浅笑。明显是设置过的摆拍，但经看。

她晒出的书法是一笔一画的小楷,就是硬笔出现之前,中国文人最惯常的书写体;写的时候不必悬肘挥臂,做气贯长虹状,但肯定不容易写得出色,因为从起笔、运笔到收笔,每一笔每一画都会让人看得清清楚楚,没法用行草来省略、飞扬或抽象。正因此,小楷是一种把书写者的功力暴露无遗的字体。马小起的小楷,每个字就像她本人站在那里,美好温雅,匀称坦然,但又饱含一股力量。她抄写的内容,多为古诗词或书籍里的一段,诗意哲理,耐人寻味。

渐渐地,我发现一些作家朋友给她点赞。欣赏她的人越来越多。

把我从微信好友相识上升为知己,马小起只用了几分钟,就因为我告诉她,我爸也是社科院的,而且当年与李文俊在同一个"干校",还切磋过英文翻译的心得。

过了正月十五,我跟马小起约了去她家做客。她说我一定会喜欢吃她包的海鲜饺子,自己绞的肉馅,里面加墨斗鱼和鲜贝,再配上切得细碎的韭菜和萝卜缨。

我先去琉璃厂找她。马小起迎出来,样子跟照片上一模一样,也是个不用任何美颜软件的人。她的小桃居还在海王村19号那间不到十平方米的屋子里,如今,小屋墙上不再只有妹妹马新阳的小写意没骨花鸟图,这里还是她的工作室。她从卖字画变成创作者，现在也已经小有名气。

每天上午10点，她雷打不动来到小桃居，喝茶半小时，然后专心写字三四个小时，不觉时间流逝，但颈椎和肩膀的疼痛会提醒她停笔。下午4点，傻天使来接她，两人一起买菜，回到家她做饭，他洗碗，然后看看书。一切都发生了，一切又好像没有发生过，日子还跟以前一样。有像我这样的朋友过来，傻天使就回老妈家，避开生人，他就不紧张。

小桃居跟我十年前来时不同的是，墙上挂满了马小起的书法条幅。她说，平时不会挂这么多，3月10日，"龙抬头"这天，她的第一个书法作品展在通广大厦开幕，60多件作品将展出。这里是一部分刚装裱好的展品，挂起来等干透。我读出一副写在松石绿彩宣上的对联："已识乾坤大，犹怜草木青。"

天天泡在满眼都是历史杰作的环境里，她觉得自己在练一门秘功，见识和眼力不长都不行。但她不混书画圈的名利场。现实里她没有老师，想拜哪位古人为师全是她的自由。刚开始练书法，只是打发小桃居里的闲暇，也继续儿时的喜好，结果慢慢就认真了，认真到不能答应再做别的事情。怀念老爸的文章让她出名，好几家出版社的编辑都来约稿，认定她有成为作家的潜力。她油盐不进，全回绝了。

她跟我讲起她向李文俊提过的一个问题,那天是他91岁生日:

"你对自己这一生最满意的事情是什么?"李文俊说了三个词:"翻译,工作,翻译家。"她也反复问自己,怎么活才能对此生最满意,答案是,写出让自己肯定的字。

我拿不准,要不要为马小起担心。有美学家认为,书法是中国艺术的最高表现形式。可我总觉得,书法是最说不清的东西,仅那些术语,如法度、脉络、骨格,还有清逸、蕴藉、隽雅这些形容词,都云遮雾罩的,最后剩个"悟"字把人打发。马小起把全部的自己系在一件如此微妙的事里,万一一辈子都遇不上知音怎么办?

她说,她选择小楷,是因为小桃居小,桌子铺不开大纸。她的座椅是一个木箱。古语讲,做大学问的人要坐冷板凳,指耐得住寂寞。马小起坐的是冷硬的箱子盖。我摸了摸她的毛笔,竹管很细。她说,毛笔的毛是用黄鼠狼尾巴做的,写字时,这几根毛就是她的神经末梢。

我被她说得一个激灵,瞬间懂了,为什么她总强调写字是直见心性的体力活。她这40多年经历的哀痛和苦闷,可以在写字中得到缓解,再顺着笔端流到纸上;之后,每个落在宣纸上的字,温润而闲适,成为她想成为的样子。

海德格尔讲人类在地球上诗意地栖居,也不外乎这样一种状态。

在去她家的路上,我们挎着胳膊沿杨梅竹斜街走。要不是被疫情耽误,这条北京老胡同早就成网红街了。我们夹在热热闹闹逛街的人流里,身上披着冬日的暖阳。

马小起讲起傻天使,他们之间难有沟通,但彼此陪伴。她从来没谈过恋爱,这辈子的憾事,恐怕要算这一桩了。

几天前,给她办展览的画廊主跟我说,马小起极有天赋,但还有比天赋更重要的一条,那就是她把自己最主要的功力都用在写字上了,符合齐白石的名言:"真正的艺术是寂寞之道。"用马小起自己的话,是"不甘心、不绝望的人,总能找到自己"。

我的弟弟

宋朝

（媒体人）

> 从弟弟出事那天起，我没掉过一滴泪，就像操办一场葬礼一样，在这时候，每个家庭都需要有个不哭的人。我正好比较心硬，那就交给我吧。

一

我弟弟一家四口偏偏选在去年6月底来北京玩。弟弟在短信里说："这个时间非常关键，一天也不能耽搁。"他之所以执意这时候来北京，因为时间点刚刚好：孩子们期末考试结束，7月初他就要奔赴广西，他是氩弧焊工，那里有个做不锈钢楼梯扶手的工作正等着他。

我的弟弟

但他到广西不久,从9月10日晚开始,就和家人处于失联状态。幸好那天我也在河南老家。自2006年来北京,夏天我从未回过老家。鬼使神差,9月初我决定回家一趟。如果非要给这次河南之行找个理由,可能是因为在北京诸事不顺,需要换个环境放空一下。我那时当然不会料到,家里有个更大的噩梦在等着我。

弟弟失联第二天,我就从他因为回老家处理交通事故而幸免的同事那里找到当地派出所的电话。民警在电话里确认,装修队包括弟弟在内的十个人被当地警方拘押。某种程度上,这消息可以暂时让家人欣慰,起码出车祸的可能性被排除了——弟弟经常在山区开夜车。

弟弟被捕这件事,让他的小家和我们的大家,都不得不暂时从自己的小世界中走出来,去重新打量一个叫现实的庞然大物。它如此之大,如此冰冷。"不用担心,他只是替老板干活的,肯定会马上放出来。"它和"二战"时英国政府发明的激励标语"Keep Calm and Carry On"(保持冷静,继续前行)有相同的功效,有段时间,这句话经常在我家飘荡。

装修队全体成员被抓的第五天,我和弟妹踏上了去某县(后文暂且称它香蕉县)的旅途。此后,要么从河南出发,要么从北京出发,我先后五次到达这个距离广西首府

249

南宁一小时车程的小县城。

我的家乡在河南北部。从这里出发，要先坐火车到达郑州站，然后坐机场大巴6号线去新郑机场。航班到达南宁吴圩国际机场是凌晨1点50分，这里距离南宁火车站32公里，为了省掉打车和住宿的费用，我们都是在机场麦当劳餐厅将就一下。熬到早上6点多，机场大巴开始运营，只用20块钱就可以到火车站。坐火车来到香蕉县后，再打车去当地的看守所。

一年多来，每天睁开眼，我满脑子都是千里之外自己的弟弟正在坐牢。在今年7月一审判决书正式公布前，对于他的刑期究竟有多长，我们都没底。可想而知，每次去广西，都像带着一场大病在旅行。

二

和弟弟一样，弟妹也是初中毕业就开始打工。毫无疑问，这次她承受的压力最大：家里有两个上小学的孩子，刚在县城贷款买了房。一路上，弟妹最紧张的是她的皮包，那里面装了钱，得寸步不离才行。俗话说，穷家富路，更何况，前面有律师费、退赔和罚金等各项支出等着她，如果这时候把钱丢了，那等于要了她的命。

我的弟弟

有一次,我们从香蕉县公安局出来,决定步行回宾馆,那天我们心情都不错。

"你为什么这么爱他?"走在路上,我问她。

"你弟弟从来不打我,他是他朋友里面唯一一个不打老婆的。"她回答,脸上是难得的轻松表情。很难相信,这话出自一个30岁出头的女人之口。

大多数时候,弟妹脸上都是惊恐的表情,她在硬着头皮和这个世界打交道。她不太会说普通话,对于这个社会究竟在如何运转更是一窍不通。一离开家乡那个小县城,她就和盲人差不多。这不能怪她,如果不是托她丈夫的福,我也从来没机会进出公安局和法院的大门。我们都生活在各自的小池塘里,我在北京的小池塘,她在家乡的小池塘。

在案件侦查阶段,除了律师,看守所不接受家属会见申请。到达香蕉县的第二天,我们在当地请了个姓钟的律师,费用是2000元,只为给弟弟带个话:家里来人了。对于律师来说,这是个一锤子买卖,所以钱拿到手,速战速决,当天上午就见了我弟弟。"你弟弟没事,他只是个做工的,应该不会正式逮捕。你们放宽心!"会见结束后,钟律师对我们说。

第二次,我俩是带着希望去的,确切地说,是来领人的。"在所有的嫌疑犯中,你弟弟是这个。"香蕉县公安局刑侦科的民警竖起一根小拇指，这样安慰我们。直到弟弟被捕一个月之后，对于他为什么被抓、这个装修队究竟干了什么，我依然没有任何头绪。

检察院与公安局的口径却大不一样。在检察院一楼大厅，一个长得胖乎乎的男办事员，用标准普通话轻声细语地说道："从你弟弟在名单上的排列顺序看，他很有可能是主犯。"这话不啻晴天霹雳，有那么几分钟，我感到绝望，弟妹则已经吓得哭起来。

当厄运降临的时候，人的本能反应是恐惧，随着时间推移，恐惧慢慢转化为痛苦。恐惧在前，痛苦在后，上帝会给我们足够的时间哀叹。再三确认后，感觉已经无力回天。但我必须做点什么，于是只能强作镇定，当场给"尊敬的检察官先生"写了封申诉信，并按了手印。

我问弟妹："你觉得这样写可以吗？"

"我没心情看，就这样吧。"她的下嘴唇已经破了，脸上的小雀斑看上去也比平日多了许多。

她坐在检察院外的石围栏上，开始哭泣。"哥，该咋办？"她声音颤抖着用河南话说道，"天都塌了。"我当即决定，再去趟公安局，虽然上午我们刚去过。我做过记者，做记者这一行，多方核对信息是少不了的，类似的职业训练运用到生活中，可以帮助你获取更有质量的信息。从弟

我的弟弟

弟出事那天起,我每天都在打电话,至少有100个人接过我的电话。这其中律师居多,他们有的说不要紧,有的说很危险,有的说不好判断,有的在电话里呵斥我"太啰唆""什么都不懂"。

果不其然,到了公安局,有位办案民警告诉我们:"那个名单是按照抓捕顺序报上去的,跟是不是主犯没有任何关系。"算是暂时吃了颗定心丸。弟妹余悸未消,瘫软的身体仍需靠在阳台的栏杆上才能勉强站稳。民警只好继续宽解:"放心吧,姑娘,没什么大不了的。"

无论如何,从公安局得到这个消息,都值得小庆祝一下。庆祝什么呢?大概是"虚惊一场"。那天晚上,在一个路边店,弟妹和我叫了一瓶啤酒、两碗南宁老友粉。在酒精作用下,加上有种劫后余生的幻觉,她突然变得健谈起来——那是和我认识以来,她说话最多的一次。

那颗定心丸的药效很短。第二天整整一天,我们都心神不宁。命运这东西依旧像宾馆墙上俗气的墙纸花纹一样,让人捉摸不透。最终我们接到当地律师的电话,他从检察院打听到的消息:十人中有九人批捕,只有一个业务员被释放,你弟弟也在被捕之列。弟妹当时差点昏过去。

三

我也是后来才慢慢理解，为什么有些剧变，比如人类历史上那些假枪决，会导致囚犯出现精神错乱。去年 10 月 18 日，民警传话给我们："你弟弟在看守所得知自己被批捕，一时接受不了，又哭又闹，你们最好想办法安抚一下。"由于家属无法会见，只能请律师。尽管与此同时，有个上了年纪的民警劝我们："不要请律师，花的都是冤枉钱，没什么用……这种事我见得多了。"

于是，我们又火速赶到一位姓胡的律师家里，并事先向他的助手问好了价格：会见一次 2000 元。胡律师建议我们签一下刑事案件委托代理合同，最好把侦查、审查起诉、审判三个阶段都委托给他，那是笔不小的数目。"我们先付您 2000 元，如果打算继续聘请您，再把剩下的钱付清。您看怎样？"我问他。

"我可没说会见一次是 2000 元，有人跟你说过吗？"胡律师环视一周，他的两个助手各站一旁。"我可没说。"其中一个助手连忙撇清，另一个面有难色，沉默不语。

弟妹和我什么也没说，当场交了 3000 元钱。

胡律师很快到看守所见了弟弟。他带出话："你弟弟说，如果是一年，他可以接受，如果是一年以上，他就自杀。"这句话我一直埋藏在心底,并且恨了他很久。"判三到十年也是有可能的。"胡律师一再强调。这句话起了很大的作用。离开广西之前,我们想来想去,决定再补交7000元,和他签一份侦查阶段的委托合同。"等我们走了,起码这里还能有个人。他说多少就多少吧,我们把钱给他,再给他买条好烟……人心都是肉长的。"弟妹说。

每天睁开眼,我们就开始东奔西跑:从公安局到检察院,从看守所到当地的法律救济站,从律师事务所到邮局。她不断地给丈夫写信,一封又一封,还把儿子画的小老虎夹在信封中,并附上一句:"你儿子画的,盼你早点出来。"真相是,小老虎是她儿子画给我的,被我无意中从包里翻了出来。

"如果不是因为这次出事,我一直觉得自己过得还可以。"她对我说。

弟弟结婚很早。在河南农村,如果没上过大学,很多人不到20岁就已经做了父母。结婚前,他曾在北京的餐馆做过杂工,时间很短,几乎可以忽略不计。这份工作是我帮他找的,就在我上班的公司附近。那是2008年之前,人们连智能手机都没有,如果想订餐,只能打电话,到了用餐时间,弟弟也会帮忙送外卖。

"我给陈道明送过外卖。"他曾说。

"我从来不接千鹤家园的订单，因为我怕送外卖的时候碰到你和同事在一起，让你尴尬。"他告诉我。

印象中，我还帮他解决过一次餐馆员工之间的纠纷。他刚去不久，就有个厨师在宿舍丢了手机，他成了重点怀疑对象，起码他是那么认为的。弟弟遗传了母亲谨小慎微的性格，有时哪怕别人一个眼神，他也会在意很久。对于很多既没背景又没文凭的年轻人来说，北京只是他们人生的驿站。我弟弟也不例外，很快他就回了河南。送他离开的那天晚上，我们聊了很久，从北京这座城市聊到各自的性经验。

他是个很有趣的人，重情义，嘴巴甜，交友广泛。坐牢这件事，相当于在他的朋友圈扔了一颗小型炸弹。有段时间，弟妹每天都能接到询问电话，有的是他小学同学，有的是他初中同学，有人把钱准备好了，有人二话不说直接把钱打来。在很多小地方，评价一个人是否成功，除了金钱和地位，还有一个重要标准，是否懂人情世故。弟弟可能是我们家情商最高的，从这点来说，我父亲倒更像个孩子。

氩弧焊对眼睛伤害很大，从 20 岁开始，他就一直在看眼科。其间，他顶着家里的压力，一度决定改行。大概五六年前，他打算做煎饼馃子，为此还专门来了趟北京。

我的弟弟

那年夏天,他在我的出租屋打地铺,睡在一张凉席上。他从小就有说梦话的习惯,有时夜里会突然坐起来。有一天后半夜,房间里响起教堂唱诗班的童声,"每当试炼来临,时日痛苦难当,我就口发怨言,心中充满失望⋯⋯"非常梦幻的一幕,这歌声竟然出自他的口,以至于后来我曾反复向他求证:"到底是不是你唱的?""不是!"他说,"我从不说梦话。"

他到底还是和煎饼馃子无缘。很快,他就回去了,扛着一辆笨重的童车上了火车,那是我送给他女儿的礼物。临行前,我们再次剧烈地争吵。他的胸腔里有很多愤怒,我的也许更多。生活无情地折磨着我们每一个人,就连心平气和时也变得比以前刻薄。"未富先老"是我对他的评价,"没一点改变"则是他对我的评价。那是他最后一次指望我,从那以后,我们只是每年春节见一次面,平时联系少得可怜。

但是在心底,他其实是对我网开一面的,某种程度上,我在他眼里,既是大哥,也是个外星人。有时候,他甚至为家里有个外星人感到自豪。前年春节,他开车送我去车站。"两个孩子很崇拜你的。"他在车上告诉我。当然,如果这个外星人多少有些钱,那就更好了。

四

去年10月底，关于装修队如何实施诈骗的细节，开始浮出水面。这次，我弟弟上了当地新闻。在一张新闻照片上，我看到他上身穿紫色T恤，下身穿牛仔裤，脚上是双匡威帆布鞋，如果不仔细看的话，还以为他是个民警。和其他几个嫌疑人大大方方把手铐亮出来不同，在相机快门按下的一刹那，他用左手巧妙地将铐环遮住了，这个动作非常符合他的性格。

简单来说，在广西香蕉县，这个装修队以"长期租用自建房，且免费对整栋楼房进行装修"为诱饵，把一个不锈钢楼梯的单子接下来，因为不兑现承诺，且索价过高，用料低劣，导致被举报。

去年12月20日，广西那边的检察院通知我：你弟弟的案子已经过检，带个律师来签认罪认罚书吧。这是我们第三次聘请律师，为了稳妥起见，我们决定在老家找。他姓薛，说起来，还是我姨妈的学生。隆冬时节，带着薛律师，我第三次去广西。

薛律师办事效率很高，我俩用了一天的时间，干完了这些事：去检察院找检察官，临时去街上买光盘，作拷贝卷宗用，然后打印卷宗，带检察院的办事员去看守所见我

我的弟弟

弟弟，顺便在律师的见证下签了认罪认罚书。我临时充当了薛律师的助手，还要负责他的住宿和出行。这辈子，我从来没有如此无微不至地照顾过一个人。

12月22日，律师从看守所出来，递给我一封信："你弟弟给你写的。"我没有当面拆开，怕自己眼泪不争气——从弟弟出事那天起，我没掉过一滴泪，就像操办一场葬礼一样，在这时候，每个家庭都需要有个不哭的人。我正好比较心硬，那就交给我吧。

"一定要想办法，无论如何快点把我救出来。"——这就是信的大致内容，扑面而来的求生欲。

看守所的管教告诉我："刚来的时候，他一见管教就哭，现在好多了，已经习惯了。""看守所有人自杀吗？"我很担心。"以前有过，吞食肥皂。现在有24小时监控，不太可能，况且现在他们也摸不到肥皂。"

今年6月16日举行庭审，我参加了旁听，检察官每次念到弟弟的名字，都会特意加一句，"冒充安装人员前去安装"。也就是说，他虽然没有直接参与诈骗，却是诈骗案的一环。由于疫情的关系，那天的庭审是以视频连线的方式进行的，只是很可惜，由于网络故障，我能看见他，他却看不到我。在受审的人中，他是最年轻的一个，和我想象的不同，所有人都没剃光头。不管怎么说，这次庭审又让人看到一线希望：检察院对我弟弟的量刑建议是10到18个月，确定是从犯。

即便没有这场疫情，很多时候，案情进展也会让人处于崩溃边缘。我永远忘不了，在电话里，胡律师用他那极不标准的普通话对我开门见山说道："你弟弟的案子可不是他说的那么简单哦！"几乎每句话后面，他都会加个"哦"。有好几次，他提供的信息都前后矛盾。"既然这么严重，那我还是去趟广西吧。"我说道。等再过半个小时，他又打来电话："考虑你弟是从犯，没你想的那么严重。"

胡律师让我惶惶不可终日，母亲更胜一筹。在她眼里，根本没有疫情这回事。"为什么还不开庭？他们说话难道是放屁吗？"她认准弟弟只是个工人，哪怕你把案件的来龙去脉讲给她，她还是一口咬定："那些钱他又没得，为什么安在他头上！"

"涉案金额和非法所得是两码事。"我耐着性子解释。

父亲也会打来电话，他稍好一些，其实也好不到哪里去："我听说，带个公务员去，就能把人保出来？"

"如果带个公务员就能把人保出来，监狱里早空了。"我的耐心也快到极限了。

刚接完父亲的电话，胡律师又打过来了："下一阶段的律师费该交了，我现在帮你做的，并不属于我的分内事。"

最后一次去广西，我得到的消息是，这个装修队还有20100元的退赔缺口，必须马上解决，否则有可能影响他们的一审判决结果。这正是弟弟交代我的："赶快把该退的钱退了。"谈何容易！一回到北京，我就开始张罗起这件事，想方设法联系上另外五名没有完成退赔的家属，一个个沟通。虽然分摊到每个人头上并不多，毕竟也是钱，何况之后还有数额不菲的罚金要交，所以他们对我发起的"退赃款"倡议相当谨慎。尽管如此，我还是用了三天时间，就把这笔钱打到了香蕉县法院的账户上，并在汇款单的摘要里注明，"某某某退赃款"，然后发给所有家属过目。

五

今年7月下旬，千呼万唤，一审判决结果终于出来了，老板的家属给我发了判决书的照片。这个平时非常细心的女人，偏偏那天把页码发错了。当我看到弟弟的名字时，随手翻到下一页，上面写着："羁押一日折抵刑期一日，即自2019年9月9日起至2022年9月8日止。"我当即给她拨了电话："我弟弟是三年？"她听了有点莫名其妙："你弟弟是一年零两个月。"我又看了一遍，才发现自己看错了。整整一上午，手脚是麻的。

对弟弟来说，这可能是最不坏的结果。哪怕再延长几个月，对父母可能都是又一次打击：他已经错过一个春节，起码在下个春节来临之前，他可以回到家。

一审判决下来第二天，妈妈打来电话，哭哭啼啼："在外面做这个的太多了，他只是倒霉。"

"如果你真的这样想，这个牢算是白坐了，我也白跑了。"我说道。

从去年到现在，我给看守所送过四本书：《平凡的世界》《人生》《活着》和《麦田里的守望者》。我想让他趁这段时间，好好思考一下人生。前几天，他给家里捎信，要一本《思考与致富》。我本想给他买一本寄过去的，可是想想看守所不让送书，每次都要费尽口舌，就把这事搁下了。

"太累了。不能什么都答应你。"我自言自语说。

人生是一出黑色喜剧，如果有一天和弟弟聊起在香蕉县的经历，我会告诉他下面这段——

"你从哪里来啊？"一位40多岁的男司机问我。

"北京。"

"北京属于哪个省？"

"啊，是北京市。"

"我知道，我是说，北京市属于哪个省？"

这个笑话可以让人至少笑上三天。

穿过布满荆棘的童年

隗延章

（媒体人）

我一直认为对眼是理科天才，为他浪费了这一天赋而遗憾。或许，在陌生无依之地、在一无所有之时，迅速获取信任的本领，才是他安身立命的天赋所在。

台球厅见

凌晨三点钟，对眼、阿龙和我晃晃悠悠从KTV包房走出来。灯光迷离的走廊，对眼拉住陪酒女，想带对方去开房。姑娘说已经下班了，得回家睡觉。对眼依然拉住对方胳膊，继续劝说。我拉开对眼："哥们儿你喝多了，人家不愿意。"

走出KTV，对眼坐在门口的台阶上，双手捂住醉得通红的脸。晦暗的灯光下，他显得颓废极了。两小时前，他在包房里扇自己嘴巴，被我拦下。平静了一会儿，他点了一首《壮志在我心》，拿着话筒，对我跟阿龙说："你们放心，我从小就乐观，我一定不会就此沉沦！"给自己打气的那一刻，他的脸上闪过一丝亢奋。而现在，他坐在台阶上，几小时前注入内心的亢奋已经消失，苦涩又一次填满了他。

这是今年年初，我们仨发小见面时的一个情景。我们同是M镇的小学同学。阿龙现在在本地当老板，算得上志得意满。对眼一直在外地，之前在微信上跟我说，他曾在阿里工作，后来自己开公司。我听了觉得他似乎过得也不错。但在阿龙口中，对眼过得其实并不太好，这些年很辛苦，创业也进展缓慢。

去年过年那会儿，我回到镇上，得知对眼也回来了，跟他约饭。他说上午有事，跟我约下午台球厅见。在等候赴约时，我接到阿龙电话，问我见没见到对眼。我说，对眼应该在台球厅打台球呢。阿龙听我这么说，在电话里扑哧笑了："他会打个屁台球，他肯定在那赌博呢。"

我跟阿龙到了台球厅，才意识到内部有几个房间是赌场。阿龙说，附近的村民卖完粮，会在这赌博，有时一个通宵就能将十几万卖粮款输个精光。我走进房间,见到对眼熟悉的身影。他专注打牌的样子,挺像小时候在游戏厅专注打游戏。对眼见到我进来,没有抬头,依旧在表情严肃地下注、开牌。

牌局结束,我们去了一家烧烤店吃饭。席间,对眼一直在讲赌钱的事情:过年这几天,他推牌九已经输了五万元,不过没觉得这个局有"鬼",只叹自己运气太差。我想跟他聊聊小时候的事情,他没什么兴致,只说还是小时候好:"那会儿天天琢磨怎么玩,现在天天就琢磨怎么搞钱。"饭毕,他就又去赌钱了。

我跟对眼第二次见面,就是在KTV。去KTV前,我们在烤肉店喝酒。起初,对眼看起来挺愉快,话题在互联网风口和少年往事之间跳跃。不知喝到第几瓶,他沮丧起来,说自己一无所有。他赌博输光了这些年的积蓄,婚姻也出了问题。三年前,他与妻子的关系陷入崩溃边缘,现在两人已经两年没见,他一直没想清楚要不要继续这段婚姻。这次,他从杭州回来,打算跟妻子谈一下,两人是继续,还是离婚。

理科天才

回到家，我在一个装照片的鞋盒里翻出我们小学毕业的合影。照片的背景是学校操场上的五边形花坛、一个造型奇怪的雕塑与一排瓦房教室。我们看起来那么小，每个人脸上都洋溢着天真的笑容。那时的我怎么也想不到，20年后，照片上的操场将会废弃，堆着沙土和报废的汽车，当年在这个操场上奔跑打闹的我们，也都不再生活在这里。

我跟对眼第一次见面是在我家楼道。那时正闹"非典"，街上飘着一股消毒水的气味，但似乎没人觉得会被感染，生活基本如常。我跟表哥从街上溜达回家，碰见对眼正跟一群人玩捉迷藏，这局刚好轮到他找地方藏。他见到我们，笑嘻嘻地问："我能藏在你们家里吗？"我说："行啊，来吧。"于是，他在我家里躲到游戏胜利。那时，我只知道他是我们学校的，总是一副乐呵呵的表情，挺活跃，老能在镇上见到他跟不同的孩子玩。

我们熟悉起来，是在"非典"刚结束的小学六年级。这一年，镇边的村小合并到 M 镇小学，学生突然多了起来。学校因此重新分班，对眼从原本的三班，分到我所在的二班。熟悉之后，我发现他很受欢迎，总能给你变出点好玩的东西。有段时间，对眼在书桌膛里养了一只小麻雀，课间同学都去他那里逗麻雀。

镇上的同龄人，形成了很多不同的小圈子，对眼跟每个小圈子都熟悉。有两次我在街上跟人差点打起来，都是对眼冲过来，将我们拉开。其中一次，对眼拉架的第二天，他跟我说，他在故意拉偏架，"你要想揍他，你当时就可以揍他，我可帮你拉着呢"。我对他的这句话有点将信将疑，他跟几乎所有人都熟，能愿意帮我而得罪别人吗？不过，我还是挺感谢他，帮我避免了一场并不必要的斗殴。

课余时间，我们都泡在三毛游戏厅，对眼戏称这是"我们第二个家"。最早三毛游戏厅开在镇上国营钢铁厂的工人文化宫，后来厂子被私企收购，文化宫被拆掉，游戏厅搬到一个贴着白色瓷砖的平房里。在游戏厅里，对眼也是备受瞩目的一个人。那时，最火爆的一款游戏叫《三国战纪》，对眼只花一个三毛钱的币子，就能用不起眼的角色"张飞"，玩上两个多小时，直到通关。每次他打游戏，就像在进行一场表演，附近挤满了围观叫好的小孩。我也跟他一起玩过很多次游戏，那是愉快的体验。他精准地知道何时躲开游戏中掉落的石头，以活得更久，以及什么时候又该钻进隐藏的山洞，在其中拿到强大的兵器。

一次期中考试，让我对对眼的智力水平刮目相看。那次学校不知道怎么想的，将数学奥赛的题给我们考。整个小镇，没有人接受过奥数训练，也就几乎没人能考及格。我只考了42分，对眼却考了80多分，位列年级第一。离开镇上多年以后，我才知道，在外面的世界，可能得攻克哥德巴赫猜想之类的数学难题，或者至少要进入名校少年班，才会被认为是天才；但对于那时生活在一个只有4.8万人口的小镇的我，一心认定对眼就是天才，觉得他未来很可能会成为一个科学家之类的厉害人物。

游戏，游戏

小学毕业后，我在镇上的初中读了半年书，跟对眼同校不同班，只是偶尔在校车上碰见他。校车每日开到镇郊供销大厦附近停下，学生各自下车。我那会儿已经想要认真学习，于是下了车就回到位于镇北的家，而对眼几乎每次都会拐进通往网吧与游戏厅的那条街。

在学校，我路过对眼的班级，见他多半在睡觉。他的初中同学跟我说，那是由于对眼在网吧玩通宵。那会儿，他的班级盛传，因为上网，对眼老被父亲揍，练就一只眼睛看电脑、一只眼睛盯着网吧门口的功夫，导致眼睛有点斜。我知道这不是真的，对眼的眼睛小学就那样。

哪怕频繁通宵上网，对眼的成绩依然稳居他们班第一。

对于已经见识过对眼智力的我来说，毫不意外。我多少有些疑惑：这么频繁通宵上网，要花不少钱，他哪来的钱呢？那时，我隐约知道，对眼的家境不太好，他穿的衣裳一直有些旧。印象中，他唯一一次穿新衣服，是他早已离婚的母亲回到镇上，给他买了套牛仔衣裤。

初一下学期，我离开镇上，转学去了县城读书。此后，我跟对眼联系就不多了。偶然碰见过两回，就跟第一次在我家楼道遇到一样，他依然一副自来熟的样子，跟我聊上网的事儿，聊小时候。而我每次见到他，都会由于太久没见，不知道怎样开启话题聊天，好在他很擅长这一点。

这些年，我一直怀念小时候在游戏厅里打游戏的日子。每隔一段时间，我就会把在游戏厅里玩过的《三国战纪》《拳皇》《恐龙快打》等游戏下载下来，一个人待在出租屋里，玩上一会儿。每次用不上半小时，我就觉得索然无味，将游戏删掉。但过了一段时间，又会重新下载，就像陷入了一种追忆与告别的时间循环。我想，可能是没有一起玩的朋友了，才会如此。那些时刻，会冒出找对眼他们打一局的念头，但一想到我们都已经这么大了，发出这样的邀约本身就显得幼稚，于是就放弃了。这几年，我重新见了几个当年一起玩游戏的发小，发现在他们的家里、办公室里，都有街机游戏的摇杆外设。我想，这20年，我们都在怀念同一种东西。

现在，镇上已经没有游戏厅了。2003年，镇上还有两家游戏厅、三家网吧。到了2018年，镇上仅剩的一家游戏厅里，街机都已经闲置，不再通电。唯一能玩的，是一个用于赌博的捕鱼机和一个台球案子。那天，我跟另一个叫大宝的发小，想打一局台球，然后发现整家店里只剩一根台球杆，需要两人轮番使用。去年，这家游戏厅也已经倒闭。

哪来的钱

离开东北一个月后，对眼跟妻子离了婚，房子给了妻子。这些天，他试着找工作，不顺利。今年的就业市场实在太差，再加上他赌债缠身，贷款逾期，很难通过大厂背调。于是，他去了丽江，租了一栋别墅，跟几个朋友开了一家小型直播公司。他打算一边招几个主播，一边自己拍一些搞笑段子试试水。

电话中，对眼第一次跟我讲起他的家庭。小学四年级前，对眼与做力工的父亲和继母一起在省会租房生活，四年级那年，通过亲戚关系，他的父亲找到一份在镇政府打扫卫生的工作。于是，对眼随着家人一起迁居于此。

对眼的继母待他不太好，常让他有被嫌弃的感受。在省会，他去上学，公交车往返需要两块钱，继母每天只给他一块钱。为了能坐公交车，他每天赶在发车前，去帮司机打扫卫生，司机同意收他一趟五毛钱车费，他也因此被车上熟识的乘客叫"小五毛"。学校加课要单独收费，继母不同意给他交，他每天上学便遭到班主任询问："钱呢？"这很伤他自尊，于是很长时间干脆逃学。

父亲对他则主要是棍棒教育。有一次跟人打架，对眼险些将对方打死。在不知对方生死的情况下，对眼穿着一身是血的衣服，回到家里。父亲脱下千层底布鞋，用鞋底扇了他几个耳光，给了他500块钱，让他赶紧跑路。好在最终得知对方没死，只是赔了一些钱。

对眼讲到这些处境时，让我想起他在M镇大街、游戏厅、网吧频频出现的身影，以及他在打游戏时周边围着的小孩。我想，一些重要的东西，他在家庭中得不到，于是选择去街头寻找。当时镇上这样的孩子很多。那时，镇上一共有包括钢铁厂、采石场、机修厂等在内的五家国营企业，除了钢铁厂被民营巨头收购之后效益很好，其他厂子均在国企改制中一蹶不振；曾经光荣的国企员工，成了漂泊异乡的打工人，而他们的孩子则成为留守儿童。

我也知道了对眼当初上网吧的钱大多是他偷来的。对眼说，镇上能偷到铁的地方一共有七处，都被他踩过点。

此外，镇上的居民楼，他爬了个遍，摸清了哪户人家习惯将外衣放在楼道，哪件外衣兜里有忘记掏出来的钱。有一次，他见到一件钢铁厂工作服的兜里有2700多元，可能是刚发下的工资。他犹豫了一下，还是只拿了20元。无论偷铁还是偷钱，他每次都只偷一点。他说，这是为了不引起警惕，下次缺钱还可以再去拿。

从对眼口中听到这些，我一点也不感到惊讶。那些年，下岗潮席卷M镇，甚至整个东北，偷点铁，无论是大人还是孩子，都不是什么大不了的事。那时镇上成年人搞点外快，也大多跟钢铁有关。眼光独到的弄潮儿，会收购钢铁厂的废土，从土里淘出铁块卖钱；铤而走险之徒，会去钢铁厂偷窃元宝铁。镇上钢铁厂未被民企收购之时，这种行为被睁一只眼闭一只眼放过；而钢铁厂被私企收购后，有人开始因偷铁而被判刑。有些人会背着编织袋，手拿吸铁石，爬到铁轨附近的露天渣堆上，将其中的残铁吸出来，再去废品收购站卖掉。

视频搞怪

对眼的智商一直眷顾到他考上县里的重点高中。但不到一年，他就被学校开除，转去了一所普通高中。在那里，他成天在宿舍跟人打牌。哪怕是高考前一天,他还在打扑克。最终,他第一次高考只考了300多分。他当时的女友找到对眼父亲,想让对眼继续读书。对眼复读一年之后,去了省会的一所普通大学,读日语专业。

我多少有点为对眼感到可惜。在我看来,或许由于家庭原因,他过于放纵自己,将他的理科天分像废纸一样随手就给丢弃了。但他自己不这样觉得,认为父亲一直坚持让他上学,这一点已经不容易。此外,他觉得哪怕去了重点大学读理工科,自己的性格也不爱坐办公室;更何况,他那些学了理工科的同学,毕业之后也少有人比他赚的钱多。

对眼说,他最好的日子是大学毕业直到2021年。那几年,他从送外卖的骑手干起,辗转进入互联网行业,在社区团购领域做地推,乘着移动互联网的浪潮,一直做到所在项目的省区经理。他跟我讲起自己一次在陌生城市做地推的经历:他在外面跑了十天,认识了社区里的很多阿姨,之后跟这些阿姨从早聊到晚,从夫妻感情聊到子女教育,偶尔给对方发个红包或点个奶茶,熟了以后,就让对方帮他建微信群。一个月内,他建了100个微信群。每建立一个微信群,公司会给他支付500元,算上基本工资,那个月他收入6万元。

听他讲这些经历，我仿佛看到我们第一次见面，他要求藏在我家时那单纯的双眼，想起他为获取票价减半，给公交车打扫卫生的样子……我一直认为对眼是理科天才，为他浪费了这一天赋而遗憾。或许，在陌生无依之地、在一无所有之时，迅速获取信任的本领，才是他安身立命的天赋所在。

那几年，他跟一位少年时期就认识的姑娘结婚，在省会购置房产，一切看起来都不错。事业与婚姻，似乎填补了他长久以来内心的缺失。过年回家，他也还是会打牌，但最多输5000块，输光立刻停止。当那种缺失被填补，赌瘾也就没了，打牌变成可控的娱乐行为。

2021年，婚姻出现变故，在互联网行业急转直下时他创业失败，那些支撑他情感的东西又一次消失了。2022年秋天，他找工作不顺利，在一间不足十平方米的出租屋里，想起家庭，心情沮丧。他躺在床上，就着槟榔、啤酒、香烟，在手机上玩起网络德州扑克，状态犹如当年在网吧彻夜不归。起初，他最多一夜赢了十几万，此后没日没夜打了一个月，又输掉了50多万。年末那会儿，他急于翻身，又将不少钱投入一个资金盘，不久老板跑路，等他清醒过来，已经一无所有。

前一阵，对眼开始发布他拍摄的短视频了。哪怕他此刻处境惨淡，他在视频里依然一副搞怪的样子，时而手指夹个啤酒瓶子模仿抽烟，时而戴着小墨镜在镜头前摇头晃脑。我想，至少在跟他不够熟悉的人眼中，会见到他一直搞怪下去，直到他度过当下的困难，就像20年前，他在我们这些朋友之间，一直一副笑嘻嘻的表情，实际上却在穿过童年布满荆棘的丛林。

罗红樱

袁凌

（作家）

"她跟我说，她都不想再找了，每找一个总是尘肺。"这是我完全没有想到的事。眼前现出罗红樱那张红艳的脸，如此无辜，即使是在灰暗褪去任何颜色的病房里。

一

广佛医院的坝子很安静。走到一间虚掩的病房门前，才看到里面病床上有个人。他没有发出声音，看到我走近，也没有反应，倒是床脚斜倚的氧气钢瓶更显眼。

他穿着一身便宜的仿迷彩服，先是仰靠在床头，鼻孔上插着输氧塑料管，肩背下的被褥垫得很高。后来，他往里够了一下，要坐起来，又放弃了，改成向外侧卧。他面对着我，却没有注意到我，似乎我的身体不足以遮住门口的光线。我在对面的病床上坐下来，他仍然没有动静。再过了一会儿，他支着床坐起来，身子佝向床脚的氧气钢瓶，头枕胳膊倚靠在瓶身上，似乎这个锈蚀的钢瓶是他在世间仅有的指望。只有在这个姿势里面，他才能找到片刻的安宁。

他叫林高，一个尘肺病人，这是住在附近的表哥告诉我的。他们在山西是一块下矿抱钻机的同伴。

病房里很杂乱，却没多少东西，床头柜上有半碗凝结的剩饭。不知道有没有人来探视，听说他的妻子在外打工，并没有回来。看起来，我没有办法问他任何事情，单是呼吸已耗尽他的全力。

我正要离开的时候，一个小孩的身影闪现在门口，看见我有些胆怯，或许是这间病房本身带来的畏怯。通过询问，我知道他是林高的侄子，在镇中学上学，放学后来看下叔叔，送两顿饭。

住院一周以来都是如此，奶奶从罗家院子走十几里路下来看了一次。因为家里爷爷和幺叔也在生病，奶奶走不开，晚上叔叔就一个人在这里过夜。本来有个重感冒挂水的病友，前天也出院了。不过，下周婶娘要回来了。

下午我再去，病房里添了一个女人，怀里抱着一个孩子。

她穿着一件水红色外套，似乎是厂里的工装，脸色的红艳并非由于衣服映衬，而是出自天然。就像她在玩具工厂浑浊嘈杂的车间里上下班，坐了上千公里的火车硬座，经历了风尘，又抱着原本托付给母亲照料的孩子，天生的优美却全然未曾受损。她出现在一派灰暗的病房里，有种无辜的感觉。对面病床上的丈夫比先前更虚弱，连佝身求助于床脚氧气钢瓶的气力都失去了，只是默然地躺在床头，对妻儿的到来毫无反应。我不知道，眼下妻子的出现，给这里带来的改观，是使他安心，还是更加灰心。

妻子叫罗红樱，正和她的脸色相配。罗红樱怀里抱着婴孩，告诉我厂里缺人手，一直请不到假，这次请了八天假，老板还嘱咐一定按期赶回去。她说到丈夫生病的经过，源于在山西金矿里打工，抱着钻机打干眼，干了十几年，粉尘就入了肺，等到发现咳嗽一直不好的时候，洗肺都洗不出来了。"虽然这样，那几年，只要身体稍微好一点，他还是出门去打工。"她说这些的时候，语调轻柔，似乎带着一种怀念的调子，并无悲伤。

矿老板没有补偿，家里也没有钱去洗肺，来来回回住了几次院，也没什么效果，每次只是挂水消炎。到去年就完全不行了，家里又添了孩子，刚给孩子断了奶，她又只能出门打工，不然家里断了经济来源。最近两次住院，肺里的气不够用了，只能靠氧气瓶，几百块钱一罐，一拔管子就不行，"氧气打到没得希望了"。

"这罐氧气是最后一瓶。今天下午吸完了，就要出院回家。"罗红樱语调平静地说。我感到寂静之中的某种惊心。病床上的林高全无反应，或许妻子的话他全部没有听见，呼吸也连带耗尽了他的听力。我感到这对病房里的夫妻近在咫尺，却生死相隔，彼此之间已无关联，即使有怀抱的小孩。

两人另外还有一个孩子。罗红樱说，孩子小时候生有附耳，两岁时去县医院做了手术，附耳切除了，孩子却不开口说话了。去医院测试，说并不是听不到声音，就是不开口。现在八岁了，学也上不了。为这个原因，明明家里穷，又要了怀里这个小的。

我见过罗红樱很多次，在她小时候。

那时候母亲住在山村里，我和几个表兄弟在镇中学读书，每周末结伴步行，走上三十里路回山村。走到距广佛镇十里路的地方，就到了罗家院子。院子里住的大多是姓罗的人，房子看上去一律破旧，因为靠着扬灰的公路，蒙着厚厚尘土，加深了墙壁本来的土色，很多房屋还盖着茅草。

其中靠里一间的茅屋特别矮，窗户和门似乎都是缩小的，像是某种玩具。房屋建在一个煤炭灰堆上，透过煤炭灰堆却有一股水出来，接着一个竹管子。我有些想不通，水怎么能从煤炭灰堆里出来，也就很少去喝上一口。就像没有太去想这座矮小的茅屋怎么会有三个小姑娘，有时从那个像玩具一样小的门里进出，打水或者干什么。三姐妹给我的大致是和房屋一样灰扑扑的印象，衣服和脸面一样，似乎从来没有颜色。

但现在我知道，那时的印象是全然错误的。

二

回去告诉表哥，他带着一种责备又若有所思的口吻说："她管他个啥子！"似有更多内情，又未明言。

罗红樱留给我一个电话号码。一个多月后，我在北京拨通了这个电话，传来一个苍老带点颤巍的声音，有点不完全像家乡本地的，她告诉我她是罗红樱的母亲，林高去世了，就在我去医院的那天傍晚，从医院回到家中不久之后。"林高是个好女婿，"她说，"人遭罪了。"

过完头七，罗红樱就去了广东，正好赶在假期内回厂。

当初请假回来撤氧气管子，日期看来是计算好的。

  罗红樱的母亲说，女婿是她亲手操持下葬的，请了丧鼓，办了席。她手上送走了两个女婿，二女婿死在山西金矿里，放炮出了事故。二女婿是林高的亲哥，林家三兄弟有两个娶了她的女儿。最小的兄弟一直没有成家，跟着哥哥在山西打工，后来鸡公峡山上的老屋塌了，就也在她家里住，林高过世前一周死了，也是由于尘肺，她也经手安葬了他。一共三兄弟，一个都不在了。

  八年前出事死去的二女婿，当时还没和二女儿结婚。那年出门之前，算命的说他有血光之灾，为这个和二女儿圆房冲了喜才走的，说是喜气可以破灾星，谁知道还是没破得了，放炮的时候出了事。人没有运回来，回来一包骨灰，她照样办了席，打了丧鼓，送他入土。圆房那夜留下一个遗腹子，现在长到八岁了，就是我在病房看见的男孩。

  她没有挂电话，语气变得有些急切，接下来讲了一件完全出乎我意料的事情。

  她是汉中城固县的人，父亲好赌滥嫖，母亲气得病死，家里就揭不开锅了。父亲领上三个女儿和一个儿子，一直往东边走，三个女儿就是他的盘缠。他走到一个地方，有人相中了大姐，父亲就把大姐留下了，得到一笔钱。再走到一个地方，钱花完了，又留下了二姐。走到太平河的时候，就剩下她和哥哥了，当年她16岁。

太平河走上来，罗家院子有个单身汉，36了找不到媳妇，父母都过世了。父亲说，这样好，没有负担，把她留下了。她就这样跟了现在的老头子，生了三个闺女，其中一个就是罗红樱。父亲得到一笔钱，领着哥哥，去了秋河八角庙，买了房子，找了个后妈，在那里安了家。到今年，父亲已经年过80了，哥哥也有50多岁了，一直没成家，跟着父亲和后妈生活。她的大女儿赶巧嫁到了秋河，大体知道哥哥在那边的情形，一直和父亲继母相处不好。

想不到，去年冬天，大女儿回门，带来一个消息，说哥哥被父亲和继母杀了。

大女儿听人说，前一段秋收掰苞谷，大哥背苞谷回家，父亲嫌大哥背少了，后妈不让他端饭吃，大哥和父亲后妈吵了一架，吵得很凶。大哥到了50多岁，身体慢慢也不好了，所以背篓顶上少插了一轮子苞谷。晚上，苞谷掰完了，大哥打了一盆冷水，在院子里洗头擦汗，父亲和后妈配合，后妈从身后一把箍住哥哥，父亲拿了一把斧子，下手砍了哥哥的脖子，哥哥被两下砍死了，就在院子里挖坑埋了。

以为没有人发现，坑挖得浅。八月的天气，过了两天，苍蝇嗡嗡的，臭味出来。再加上哥哥一个大活人不见了，邻居就议论开了。

她听到以后，一开始不相信，父亲为什么要杀了哥哥呢？后来就为难，不知道该不该去把父亲告了。不告的话，哥哥死得冤，告的话，是自己的父亲，80来岁了。她那两个月晚上睡不着觉，拖到入冬，后来遇到一个在罗家院子给人起房子的包工头，包工头说，你要是知情不报，人家说你包庇，也要抓进去。她这才下决心打了110。

没想到，派出所的人接了案先抓她，让她待在拘留所里问话，一天一夜没有火烤，双脚冻得像狗啃。后来放了她，把父亲和后妈都抓了起来。过了几个月，父亲却从看守所里被放出来了，人家看他年纪太大，担心死在看守所里，撑不到法院判。出来没多久，父亲就过世了，丧事也是她过去办的。回来后，院子里就有人说闲话，说她当初不应该打110，告自己的亲爹。

她现在心里一直很疑惑：到底该不该打110？"我是听了包工头的话才告的。一头是大哥，一头是亲爹，你跟我说说，我哪么办吗？"

三

大年初二早晨，是个小雪天气。我和表哥去罗家院子，给林高的家属送一笔钱，是一个外地网友捐给尘肺病人的。

从广佛镇往上走，起初大路是干净的，雪在两边的山上，后来渐渐在车辙的空隙间出现。到了罗家院子，路面蒙上了薄薄一层白。道路拓宽了很多，院子和我童年记忆中很不相像了。茅屋不见踪影，多数人家起了楼房，有些是蒙着雪的在建工地。罗红樱家的房子还是土屋，翻盖了瓦顶，正面向后退了一边，后身顺着溪沟向里接了几间。

过年天冷，敲了门，屋里的人还没有起来，我们顺侧面往里走着打量。向后接的先是两间砖房，没有安装门窗，再后面变成防雨布和木板搭的窝棚，装着杂物，一直抵到山根。其中一间砖房里有床蜷曲混乱的被褥，隐约看出其下睡着一个人。回到正面，火屋透出光线，煤炭火还没有燃起来，只有仅存的温度。

一个老太婆披着衣角，从里屋出来了，我想到她在电话里说的故事。罗红樱跟着也出来了，她穿着浅色的外套，脸色还是像在病房里那样红艳，似乎时间和境遇都被封存了。她年前从广东回来，依旧在那家厂里。

面对我拿出来的一千块钱，母女间的气氛有些微妙。罗红樱说让母亲拿着，母亲先不接受，后来还是接了。我以为，里屋睡的那个人是老头子，老婆婆说不是，是在她家干活的一个亲戚。老头子这两天一直在感冒，还没起来。

回来的路上，表哥告诉我，那个男人应该是长期住在这家，帮着干活的，不然一家没有劳力。男人和老婆婆之间，应该也有点男女关系，这种事情并不鲜见。

"她们母女一家，都不是啥清省人。"表哥说，罗红樱另外找人了，而且在林高去世之前，她就是另外有人的，怀抱的那个小孩，都说不清是谁的。

我有点吃惊，问他是怎么知道的。表哥停下摩托车，点上一支烟说："那个男人也是尘肺。"表嫂在县医院住院部当护工，罗红樱陪那个男人去住院看病，带着小孩，那个男人对小孩特别亲热，神情就像父子。

罗红樱对那个男人也很好，远远胜过林高。男人住院，罗红樱舍得给他花钱，还专门买了制氧机，这和对她老公可是两回事。

雪只是薄薄一层，透着底层的青色，我们一踩，就凌乱了。表哥忽然咳嗽了起来，他的脸色有些发灰，蒙上一层清冷的雾气。

两年后回乡，我到县医院去探望亲戚。在护士台附近，我见到了做清洁的表嫂，她说几个病房里都住了尘肺病人，带我去看了其中一间。和广佛医院不一样，这里没有庞大锈蚀的氧气钢瓶，制氧机发出微微声响，床头挂着输液的吊瓶。我想：如果当初林高到这里来住院的话，在世的日子或许会多一点，就像妻子的情人那样。

但是一问，罗红樱相好的那个男人也去世了。表嫂说，罗红樱对这个男的特别尽心，自己宁肯每天吃两碗蒸面，省出钱来买营养品。男的走的时候，罗红樱也特别伤心。表嫂也见过林高，说不出那个男的比林高好在哪。

"你知道不，最近罗红樱陪另一个男人来做检查了，这个男人又是尘肺。"表嫂接着说，"她跟我说，她都不想再找了，每找一个总是尘肺。"

这是我完全没有想到的事。眼前现出罗红樱那张红艳的脸，如此无辜，即使是在灰暗褪去任何颜色的病房里。

在广州一座鞋服贸易城附近的烧烤店外边，马路上排开长条桌子和二十来个人的座位，我和货运部的老乡们聚餐，表哥也在其中。他刚查出尘肺二期，戒了烟，仍旧出门来打工，在鞋服城里的货运部打包。先前忙起来的时候，那里只听见一片透明胶带捆扎的嘶嘶声，和若有若无的一层烟气。

说起家乡的人与事，不知怎么提到了罗红樱。我问："她是不是也在这边？"表哥说："是不是在这边不知道，但她的第三个男人也死了，在县医院住到没有希望，拉回家去世的，情形和林高类似。那个男人的父母早年去世了，他没有成过家，只有一栋空楼房。料理完丧事后，罗红樱依旧回到母家住。她没有再找人。"

"漂亮哦。"表哥不知为何，微笑地说了这么三个字。这是在提到林家的事情时，他第一次脸上露出这种表情。旁边的两个老乡也微笑起来，小时候，他们和我一样，也要来回走路经过罗家院子上学。

"相当漂亮，"他们说，"脸上有红似白的。"说到这里，灰扑扑的脸上现出一点红晕，手里喝过啤酒的一次性塑料杯子有点捏扁了。

牟氏兄弟

俞宁

（美国西华盛顿大学英语语言文学系教授）

> 牟氏兄弟的侠士气和名士气，都让青少年时期的我不由自主地把他们归类为上等人物，仿佛是《世说新语》里的高人穿越时空，走进了现代生活。

北京西郊的翠微路，是各种大院聚集的地方。那一带南北东西坐落着海军大院、通讯兵大院、空军大院等部队大院，因数量众多，聚而成气，溢而流行，人们称之为"大院文化"。其实，在那些形形色色的大院里，真正有"文化"的只有翠微路2号院。那个院子里，从20世纪50年代到70年代，静静孕育着中国现代史上两个文化巨人——中华书局和商务印书馆。那里走出来的孩子们文质彬彬,尤其是女孩子,优雅、高尚、美丽,曾是公主坟一带一道靓丽风景。后来他们渐入老年,但那种翩翩风度,依然能把他们与常人区别开来。他们也与时俱进,建了一个"翠微路2号院"微信群,在里面赋诗唱和,交流心得,记录登山自驾的快乐,甚至说快板书,唱美声或流行歌曲。

我沾了老伴儿的光,也被拉入其中。常常看到一位昵称"牟氏庄园"的女士,在群中分享自己唱的歌曲。一次她和其他群友交谈,说到九三学社,很是熟悉,仿佛是那个圈内的人。我不由得想起往事,就弱弱问了一句:"请问,您和牟小东先生是亲戚吗?"没想到她马上回复:"我是牟小东的女儿!"这世界真的很小。

牟小东(1921—2011),祖籍山东福山(今烟台市),生于北京。6岁入塾读书,受家庭文化底蕴涵养,学识广博深厚。元代书画家柯九思的后人柯劭忞(1848—1933),光绪十二年进士,著有《春秋穀梁传注》《新元史考证》,是牟小东的远房长辈(表爷爷);史学家白寿彝先生(1909—2000)是小东先生的五姐夫;史学家陈垣先生的爱徒牟润孙是小东先生的大哥,年长他13岁。在长辈兄长的培养督促之下,牟小东早早打下了坚实的国学基础。1953年,他开始在九三学社工作,至1989年退休,转而把余热和精力投入北京居士林的重建与发展,先后任九三学社第八届中央委员、宣传部副部长、九三学社中央参议委员会委员、中国佛教协会常务理事、北京佛教协会常务副会长、名誉会长、北京居士林副理事长等职务。

第一次见到牟小东先生是在1971年冬季，我刚满16岁。我之所以能记得这么清楚，是因为那时林彪刚刚出事，机关、学校都组织批判他们那伙人的"五七一工程纪要"。这是当时的一件国家大事，但大家聊天都不愿意说得太深。他问启功先生，为什么"纪要"手迹里面提到"革命"这个词，总是写成"革令"。启先生说自己也不知道，大概是那个集团内部的"切口"（暗语）吧。他离开后，启功先生告诉我说："这是九三学社的牟小东，佛学造诣深。"我初次见他，目测其身高将近一米八，而且十分壮硕。这样一个大汉，为一个字的写法想探个究竟，我很好奇，便问启功先生："佛教界还有这么雄壮的人才吗？"启功先生逗我说："雄壮？能比鲁智深更雄壮吗？鲁智深是不是佛教界的人才？"说完大笑。我不服气地说："他的心可比鲁达细多了啊。"

记不清第二次见小东先生是在1975年暮春抑或深秋了，总归是启功先生的夫人去世不久，天气未热或转凉的时候。我正陪着启功先生在小乘巷的南屋里坐着，听见大门响动——有客人来了。启先生看了我一眼，我忙立起身来准备迎客,只听得一个洪亮的声音喊道:"大哥,我大哥回来了。"启先生闻言笑了,说:"真够热闹的,到底谁是谁的大哥呀?"我出来一看,是小东先生领着一个戴眼镜、比他稍矮但与他同样健硕的中年男士进了院门。此刻启功先生也出了屋门,看到后者,"啊呀"了一声,伸出双手就朝他走过去,口中重复念叨:"润孙兄,润孙兄!"平时妙语连珠的启功先生,此刻似乎突然有了言语障碍。

牟润孙(1908—1988),讳传楷,字润孙,以字行,自称"福山牟润孙"。事后,启功先生告诉我,牟润孙先生很聪明,中学毕业后,曾入中法大学和俄文法政专门学校,因为不喜欢所学科目,不久就放弃了。后来读了梁启超的《清代学术概论》和《清代学者整理旧学之总成绩》,十分佩服,就按照他所说的路子,自学中国的典籍和历史文献。21岁的时候,受到朋友鼓励,在没上完大学的情况下,直接考取燕京大学历史研究所的研究生,先是跟着顾颉刚先生,后来转到陈垣先生门下,专修历史。毕业后到辅仁附中教国文,后转到辅仁大学历史系任讲师。那时辅仁大学、附中里有几位年轻教师,如柴德赓、牟润孙、启功、台静农、余逊、周祖谟等,大家在一起学习、教书、淘气。其中启功先生和牟润孙的交谊最为深厚。先生当时对我讲到的,大概是您自己印象最深的。后来您作口述历史,也提

到牟润孙的为人,和当初给我讲的没有什么出入。现抄录如下:

> 牟润孙兄有名士风度和侠义风度,台静农先生被宪兵队关押时,他曾不顾危险地去看望,并一大早跑到我这儿特意关照,不要再去台家。他平常不太注意修边幅,经常忘了刮胡子,每逢这时去见陈校长,陈校长就用手朝他的下巴一指,他就知道又忘了刮胡子,惶恐不已,后来就养成每见陈校长必先摸下巴的习惯。但百密仍有一疏,有一回临见校长之前,忽然发现又没刮胡子,回去已来不及了,赶紧跑到陈校长隔壁不远的余嘉锡家,找余逊(余嘉锡之子)借刀子现刮,那时他们都住在兴化寺街,陈校长住东院,余先生住西院。余嘉锡先生也很风趣,和他开玩笑说:"你这是'入马厩而修容'。"原来当年有"曾子与子贡入于其厩而修容焉"(见《礼记·檀弓下》)的记载,不想这次让牟润孙赶上了,说罢,大家不由开怀大笑。(《启功全集》卷九)

这段轶闻,记录了两件事。一件说明牟润孙先生的侠士风度——自己冒险探望台静农,又马上告诫启功先生不要去冒险，真够朋友；另一件说明他的名士风度——因忘了刮胡子而受到系主任余嘉锡先生掉书袋，调侃他。余老此处使用的典故出于《礼记·檀弓下》："季孙之母死，哀公吊焉。曾子与子贡吊焉，阍人为君在，弗内也。曾子与子贡入于其厩而修容焉。"说的是吊唁死者时，鲁哀公在内，曾子、子贡的穿着不很正式，看门的不让他们进去，他们只好悄悄到马厩里面整一整衣冠、容貌，然后看门的就让他们进去了。余老既讽刺牟润孙边幅未修，同时自嘲居所似马厩。这种开玩笑的方法，文雅而有趣，同时还反映了开玩笑的人虽然身为长辈，却能照顾被开玩笑的晚辈的情绪。在调侃他的同时，也调侃了一下自己，表示平等公正。吾生有幸，近距离接触过的老先生比较多。我发现，他们熟读经典古籍，知识并没有停留在纸上的字里行间，而是知而能行，温良恭俭让，把儒家思想的精华化为自己的行为准则。在某些没有遭到强烈干扰的老知识分子家庭中，这个特点也传给了他们的子女，比如翠微路2号院的那些高邻们。

1949年，牟润孙先生辗转到了台湾，在台大中文系任副教授，1953年升为正教授，后来到香港中文大学新亚书院任教。他去台湾，没有告诉家里任何人，仿佛人间蒸发了。以至于幼弟牟小东在解放初期的"三反运动"中，无论如何被逼供都说不出其兄的去向,因为实在是不知道。1973年,章士钊先生赴港探亲,由于年事已高,难耐香港湿热气候,不幸于7月1日逝世。骨灰运回北京,7月12日的追悼会上极尽哀荣。在骨灰运回北京之前,香港各界人士也纷纷悼念他,吊唁的亲友名单中,牟润孙的名字赫然在列。牟小东先生是从这个名单上看到其兄之大名,方才如梦初醒——原来大哥还活着!原来大哥在香港!

1975年,虽然"文革"尚未结束,但随着中美关系改善,中国对外政策也渐趋务实。牟润孙先生抓住机会回京探亲。不难想象,小东先生领着亲大哥到启大哥家访旧,心情是多么激动。难怪他叫门的声音那么洪亮!那句法不甚规范的两声"大哥",反映了他内心的激动,更反映小东先生和其兄一样,是性情中人。

我以前写过一篇纪念李长之先生的文章,里面提到他的儿子李礼。其实李先生有三个孩子,取名诗、书、礼。二女儿李书,在幼稚园和我哥哥是同班同学。"文革"中,和弟弟李礼一样,李书也被送到农村插队。后来回城,分配到街道工厂,从事她力所不能及的重体力劳动,加上她体弱有病,眼看着健康受损。长此以往,后果不堪想象。一天下班,她恰巧在西单路上遇到了启功先生。先生问起她的近况,她泣不成声,把近来生活的叙述变成了呼救的恳求。启功先生本来就是菩萨心肠，知道她文笔尚佳，询问之下得知她还发表过几篇文章，于是尽快地把她推荐给牟小东先生，希望能给她在九三学社的宣传部门安排一个文字工作。

虽然有启功先生的推荐、小东先生的运作，九三学社中央还是郑重其事，于1983年把李书找来，进行文史哲方面的考核，正式而严格。事关自己命运，李书超常发挥，各科皆优，对现当代作家的评论尤其中肯、深入。考官们非常满意，当场拍板，要李书马上办理调动手续。但熟悉那个时代的人都知道，公文答批是多么漫长的程序。手续齐备前，九三学社的某位副秘书长，在和李书的谈话间觉得她"棱角过于鲜明，不适合统战工作"，准备把她退回原单位。这使李书的心情一落千丈，真是冰火两重天。小东先生得知此事，二话不说，直接找到那位副秘书长，当面理论，吵得脸红脖子粗。我听说后，不禁暗自发笑：不用说别的，单凭牟公那浑厚洪亮的男中音，那位副秘书长就不可能有获胜的机会。果然，不久启功先生告诉我，经过些周折，毕竟是办成了，李书终于找到了她喜爱而且擅长的工作。多年以后，她回忆道："正是牟公的仗义使我又重新拾起信心和对未来的憧憬。这是我在经历了农村插队、工厂工人、十几年社会底层摸爬滚打、遍尝人间辛酸苦辣的砥砺后的人生重要转折点。"

启大爷告诉我这件事的始末，我心里莫名其妙地高兴，跑回家告诉了母亲。母亲笃信佛教，对我说："这位牟小东先生不是一般人。他办成这件事，绝不是因为嗓门大，甚至也不是仗义执言的性情所能解释的。你也熟悉李长之先生，他一生所受的委屈不少。如今他女儿生活遇到难以逾越的坎坷，能得到启先生、牟先生的帮助而绝处逢生，其实是各种因缘聚合的结果。《佛说骂意经》里面有这样几句话，你得给我记牢了：'作百佛寺，不如活一人。活十方天下人，不如守意一日。人得好意，其福难量。'你不要以为'活人'就是延长人的生命。真正的'活人'就得让人活得有盼头儿，有尊严。启先生深具佛慧，这用不着我对你说；那位牟先生，恐怕也是佛缘颇深的人，是长期守望善意的人。至于他们能活一人还是能活十方天下人，那要看因缘聚合而定。"

之前，我没有对母亲提起过牟小东其人其事，所以那时母亲并不知道牟公是居士林的大德，但她的推论，恰巧与牟公的佛学见解相契合。作为佛学大家，牟小东先生长期关注的一个重要问题，就是如何现实地去定位佛教与现实人生、与社会大众之间的关系，他甚至认为"佛教的兴由是，佛教的衰亦复由是"。也就是说，小东先生的佛教是入世的宗教，而不是逃禅的宗教。

他十分尊崇民国四大高僧之一、圆寂于上海玉佛寺的太虚大师（1890—1947），认为现代的佛教应该是"人生佛教""人间佛教"，这才是"对释迦牟尼原旨的复归"。太虚大师在《佛陀学纲》里面强调，学佛要立足于现实人生及我人生存的地球，从做人修起，先完成人格，好生做人："完善物质生活，增高知识生活，完善道德生活，再以此完成优美家庭、良善社会、和乐国家、安宁世界。"我觉得，从思想脉络上来看，太虚大师的意见和《礼记·大学》里面说的"修身，齐家，治国，平天下"如出一辙。而小东先生认为，这样与儒学相结合，才是活的佛学传统，发展中的佛学传统，亦即佛学的现代化。

所以，学佛之人应该奉行五戒十善以净化自己，利乐众生。用我母亲的话说，这就是"活人"的佛教，守望善意的佛教。小东先生为李书仗义执言，不仅出于他的侠义心肠，而是出于他灵魂深处的崇高信仰。我相信人人平等，但我也相信人们的言行举止，自觉不自觉地把自己划分为三六九等。这也是人们常说的"即心即佛"或"腹有诗书气自华"。牟氏兄弟的侠士气和名士气，都让青少年时期的我不由自主地把他们归类为上等人物，仿佛是《世说新语》里的高人穿越时空，走进了现代生活。

时代奇趣者

1982年，启功先生应邀到香港讲学，3月3日抵达，牟润孙、许礼平、马国权、常宗豪到机场迎接。老友重逢，其乐可知。颇为兴奋的启功先生夜不能寐，当晚写作了一首七律——《喜晤牟润老》：

> 早岁虬髯意气豪，市楼谈吐静群嚣。
> 卅年屐履回尘迹，一帙文章压海涛。
> 把臂国门头共白，掬膺时事目无蒿。
> 励耘著籍人余几，敢附青云效羽毛？

首句"虬髯意气豪"，是指上面所说的牟先生总忘了刮胡子。可以想象，启功先生写这句的时候，一定是在抿着嘴偷笑，心里想起了余嘉锡先生讽刺牟润孙"入马厩而修容"的往事。诗的其余几句，皆是夸赞牟润孙先生道德文章是陈门翘楚和相逢头已白的感慨。这次重聚，确实难得。也许正是因为难得，所以侯刚、章景怀合编的《启功年谱》记录，这两位老朋友"已有三十多年未见，当日相会分外亲切"。这其实是个误会。如上面谈到的那样，二位老友于1975年已经在小乘巷见过。然而，侯、章二位的说法并非没有根据：启先生似乎自己也忘了这次会面，并留下墨迹，说法与侯、章二位一致。幸亏1975年牟小东、牟润孙及夫人和启功先生，还去北京市能仁胡同 36 号看望同是陈门弟子的刘乃和女士，并摄影留念。这张照片可以证明牟润孙先生曾于 1975 年回国访友。我所见过的启功先生照片，这张是最为清瘦的，可见启夫人逝世，先生有多么痛心，以至于清减了许多。

牟小东先生的夫人姜燕，与我岳父同在翠微路 2 号院里工作了几十年，一位在商务印书馆，一位在中华书局。小东先生育有二女，长曰牟融，据她说其父取此名是因为她性格柔顺通融；次曰牟钢，就是喜欢唱歌的那位，据说取此名是婴儿期就性格刚强，哭声嘹亮。

牟氏兄弟分别于 1988 年和 2011 年仙逝。我无意间在他们生前交集了些许因缘，希望能从他们身上熏染到一些佛慧书香，更希望能向他们学习，做一个"纯粹的人、一个脱离了低级趣味的人"。

韩大妈

俞宁

(美国西华盛顿大学英语语言文学系教授)

现在回想起来,那些阿姨多是"白薯脚"。唯有韩大妈,虽然不是"三寸金莲",总也算得上"四寸银莲"或"五寸铜莲"。她和同伴那样说话,是真把苦当作荣耀,还是无奈之中调侃一下命运强加给她们的苦?

一

上学期给学生们讲马克·吐温,强调他语言的地方色彩,告诉不懂中文的学生们说,最好的中文译名应该是"土魂"而非"吐温",因为我觉得他是美国"土"语文学之"魂"。他的文字有涉及中国的,对包括美国在内的西方列强提出尖锐批评,讽刺他们向清政府索取庚子赔款。学生们提出关于这方面的问题,我回答得比较详细,他们似乎挺满意。

不知谁脑筋急转弯儿,问起中国妇女缠足的陋习。这让我很不舒服。孟子说:"人之患在好为人师。"我既然已患人之患,不舒服也得回答。

又问:你是否亲眼见过缠足的妇女和她们的小脚?

我见过。我的祖母、外祖母,我老伴儿的祖母、曾外祖母皆是小脚,但我没见过她们没被鞋子和布条包裹的脚。我唯一近距离观察过的未经包裹的小脚,是韩大妈的。从四岁到十岁,我经常看见她洗脚,洗那长长的裹脚布条。即便是洗过之后,两根布条晾在铁丝上,气味还是很难闻。至于脚的样子,则很像生长不良、缩在一起的两大块干姜。我看她洗脚总觉得自己脚疼,禁不住要揉一揉,生怕哪天也长成那个样子。她盯着我眼睛,撇撇嘴,说:"没出息!一个大小子,哭什么哭?男儿膝下有黄金。男儿眼泪是金豆儿。你赶明儿就是个大男人,掉金豆儿给谁看?我不疼!"

我小时候住的那个大院子里,不少人家都有保姆。一般统称为"阿姨",到了具体每个人,就加上她们所看护的孩子的名字，例如刘强（的）阿姨、王宁（的）阿姨、马平（的）阿姨、杨杰（的）阿姨、朵朵（的）阿姨等。唯有我的保姆，不叫俞三儿阿姨，而叫韩大妈。算得上坐不改姓。

韩大妈叫韩淑贞，不到40岁，是京东潮白河边儿上的人。进城以保姆为业多年，早已没有什么口音。她身材瘦高，头上绾个纂儿，用黑线网子罩住，站在保姆们"茬孩子"的人堆儿里，确有鹤立鸡群的风度。所谓茬孩子，就是大家聚在一起，攀比性地夸耀自己照顾的孩子的优点，诸如"我们妞妞多聪明多聪明"，"我们毛毛多乖巧多乖巧"。孩子们好就是阿姨们照顾引导得好，这是她们晒成就感的高光时刻。我置身其中，总觉得韩大妈是她们的大姐大，颇有号令江湖的气势。阿姨们茬孩子，难道孩子们就不茬阿姨吗？至少在各自的心里，或许都觉得自己的阿姨是最棒的。但因为没和别的孩子交流过，我确信，韩大妈的大姐大地位是不争的事实。

然而，我记得最清楚的，并非大规模"群茬"的场景，而是韩大妈和她最好的朋友某某阿姨的一次"对茬"。某阿姨明显说不过韩大妈，就叹了一口气说："我们妞妞可聪明了，将来嫁给你们三儿，再生孩子准更聪明。"这是期望结束战争的橄榄枝。没想到，韩大妈根本不领情。她说：

韩大妈

"光聪明行吗？姆们三儿心眼儿好，那是没得比。你们妞妞心眼儿好吗？"对方当然也是高手，接口说："怎么不好？妞妞是我贴心小棉袄！"韩大妈傲然一笑："姆们三儿是我放心小拐棍儿。我扶着他肩膀，走到鼓楼后头逛庙会都不累！"对方也笑了："得了，又显摆你那几寸金莲。五寸还是四寸？铁定超过三寸！"韩大妈假意打了对方一下，说："那也比你那双'解放大白薯'强。"说完二人大笑，各自端着筐子里择好的蒿子秆儿，回家做饭去了。

所谓"解放大白薯"，是女孩裹脚后，疼痛难熬，家长也于心不忍，早早放开缠足的裹脚布，让已经受损的双脚局部恢复的结果。从过程上看，称为"解放"是最恰当的；从效果上看，称为"白薯"也算形象。现在回想起来，那些阿姨多是白薯脚。唯有韩大妈，虽然不是"三寸金莲"，总也算得上"四寸银莲"或"五寸铜莲"。她和同伴那样说话，是真把苦当作荣耀，还是无奈之中调侃一下命运强加给她们的苦？我到现在也弄不明白。

二

韩大妈坐不改姓，还给我带来一个意外感悟。刘强阿姨也好，王宁阿姨也好，人们先要知道那孩子是谁，然后才能想起那阿姨是谁。但韩大妈就是韩大妈，不是俞三儿阿姨。她自己来定义自己的身份。这反而使儿时的熟人，若要想起我是谁，必须先搬出韩大妈作为参照。

半个多世纪以后，我与一位童年的玩伴重逢，谈起青梅竹马的旧事，都很开心。她打电话告诉她的姐姐，姐姐反问："俞宁？俞宁是谁？"

"嗐，就是小俞三儿呀。"

"小俞三儿？"

"俞达的弟弟。"

"俞达还有弟弟？啊，等等。想起来了！是不是总跟着韩大妈到处转悠的那个圆头圆脑的小男孩儿？"

"你还记得韩大妈？"

"当然了。她给了咱们那只小黑兔。忘啦？"

韩大妈是能干人。三年饥荒过后，人们渐渐能吃饱，还有些余粮余菜，院子里兴起了养兔子。小孩儿们，尤其是女孩子们，喜爱兔子那温顺聪明的亮眼睛和那两只长长的大耳朵。韩大妈养的兔子，毛皮光滑水灵，人见人爱。后来生了四只小兔，韩大妈给了那姐妹俩一只。那位姐姐本是个好学生，但养兔子太上心，上学前放学后，喂兔子，清理兔子窝，抱着兔子摸它的大长耳朵……父亲怕孩子花在兔子身上的时间太多，请人把兔子杀了，炖了一锅兔肉。

当时，好像姐妹俩哭了一场。我没敢问她们当初是否吃过自己的宠物。不过那位姐姐果然优秀，后来考上了清华附中。

韩大妈杀兔子也有高手之名。她用一根又粗又长的擀面杖猛击兔子的脑袋，打晕后再屠宰剥皮。我看着受不了，又是眼泪汪汪。韩大妈照例瞪了我一眼，痛斥我没出息。我妈听见了，就替我辩解说："这孩子天生爱哭。你看他眼角下有一颗大痦子，那就是'滴泪痣'。所以，爱哭是心眼儿软，不是毛病，和有出息没出息一点儿关系都没有。"

韩大妈一边剥皮，一边顺口怼了回去："没那回事。眼角有痦子就得流眼泪？你看那谁，嘴角下有一颗痦子，难不成他就得流哈喇子？"她粗声大气的，吓得我妈环顾四周，生怕有人听见，不敢接话茬儿。

从那儿起，我才算真弄懂了韩大妈为什么叫韩大妈——她比"妈"权威大，所以是"大妈"。

三

韩大妈在我心里分量颇重，当然并非完全来自她那权威性斥责。

我小时候得过一场重病，好像是猩红热，抑或是麻疹，甚至有可能是两场重病都得过，而我只对一个病印象深。得病的时候，我年龄一定很小，因为弄不清病名，还惹人笑话过。痊愈后，邻居的大人们问我："三儿病啦？得的什么病呀？"我认认真真地回答说："得了西红柿。"大人们一愣，明白过来后哄堂大笑，说："什么西红柿？那叫猩红热！"

病愈后的笑话好玩儿，可得病时的滋味真是难受。我模模糊糊地记得，连续好几天高烧，口干舌燥，想吃冰棍儿。但时值冬末春初，没有冰棍儿。韩大妈就用晒干了的山里红片儿煮水，然后搁在窗户外面放冷了再给我喝。没想到，我从此喜欢上了山楂的味道。以至于后来真到了夏天，我把母亲给我的冰棍儿钱，拿到中药铺去买"大山楂丸"吃，其价钱和冰棍儿相当，到底是三分钱还是五分钱一丸就记不清了。韩大妈发现了我这个新口味，急了，大声说："哎呀，我的小祖宗！那个是助消化的。你越吃越饿，让我拿什么填你这无底洞呀？"我只好回归冰棍儿，只是变得偏爱红果儿味儿，一直延续到现在。从美国回北京，每天至少要上街吃一根"大红果儿"。这是后话。

在当时，因为那个病传染性强，韩大妈用两只单人沙发对拼起来，在通风良好的客厅里拼了一张小床。她让全家人离我远点儿，进出走厨房后面的门儿。而她自己则彻

韩大妈

夜守在床边，困得熬不住，就在长沙发上躺下睡一会儿。因为连续高烧，家人曾担心我脑子会烧坏。韩大妈坚持她的口头禅"没那回事"，又说："发烧能把脑子里的硬筋、乱筋都烧软乎儿烧顺溜儿了。三儿病好了以后，脑子一准儿更聪明。"她还说："要是顺手儿把眼泪烧干了，别动不动就掉金豆儿，那姆们三儿将来一定有大出息！"

可惜，病好了以后没几天，我就让她的美好愿望落了空。韩大妈和小翔凤胡同的英子妈是好朋友。她不忙的时候，偶尔会让我端着针线笸箩，陪她去找英子妈，一边聊天儿，一边做针线活儿。英子家独门独户，院子很窄，从屋门到南墙不过十来步，墙很矮。那边是过去一个富贵人家的后花园，阳光能够透过两间小北屋的窗户纸，照得屋里暖洋洋的。英子妈告诉韩大妈，最近鼓楼后头要演评剧《杨乃武与小白菜》，说着两人就有一搭无一搭地聊起了剧情，一会儿说戏里的谁谁谁多坏，一会儿又说杨乃武多好多冤。说着说着，英子妈还咿咿呀呀地哼唱起来。

英子拿着一个布娃娃，念念叨叨地，引导我跟她"过家家"。可能我大病一场后体力亟待恢复，也可能太阳透过窗纸把我晒困了，我听着北京初春的风沙唰啦啦打在窗纸上，听着英子妈咿咿呀呀的小白菜唱腔，竟趴在炕沿儿上睡着了。风沙、阳光和哼唱的奇特混合，至今我闭上眼还能感觉到。不过，当时没睡多久，就觉得耳朵剧痛，睁眼一看，只见英子一手拧着我的耳朵，一手把布娃娃顶在我眼前，凶巴巴地吼："你这爹怎么当的？怎么当的？一天就知道灌了黄汤睡、睡、睡！孩子还管不管了？"我被人打断好梦，耳朵疼，眼前凶，一咧嘴就哭了。英子妈满脸通红地把英子抱开，不断地对韩大妈说："真让您笑话。怪我嗓门儿大，都让她听见过。真让您笑话。"韩大妈说："没事儿没事儿，都是孩子，玩儿恼了就打。可不天天都这样吗？"

针线活儿没法接着做了，只好端起笸箩回家。奇怪的是，一路上韩大妈居然没骂我"没出息"，只是嘱咐我："不许恨英子。她摊上个醉爹，看谁都像醉爹。小姑娘家家，怪可怜的……还挺像。"说完竟笑了。我可笑不起来，暗自嘀咕："什么玩儿恼了就打？我根本没玩儿嘛。明明是睡着了就打！"还"天天都这样"？越想越委屈，眼泪滴在针线笸箩里面，让我猛然想起韩大妈"眼泪是金豆儿"的宏论，想硬生生地咽下去，却一点儿也不成功。

四

那位清华附中姐姐的记忆，其实不太准确。不是我跟着韩大妈到处转悠，而是韩大妈小脚，出门买菜办事，得

韩大妈

扶着我的肩膀走路才稳当。

去鼓楼后头听戏就是一例。所谓鼓楼后头,是北京城北部鼓楼与钟楼之间的一块空地。从那里再往北,不远就是德胜门与安定门之间的城墙了。那块空地常常有庙会、集市,很像现在的农贸市场,也有一些小剧团在那里搭台子唱戏。因为多是草台班子,票价也不贵,甚至个子矮的小孩儿,就像我,可以免票入场。韩大妈去那里看《杨乃武与小白菜》不止一次,而是一连两次。两次都是我陪着去的——昨天晚上刚看完,今天晚上还得去。其受折磨程度,至今还令我发怵。

首先是我听不懂,而且全剧很长,对小孩儿来说简直是没完没了。韩大妈看得特别投入,一会儿一把鼻涕一把眼泪地哭,一会儿又咬牙切齿地骂"不要脸、坏嘎嘎儿"。其次,是我如同坐在五里雾中,昏昏欲睡,又不敢睡,生怕万一睡着了,突然被英子揪着耳朵骂"怎么当爹"。又想起来,英子妈不但喜爱《杨乃武与小白菜》,而且还能咿咿呀呀地哼唱,就觉得她不是可能,而是肯定,也来到了露天剧场。我把脑袋转得像拨浪鼓似的东张西望,想找到她们的身影。越是找不着,越是心里紧张。听又听不懂,找又找不着,睡又不敢睡。一连两晚,我能忍下来,全靠韩大妈那句话:"姆们三儿心眼儿好,知道心疼人。"她念叨了那么久，终于看上了这出好戏，怎么也得成全她。

连看两场戏，我唯一的收获是，用上了我妈教我的一个字。我的姐姐哥哥小时候上的都是父亲任教那所大学的附属幼儿园。1957年以后，我到了入园年龄，却被拒绝接收。我妈心里不平，就早早地教我认字。她的方法很独特，就是根据字的特点联系起来教：一二三、人从众、山出、口品、日晶等。钟鼓楼的戏散了，韩大妈扶着我的肩膀，沿着后海南沿儿往家走。走到一个路灯底下站住了，她问我："三儿会写'口'字吗？"我点头。她说："写给我瞧瞧。"我蹲下，捡一根树枝在地上写了一个。她又问："三个口是什么字？"我说是"品"字，又给她写出来。她点头说："嗯，还真是三个口。药铺的咬他一口这个，赃官咬他一口那个，就连他接济的小白菜都咬他一口狠的……"然后，忽然没头没脑地来了一句："三儿，你心眼儿好，帮人的时候，可得瞪大了眼珠子，别谁都帮。碰见那年轻女子，帮的时候更得小心，别跟杨乃武似的，帮了她，她还咬你一口。"

韩大妈的好处是，让我牢牢记住了"姆们三儿又聪明，又懂得心疼人"。上学以后，发现自己没那么聪明，就使劲儿念书，尽量往聪明的方向努力。时间长了，好像真比以前有一些质的改变。少年时期，有时也想硬起心肠做一件有损他人的事，无缘无故就会想起韩大妈"姆们三儿心眼儿好，懂得心疼人"的话，心里一警醒，就避免了讨人嫌的坏事。

韩大妈的坏处是，那天回家路上别让年轻女子咬一口的话，也真灌进我脑子里去了。再加上英子拧着我耳朵的怒吼，使我长大后不敢主动接近女孩子，似乎也是一种遗憾。是不是韩大妈也给我裹上了某种形式的小脚呢？

她能从天上给我一个回答吗？

胡续冬：倘使没有奇趣，他便创造奇趣

韩博

（诗人）

> 胡续冬的诗歌语言，正是与所谓"学院派"和"民间派"同时较劲的路数，既有智识的深度，又不放弃方言口语的戏谑性，包括颇为肉感的胡氏幽默之灵活腰肢，狠起来则刀刀见血，绝不回避现实。

―

2016年7月底的一天。海南文昌。希尔顿酒店会议室，胡续冬坐在我右边，桑克坐在我左边。从杨小滨现场偷拍的照片不难看出，当时，我们仨都不太高兴。爱写日记的

胡续冬：倘使没有奇趣，他便创造奇趣

桑克，刚刚在哈尔滨签署了保证书；我在上海丢了工作，正经历好莱坞电影偏爱的"中年危机"题材——前一年，《外滩画报》撤资停刊，家庭关系同步破裂；胡续冬呢，事业和家庭都好好的。然而，反正，看上去，就是不太高兴。

来自五湖四海的汉语诗人七嘴八舌，搜肠刮肚扬帆于脑海，竞技海洋文献，尤其古典文献，无论东西。我翻开随身携带的苹果电脑，噼里啪啦敲字。胡爷（2000年左右，我们开始径以"爷"字互相调侃）煞是诧异，问我想要干啥——诗人开会多无聊，有什么好记录的？我告诉他，闲着也是闲着，手头正写一本书，预估厚度赶得上自古英雄出少年时期的胡爷军挎里常备的板砖。书中设有一处诗人开会的热烈场面，今儿这个素材，再合适不过，适合虚构之中的非虚构。

四年之后出版的《三室两厅》，几乎原封不动地记录了那场研讨，会议的主题仍为"大海啊，永远在重新开始——当代诗如何发明了大海"，而其地点则被动迁至魔都左近一座江南古镇。复兴风格的仿古木窗之外，并没有大海，只有一条作为"水乡"标志的臭水沟，黝黑而黏稠的液面之下，"螺蛳尽其所能吸附于烂泥、砖块、水泥、钢筋与啤酒瓶的碎片，后者要么墨绿，要么黑黄，近乎死水的结晶"。书中的多数诗人，径凭我在键盘上敲下的字句出

场，原汁原味原声。一位"胡姓诗人"发言如下：

我在内陆盆地长大，第一次看见大海是在山海关，我看见的是一片肮脏的大海，塞满了各种卫生纸和避孕套，与书本里读到的大海相去甚远，那就是村里一个池塘、一个粪池子的概念，所以我对真实的海的第一感觉非常不好。当时觉得，还不如写点盆地里的小池塘里养的鱼之类的好……我去佛罗里达当驻岛诗人，一开始很激动，第三天就想回陆地。我住小木屋，夜晚的各种声音让我觉得木屋随时会碎裂。一边是鲨鱼，一边是短吻鳄。完全没人……你是不是真的尊重海，不能只是把大海当成养老的背景……一个孤独的上帝以海为镜，照见他的孤独……永远都有一杯海，递给航行的猛男……

说实话，我对大海的第一印象（可能源于20世纪90年代初的上海金山），同样近乎"一个粪池子的概念"，简直糟透啦。其实，关于文化意义上的"海"，或曰"海洋文明"，20世纪80年代曾有充分讨论。"大海啊，永远在重新开始"的与会者，基本都在内地长大——即便个别人生于沿海省份，但在没有护照只有户口的年代，何尝不是等同于内地长大。我们对于"海洋精神"的经验，绝非来自"胡姓诗人"发言所谓"航行的猛男"之直观体验，却是来自陆地上的晕船者之二手玫瑰——若非儒释道三合一的东亚先人目睹"罡风吹海立"式惊惧,便是"面朝大海,春暖花开"一类嚼食浪漫主义残渣的小清新感怀("把大海当成养老的背景"这句地产商格外偏爱的广告词,出自北大诗人,自拟笔名海子,"海子"可不是海,却是蒙古语的湖泊,近乎"胡姓诗人"所说的"小池塘")。所以,生活在内陆帝国"天下无外"历史阴影之中的乖巧居民,恐怕永远都不会等来有人给你递上"一杯海"。尽管,20世纪80年代,基于未加入国际版权公约的出版业而乍现之"爆炸头"一般的"世界文学",为我们带来了大海的些许感觉——胡续冬谋取稻粱的本职工作,正是"世界文学"想象产业链之一环。甚至,疫情暴发之前,吾辈已然沉浸于尽可搭乘国际航班自由横越汪洋的幻觉之中。可是,内地诗人聚在一起,跻身乎托塔天王一般手托蛋白质宝塔的大爷大妈之间,体验"孤独的上帝"所鉴之镜的方式,无非也是吃吃海鲜,泡泡海澡——当我从全新开发的海湾冒出头来,深一脚浅一脚涉回岸边,不得不沿途扯下胸前和腿间纠葛的塑料袋。你看看,递到嘴边的大海,一旦落至现实手里,难免沦为乱丢垃圾的小池塘。

二

我和胡子（胡续冬在朋友间的昵称之一，另有"斤王"等若干别号）、马骅同年考上大学。那正是"海洋文明"被广泛讨论的 1991 年。他被送去河北石家庄陆军学院军训一年，我和马骅被送去江西南昌陆军学院军训一年。那种共同经历，我觉得，会给体验者植入同一种基因：幻灭。但凡你脑子没问题，后半辈子便很难患上斯德哥尔摩综合征，除非刻意去走金庸笔下岳不群同志的成功之路。说来也巧，要不是填报志愿的时候，我爸和我并不知道复旦也要军训一年，遂将其位列"零表志愿"北大之前，我和胡子肯定会成为同届的同学。

好在命中注定的朋友早晚都得见面。读本科的时候，胡续冬是北大诗社社长，我是复旦诗社社长，人生交集自此开始——绝望的 20 世纪 90 年代，非主流文化皆兄弟——复旦诗社的师兄敖牙，以及与我和马骅同届的高晓涛，先后摸去了胡续冬的宿舍，见到北大一众兄弟，带回打印社自制的文学杂志，比如《偏移》。后来，我有一些诗和剧本，首发都是在北大的杂志上，比如《椅子不知道》。

20 世纪 90 年代即将结束，志得意满的马骅前去厦门创业，毫无悬念地惨遭失败，遂遁回天津老家。胡子正在筹

胡续冬：倘使没有奇趣，他便创造奇趣

划新青年网站，召唤马先生参与革命，康赫及马雁亦先后入伙。对于外省文艺青年来说，那真是一个黄金时代，那么多才俊齐聚北京：姜涛、冷霜、蒋浩、颜峻、高晓涛、廖伟棠……我借《三室两厅》记下一笔，调侃胡子的事业实乃"挂有燕京大学和新青年运动两只羊头的'文艺青年'网站"。没人能够否认，那恐怕也是中国大陆青年文化依托于互联网的一次风云际会，空前绝后。经历过那种局面的人，很难再对当下的局域网事业提起半点兴致。

一边读博士，一边无为而治"新青年"那几载，胡爷每逢南巡上海，倘没有机构的殷勤招待，抑或女友不放心，便落宿我处。我的斗室，兼任江湖文艺青年驻沪办——马骅住了还要穿走我的新衣服，廖伟棠醒来就说梦见我妹妹，颜峻下了夜车就打电话说要请我吃早饭……大家来来往往，亲似一家，那算是最开心的几年。胡子堪称其中最亢奋的人，他可以连讲数日八卦，虽然得过乙肝，滴酒不沾，可那种酒神附体的状态，俨然不再需要任何物质形态的兴奋剂。

2016年夏天，胡子照例主持作为诗歌节压轴戏的露天朗诵会。十数年来，他几乎成了国内地产商赞助的诗歌节之首选主持人。

我们坐在闷热的室外——场景布置酷肖东南亚豪华

酒店的婚礼草坪。胡子不负众望，不断制造笑声，祭出我们耳熟能详的诗人八卦，添油加醋，爆炒出一盘盘脍炙人口的段子。胡子的语言风格实在人见人爱啊，既像水煮鱼、水煮牛肉、重庆火锅，又像撒满花椒和辣椒的拉美文学括约肌切片，融智识及肉欲于一体、铸快感与痛感于一处——诗人黎衡甚至认为，胡续冬的葬礼唯有自己主持，方至为妥当，他人绝难越俎代庖。

只不过，我觉得，胡爷多少有点儿累了，他已悄然变化，隐隐收敛。我不知道为什么。正如我不知道当初照片上的他为啥不高兴。他不再是年轻时那一副眼冒金光、计已得手的模样，他只是拼尽全力，艺高人胆大地走着钢丝，为的是让大家满意。而2007年至2009年广州珠江国际诗歌节期间，他则是在飞，眼中根本没有什么绊马索。那时候的胡子，如此荤素无忌，妙语连珠的玩笑张口就来，径与衣冠楚楚登台的男女诗人乱抖盔歪甲斜的包袱，台上台下全都笑得喘不过气来。没错，如果搁在今天，那种主持风格绝对"政治不正确"。其实，我想问的是：21世纪第二个十年，为什么身边的人渐渐抛弃了幽默感，重新学着假正经？

三

2004年,胡子被北大派往巴西执教之际,马骅搭乘的吉普车翻下了澜沧江畔不靠谱的公路。我们仿佛又被植入一剂共同的基因。尽管远隔太平洋和南美大陆,海底光缆接通的MSN(微软旗下即时通讯软件)却让我们无话不谈——有些话,我得永远把它烂在肚子里。一部歌颂马骅的电影迅速出炉,"盖世界浪子班头"忽就成了我们时代的传奇及偶像。扮演马骅的年轻演员,单看照片,还真就相像得令人汗毛倒竖。耐人寻味的是,六年前,恰在马骅前女友——复旦留学生,来自前南斯拉夫的戏剧研究者米拉——强烈推荐下,我们一起学习了米拉的同胞埃米尔·库斯图里卡导演的电影《地下》。片中设有如此情节:"二战"结束后,某一领导人,"铁托同志的亲密战友",不仅向藏匿地下数年的革命同志隐瞒了胜利的消息,还在地上大拍特拍弘扬自己英勇抗争精神的主旋律电影。谁能想得到,离开"新青年"的马骅,也许只打算去云南和西藏交界地带躲个清静,看看天空,写几首小诗,居然也被光辉灿烂搬上大银幕,塑成支教项目的典型泥像,尽管其从未参与希望工程,更在乡村小学不领一分工资,以免误入人事纠葛。马骅之"义举",难免不惠及身后那些贪图免试直研的本科生，精致利己者高举旗号，争先恐后奔赴边疆自涂金粉。我觉得，胡子仓促一走，恐怕距离那一天亦不远矣。

2006年，姜涛策划"汉花园青年诗丛"，以利从未公开出版诗集的吾辈——马骅、胡续冬、清平、王敖、周瓒及在下——能够利用作家出版社的同一书号，出版各自的第一本"合法"选集，责编则是曾经任职"新青年"的小说家饭饭。书出来后，大家齐聚北京，除了马骅，一起搞了场像模像样的首发式，就在第一家单向街的院子里，臧棣先是坐着，然后站着，把每个人都吹成大师。

我们的诗歌写作如此不同。艺术语言方面，我们固执地走在各自选择的羊肠小路上，打算一条道跑到黑，不撞南墙不回头，撞了南墙更不回头——总以为多撞几下，墙就塌了。胡续冬的诗歌语言，正是与所谓"学院派"和"民间派"同时较劲的路数，既有智识的深度，又不放弃方言口语的戏谑性，包括颇为肉感的胡氏幽默之灵活腰肢，狠起来则刀刀见血，绝不回避现实。《一个跟海鸟厮混的男人》则呈现出他永远孩子气的一面：

> 一个跟海鸟厮混的男人，刚刚
> 从海浪迭起的午睡中醒来，就

胡续冬：倘使没有奇趣，他便创造奇趣

来到了空无一人的海滩，沿着
下午三点不慌不忙的海岸线
一路去拜访他那些漂亮得让他
耻于为人的朋友们：鸟，
在单数的他和单数的海之间
矜持地抖动着天堂的复数形式的
鸟。他的长江流域博物学知识里
找不到这些鸟的名字，所以他
干脆给它们编上了号：一号鸟，
有些像鹈鹕，入水的动作仿似
以大嘴为支点，在海浪上倒立；
二号鸟分明是一个地理错误，
酷似从工笔寿星身边逃出来的
鹤，脖子和脚上细长的虚空
可以让喧腾的海瞬间静止成蓝天；
三号鸟，大海那雄性声带的
忠实骨肉皮，海浪在沙滩上
唱到哪里，它们就成群结队地
飞跑到哪里。他喜欢调戏三号鸟，
但每当他淫笑着，挡住了
娇小的三号鸟们的去路，就会有

>状如鹰隼的凶猛的四号鸟从半空
>俯冲而来，恐吓他两腿之间的
>五号鸟。哦，没错，在这个
>没有卫生巾和避孕套的
>干净而孤独的海滩，他的五号鸟
>已经变成了一只地地道道的
>叫不出名字的海鸟，在裤裆深处
>一片更开阔的海域上展翅飞翔。

四

我没有机会与胡子成为同事，不知道从那个角度观察他，会得出什么崭新的印象。不过，我们共同的朋友程小牧是他在北大的同事，她留学法国，较晚才回到国内。所以，前些天，一个群里，康赫滔滔不绝追忆往事，小牧忽而道：有时觉得，他对我来说就是那个同事旭东（胡子的本名），不是你们的胡续冬，也不是胡子……可能"旭东"才是这些年的他。

我不禁愕然。深入大脑沟回检索一番，发现并不认识胡姓的"旭东"。也许，这才是人性的耐人寻味之处，人性的立体主义。所以，他才有那么多别号。我所认识的胡续冬，始终是个古道热肠的人。2009年的一天，他打来电话，问我要不要去美国参加国际写作计划。我犹犹豫豫，当时，身边缠着一大堆棘手的事。他说犹豫个屁，去见见聂华苓老师，一脚把我踢到爱荷华。不得不承认，那一番经历，彻底将我的人生扳入另一条轨道。

2012年以降，胡子每月都来上海主持"诗歌来到美术馆"活动，我们却见得少了。他有了女儿，似乎变了一个人。我一再经历生活和职业的双重动荡，可能变得更多。新冠疫情不请自来之后，鉴于北大行政系统的外出规定，胡子难以再赴魔都，我便应王寅之邀，偶尔客串，代为主持。今年8月22日——兴致勃勃一心南下的胡子再度被告知不许离京——我替他主持了宇向的诗歌朗诵交流活动。傍晚时分，包括大弓一郎、非亚在内的几个老朋友意犹未尽，遂围坐民生美术馆咖啡厅内叙旧。宇向的先生，诗人、艺术家孙磊，绘声绘色聊起，新世纪之初，他跟胡子和马骅在北京一起厮混的往事。

我们谁都不会料到，恰是这个下午，我们对着直播镜头侃侃而谈之际，胡续冬倒在了北大的办公室里。那一天又逢中元节，据说，胡子提前买好了纸，准备晚上给马骅烧点儿。结果呢，他等不及了，亲自宣布"新青年"三诗人（马骅、马雁、胡续冬）悉数谢幕，仿佛他喜欢的某部从未被拍摄出来的电影的情节。

我无法想象，2010年马雁坠楼之后，胡子究竟过得怎么样。反正，胡续冬越来越低调。2020年，我决定邀请朋友们共同创作"五角场来信"，经由多重视角，散点透视这一特殊历史时期。他则对此保持沉默，仿佛历经离乱的禅宗僧人，只是每天带着女儿去北大校园喂猫。

我打算动笔写一本新书，某一角色，说是自己忙着喂养无家可归的恐龙，且耐心为每一只命名：南门内大哥鸡翅，凯原楼雪风，燕南园迷雾，中文系花花，老化学楼二哈爷爷，著名网红文盲香波，恐龙界第一渣男，著名语言学家姜丝鸭……

已然决定不再多说一句话的人，从未辜负世宙奇趣。

倘使没有奇趣，他便创造奇趣。

美国被盗记

顾晓阳

(作家)

我和阿城相继从那里搬走了。若干年后,新业主拆除了花店以及我们的"故居",在原地建起一幢三层的写字楼。我对洛杉矶的念想,从此失去了一个最重要的寄托物。

在洛杉矶,我和阿城做了多年邻居。那是东洛杉矶雷克大街上的一幢二层小楼。一楼是一家花店,很大,附带一个更大的花圃。二楼三个公寓单位,我和阿城各据一个,第三个住的是一个日裔女人(第三代日裔美国人),不到30岁,是花店老板家的亲戚。因个子超矮,我妈给她起了个外号,叫"土豆儿"。她无业,单身,有两个男朋友,一黑

人一白人，还养了两条大狗。

1997年夏，我和阿城先后离开家很久。阿城好像是去台北，我8月回了北京。我原计划在京两三个月，到了10月，冯小刚拍完《甲方乙方》后，让我写一个新的剧本。不久，我和冯导住进亚运村的一个酒店，开始写剧本。12月，洛杉矶的朋友小穆小俪夫妇来电话，说阿城家被盗。他俩是热心人，和我们关系很好，这段时间一直帮我们照看房子。我问："盗走了什么？"小穆的声音有些发颤，可还是没往细了说，因为阿城家几乎被搬空了。"我家呢？"答："没事儿。"但我心里很不踏实。所幸剧本已经写完，小刚说先这么着吧。中旬，我匆匆赶回。

一进门，只见客厅地板中央摆着一盏台灯，电源线整齐地缠在灯座上。这灯平时是放在写字台上的。我有点发蒙。时差很厉害，脑袋本来就晕。先给我妈打个电话报平安吧，习惯性地往茶几上一摸，电话机没了。再回头，一面墙全空：电视、录像机、功放、喇叭、CD机和一两百张CD，还有墙上挂的阿城送的非洲木雕，都被搬空了。赶紧去巡查两间卧室：满地狼藉，惨不忍睹。我有四把枪和近百发子弹，都在主卧壁柜的最上层，伸手一摸，空空如也！小偷靠这四把枪就能发财了。真恨得我牙痒痒。我的预感不幸被证实：偷完阿城，必得偷我！

窃贼是撬门而入的，我们的门锁不是防盗锁——即便是防盗锁，我想也挡不住他们。看我们离开这么久，他们放心大胆，细细地把我们两人的家洗了一遍。撬我家恐怕就是这两天的事，台灯等物都整理好了，没急着拿，下回再说。没想到我回来了。

我的第二个预感：窃贼不是别人，就是我们的芳邻土豆儿和她的男朋友们。

美国的小偷只偷能卖钱的东西。我的枪，都是在枪店里买的，并不贵。最贵的一把左轮手枪好像300多美元，最便宜的"黑星"，也就是从中国进口的五四式手枪，当时才99美元一把。但是，在枪店合法买枪，联邦调查局（FBI）要调查购枪者有无犯罪记录。有犯罪记录的不能合法买枪，就只好到黑市上去买，那就是天价了。至于锅碗瓢盆、衣服被褥、桌椅板凳，很难卖出价钱，所以小偷都不偷（我的几套西装和牛皮大衣被拿走了）。因此，虽然遭洗，日常生活倒还能过。也不是一点儿影响没有：此后数个月中，当我想起来要用什么的时候，一找找不见，才知道是被偷走了，气得我经常哇哇大叫。

我当即报警。来了个提着小箱子的小老头儿，采集指纹。我观览了全过程。

过了些天，阿城也回来了。我们一起去了警察局。

警长是个小个子白人，30多岁，光头，上唇留胡子，双眼像一对大铃铛。他叉着腰听我们讲述，没当回事儿，溜门撬锁的多了去了，管不过来。阿城有一把意大利小提琴被偷走了，但证书还在，上面有制琴师的签名、制作年份、小提琴照片和编号等详细资料。阿城说："这把琴值15万美元。"警长一听，眼睛啪一下就打开了，马上重视起来，问的问题也多了。我说："我强烈怀疑是我们的邻居干的。"警长的大眼睛眨巴了好几下，看不出他听没听进去。

此后，阿城神出鬼没，成天不着家。永路是新朋友，对我们的事最热心。一天晚上，他在我家聊天等阿城，过了夜里12点还不见人回来，我俩不由得有点儿发毛。他问："阿城会不会……"我说："寻短见？被暗杀？"言罢我们大笑不止。

第二天，阿城宣布案件取得突破性进展。是这样的：他藏有1000多张音乐CD，全被端走了。其中他最喜欢的，都在封面上盖了自己的印章。几天来，他跑遍了东洛杉矶的二手唱片店，最后在离我们最近的科罗拉多大街上那家我们常去的店里，找到了四张盖有他印章的CD。他不动声色地掏钱买下来，要了收据，然后直奔警察局。警长大喜，立刻带着他又返回店里。

店长是个白人，吓得脸煞白——涉嫌窝赃、销赃可是重罪，所以他很配合。他说，这些CD是一个黑人来店里卖给他的，总共一两百张。很可能他知道来路不正，所以他要了黑人的驾驶执照并复印了。他把驾照复印件和库房里还留着的几十张CD全部交了出来。CD中也有我的，虽没记号，有一套却一看就知道非中国人莫属——侯宝林相声全集。至于那个来卖货的黑人，正是我们的芳邻土豆儿的黑男友！

神速啊！这才几天，犯罪嫌疑人已被锁定。阿城成为我们口中的福尔摩斯。

有一天，我在楼道里碰上了黑哥们儿。他主动跟我打招呼，说："听说你们的房子被盗了，我很遗憾。"我微笑着用中文回答："孙子！你等着！"

阿城的一对喇叭是在英国定做的，铸铁基座，特别沉。一男一女绝对抬不走，至少两个大男人才有可能。所以，我们认为土豆儿的黑白二男友都参与了盗窃。黑人与土豆儿关系亲密，常来；白人不知姓甚名谁，不常来。有天晚上永路来，正赶上白人的那辆大破美国车停在门口，他噔噔跑上楼拿了手电筒，又噔噔跑下去，把车牌号抄来了。

那些天，阿城是福尔摩斯，永路就是华生，他们把自己搞到的线索，全部提供给了警长。

警长正式通知我们：侦查工作结束，将对土豆儿等实施抓捕，这些天都有警察在监视他们，并对我们给予保护。看见我们高兴的样子，他又嘱咐了一句："你们可别告诉他们哦。"怎么会呢？不可能啊！警长说："你们可能不会，但确实有人会。有的人会特意找到嫌犯，对他说：'告诉你，警察就要抓你了！'"哈哈，还有这样的人！

这一天到了。上午10点左右，有人敲我家的门。打开门，只见一个有门楣那么高的警察站在面前，伸出食指放在唇边，对我做出"不要出声"的暗示，然后又用大拇指点了点土豆儿家。我心领神会，向他一翘大拇哥，轻轻关上了门。

走到窗边往外一看，小楼下面居然停了十几辆警车。我立刻给阿城拨电话，他昼伏夜出，此时正在睡觉，我说："阿城，快起来！警察来啦！"

又过了一会儿，只听有人使劲敲土豆儿家的门。然后砰的一声，门被撞开了，楼道和楼梯上一阵脚步声。警察声音低沉，听不清说什么，只有土豆儿连声尖叫着"I don't know！I don't know！I don't know！"（我不知道，我不清楚）语调、语气、重音每次都不一样，声音越来越绝望。她的两条大狗被女警察牵出来了，有一辆警车是专门运送宠物的，从后面双开门，里面是铁丝编的一个个笼子。可见警方已把土豆儿的情况调查得一清二楚，而且出于"狗道主义"理由，也给宠物制订了收容方案。土豆儿本人，应该是从另一侧押走了，我这里看不到。没听见有黑哥们儿的动静，不知他在不在这里，反正同一天也拘捕了他。

土豆儿家中传出乒乓哗啦的各种响动。房子是木地板，声音很大。最后，警察又来敲门，让我到土豆儿家里去，看看有没有我的东西。客厅中间堆着土豆儿家中所有的物件，我绕着那堆东西转了转，什么也没发现。阿城也是。

至此，尘埃落定。黑人，物证人证俱在，择日开庭，没跑儿了。土豆儿，虽然都知道她肯定参与了盗窃，但找不到证据，在她家里也没发现有我们的东西，没辙。但是，对她家进行搜查时，发现了海洛因。根据法律，个人持有一定量（好像是几克）的海洛因，算"吸毒"，违法；超过这个量的，就算"贩毒"了，重罪。土豆儿家中的海洛因超过了这个量，将以贩毒罪起诉她。

警长向我们通报时，也说到了那个白人：职业是理发师，有犯罪前科，独自住在一栋破房子里。警察对他监视了七天七夜，没有什么发现。当他不在家时，又进入他家进行搜查，据说破破烂烂一贫如洗，也没找到什么。在抓捕土豆儿和黑人后，警察在路上把白人的车逼停了，骂了他一通，大概是：你小子不是个好鸟儿，我们知道你也跟他们一起干了！你他妈给我放老实点儿，下次让老子抓住的话……（以下省略8个字）

至于我们被偷的东西，别想再找回来了。黑人死不认罪，所以无法追踪那些物品的去处。他无业无钱，也谈不上赔偿。警长又对阿城说："你丢的那把提琴，我已经做了调查，那个意大利制琴师确实有名，但他做的大提琴值钱，小提琴不怎么值钱，远低于你说的15万。我找了洛杉矶十几家小提琴制造商，这是他们的结论，如果你不同意，可以再向他们咨询。"说完，拿出两张A4纸交给阿城，上面打印着那十几家提琴制造商的名字、地址和电话。这把琴是阿城去意大利时人家送的，他估计很值钱，既然洛杉矶的同行有了结论，姑且听之吧。

好消息是：所有被盗的物品可以折价后抵税。那年我的收入较多，缴的税也多，正好可以用来退税。于是，我从警局领来专用表格，把被盗物品一一列出，再标上每件物品的价格（当然是购买该物时的价钱，而不是折旧价），让警局确认盖章。缴税时，附上这张表，我所受到的损失，就从我应缴的税款中全部退回给我了。

枪，我还保留有购买收据和每支枪的相关资料（最重要的是枪本身的编号）。警局将此资料记录在案。警长说，今后这些枪支如果有犯罪的话，就跟你没关系了。阿弥陀佛！

不久，对黑哥们儿的审判开庭了。我和阿城作为证人出庭。唱片店老板也来了，他30多岁，戴眼镜，坐在角落里，一直低头看书——"不义之财君莫取"呀！这回你是证人，下回可能就成被告了。不过没他，"福尔摩斯"也不容易破案。黑哥们儿穿着绿色囚服，被警察押了进来。法官问我："在这个庭上有谁是你以前见过的吗？"我指着他说："有，就是他！"黑哥们儿冲我点点头，还咧嘴一笑。孙子，你笑什么？

我们只去做了一次证，以后的审判结果就不知道了。土豆儿的命运如何，同样不晓得。她那套公寓换了花店老板的儿子一家三口住。那人也是个矬子，正方形脑袋，永远板着脸，我妈管他叫"倔货头"。如同美国华人的传统行业是开餐馆和洗衣房，日本人在美国的传统行业是开花店——不是"送你一枝玫瑰花"那种街角小店，是能同时出售数百棵圣诞树以及一切跟园艺有关的商品的大商店。

到倔货头，他们家族已经在洛杉矶经营了三代的花店生意，共开有五家这样的大店。

我和阿城相继从那里搬走了。若干年后，台湾人业主将这里的房产和地产全部出售了。2014年，新业主拆除了花店以及我们的"故居"，在原地建起一幢三层的写字楼。我对洛杉矶的念想，从此失去了一个最重要的寄托物。